精短散文佳篇选粹

风雨薇　绿　柳　主编

文化发展出版社
Cultural Development Press
·北京·

图书在版编目(CIP)数据

精短散文佳篇选粹 / 风雨薇，绿柳主编. — 北京：文化发展出版社，2023.1

ISBN 978-7-5142-3632-3

Ⅰ.①精… Ⅱ.①风… ②绿… Ⅲ.①散文集－中国－当代 Ⅳ.①I267

中国版本图书馆CIP数据核字(2021)第275410号

精短散文佳篇选粹

风雨薇　绿　柳　主编

责任编辑：岳智勇
出版发行：文化发展出版社（北京市翠微路 2 号 邮编：100036）
网　　址：www.wenhuafazhan.com
经　　销：全国新华书店
印　　刷：唐山楠萍印务有限公司

开　　本：710mm × 1000mm　1/16
字　　数：230 千字
印　　张：16
版　　次：2023 年 1 月第 1 版
印　　次：2023 年 1 月第 1 次印刷

定　　价：59.80 元
I S B N：978-7-5142-3632-3

编委会

人性皈依与精神守望

黄秀峰

一直行走在追逐文学梦的路上，屈指算来已经三十余年。虽然没有取得辉煌的成绩，可在内心深处依然以一个文化人的姿态自居、流淌着文人士大夫那种“齐家治国平天下”的情愫。

当我敲打出这段文字的时候，我们亲爱的祖国已经在抗击新型冠状病毒的战役中取得了阶段性的胜利，一座座方舱医院已经陆续关闭、各省参加支援湖北的医疗队在完成救治新冠肺炎患者的使命后陆续撤离，中国城乡在经历了这场疫情肆虐之后，在党和国家的严密部署下，经济建设正在有条不紊地步入正常发展的轨道，复工复产在管控与指导下有序展开。制度自信下的中国在世界面前交出了一份让人惊叹的答卷。

而我们，作为这部年选文集的编辑，正在精心遴选审校这部继《精短散文佳篇选粹 2018》以来的第二辑。

文以载道。自古以来的文化人都会把自己满腔的家国情怀与乡土忧患付诸文字。《中国草根》文学杂志与旗下的聚力阅读微刊，作为一个在民间具有广泛影响力的高端纯文学平台，在纸媒式微、网络自媒体乱象丛生，低俗文字泛滥的情境下，一直不忘初心，坚守文人风骨，努力为广大作者和文学爱好者打造一块品位高端、视野深广、思想先锋的文学高地。《精短散文佳篇选粹》年选文集应运而生。

中华民族走到今天，成为世界民族之林中彰显着文化自信的民族，与历代文人墨客流传下来的辉煌典籍密不可分。特别是中国经济正在经历着深远变革和飞速发展，随着物质生活的日益丰富，追求高品位文学作品的需求也越来越大。在价值观、人生观、事业观与社会现实中的享乐浮躁与追逐名利发生碰撞、遭受颠覆威胁的时候，一部凝聚着深度思想品味、文学审美、人性感召力的书籍越发显得正当其时。为此，我们把全国各地作家文友的作品结集出版，让一部优秀的年选文集影响更多的人，呵护我们文化渊源中的那份人性皈依与精神守望。

在世界形势越来越复杂的今天，面对一些别有企图的敌对势力通过文化渗透妄图摧毁我们对中华文化的捍卫与追随的时候，通过文化唤醒与警示，守护中华民族文化的伊甸园与文学的栖居地，中国的作家文人们责无旁贷。

历年来，怀揣着这份执着与梦想，我们把活跃在文学领域的一些作家的作品汇集起来，优中选优，把文人内心的家国情怀、乡愁寻找、文化探源、心灵之旅、世事感悟、人情故事等流淌着人性之美，闪烁着文学光辉的文字变成散发着油墨芳香的书籍，就是对我们中华五千年辉煌文化的传承与发扬，也是对文学圣洁高地与文学灵魂的守望与捍卫。

这些鲜活灵动的文字，虽然做不到字字珠玑，但都是经过我们的编辑们沙里淘金一般的执着与精心才甄选出来的文学精品。其中，活跃在当前文坛具有广泛影响力的实力作家的作品占据了相当大的比例。无论是名家力作还是普通文学爱好者的心灵文字，无一不是对这个伟大国家的赞美讴歌，无一不是文学微光的凝聚与集结，流淌着人性之美。

“见微知著用”在这里也许是最为恰当的。我们不仅仅懂得滴水穿石的力量，也深谙集腋成裘的苦功。这就足够把我们编撰出版这部《精短散文佳篇选粹》的初心展现出来。不需要华丽的语言，也不需要刻意的渲染，是这个伟大的国家与民族赋予我们的使命，是这个伟大的时代赋予我们的一份义不容辞的责任，是我们心中流淌着的文人血脉与情怀担当。

是为序。

2020 年 4 月 14 日怡文兰斋

目　录

灯下漫笔

冷冷的鼻息　王久辛　002

雪　雪迪［美国］　004

逆向生长　河丁　006

笔走纸笺，手牵光阴　绿柳　009

晚秋的雨　薛玉林　013

雨夜读画　杨国存　016

攀援　江寒雪　019

够了　王咏梅　021

发烧的夏　梅会林　023

生日絮语　李顺　027

让生活充满平安幸福　庄有禄　030

庭院锄草杂记　阳涛　033

有梦想，岁月静好　何枫　035

野草的随想　张钧杰　037

夜的黑　丁宏　040

家花与野鸟　邱冬　042

异度空间

射阳赋　卞毓方　046

把酒入诗词　淮战科　049

遇见竹　徐静　052
长安一片月　刘海亮　054
玉龙雪山　孙悦平　057
拉萨，致敬文成公主　鹿剑林　060
文脉　刘发祥　063
嘉峪关悬臂长城　石丽霞　067
等待在时光深处的女子　贺昕　069
美丽的中文永远不老　孙瑜　071
牡丹之美　曹裔　075
上稍桃夭夭　李清云　078
乡村纪行　董琳　081
小巷叫卖声　尹小平　084
剪　赵亚琼　087
花事　吕淑红　090

人在旅途

带不走一片云　梁长峨　096
塞班岛拾贝　黎化　099
邂逅水墨乌镇　李婍　103
浪漫的薰衣草　沈裕慎　105
许溪河，一条古老而美丽的河　许道连　108
迷失在丽江　袁瑞珍　111
沙雅秋天的札记　于雷　115
却话云起时　薛媛　118
向南行　张修东　121
东坡赤壁游　顾乐生　125

心灵之旅　姚兴科　128
坐在窗前观大海　章科才　131
和我在成都的街头走一走　谢艳君　133
新安江，流动的水墨　陶静　136
古镇萌春　牛士中　140

情感湿地

怀念恩师陈忠实　冯积岐　146
花开的声音　顾坚　150
冬青树　黄秀峰　153
近看卞毓方　吕华青　156
生命的底色　老土　159
卖红薯的母亲　范诚　162
雪里访青年　陈才生　165
浮生半日　片刻欣然　姬学友　168
六奶奶　徐国忠　171
一场跨越前世今生的爱恋　周岑岑　174
父亲的歌　郑友贵　177
米娜　张杰　179
父亲的柿子树　王顺中　182
一场等不及的生死之约　林友侨　185
凝望，是最沉重的嘱托　何文杰　188
春草又绿了　王志明　192
和母亲一起乡下过大年　王新　195
潇潇雨追忆　杨兆宏　198

往事如烟

石头剪刀布　凌鼎年　202
台风的故乡　朱山坡　205
从秋天回乡　王忠正　208
小村晨冬　李景　211
宁馨的夏夜　褚福海　213
锈蚀的弯刀　刘丰歌　216
抹不去的记忆　董昕枫　219
辣椒咸菜，寂寞年代一首歌　苗志军　222
樱花赞　袁凤燕　225
那年，一树槐花盛开时　陈建军　228
无悔的人生选择　毕义鹏　231
人到中年看月亮　肖龙　233
老屋·老树·老人　支立明　236
青桩　唐宗洋　239
那年中秋　彭德和　242
山村里的说书人　熊在笑　245

灯下漫笔

人生不是一支短短的蜡烛，
而是一支暂时由我们拿着的火炬。
我们一定要把它燃得十分光明灿烂，
然后交给下一代的人们。

冷冷的鼻息

王久辛

其实，室内只有一个人，这个人就是我。我坐在写字台前，既没有写作欲，也没有读书欲，我静静地坐着，坐着……

开始我什么也没有发现，后来我想到我曾看不惯的一双眼睛，想到那双眼睛里闪动着的目光含有一种物质，想到这种物质一旦燃烧起来肯定要焚毁我，我就觉得自己是不是失常了，是不是多虑了，是不是有什么值得隐藏起来的东西怕人抢走？……

越想越觉得有一个人藏在此间室内，便站起来看看柜子，望望书架，瞧瞧床下……小侄子文文拉开冰箱的门总好来一句“屁也没有”。我想起他那可爱的样子，学着他的声调，也来了一句“屁也没有”。这话的声音一发出我就发觉我又恢复了正常：是的，屁也没有。

于是我又开始静坐。不知为何，那使我讨厌的一双眼睛又浮现了出来。这次我没有起身，我屏息静气，努力使自己恢复正常，但是很快我就发现，这是徒劳的，那双眼睛又明又亮，我紧紧地盯着，我觉得并不可怕，只是令我厌恶……

突然，我听见一种声音，那是微微的如一股冰层之下的潜流，悄悄地灌注着我的耳畔，使我觉得有点寒冷……我看看双层的玻璃窗，又望了望门，我确信没有风吹进来时，我的倾听更为仔细了，听，听，我听见霜雪悄悄爬上柳梢的足音，听见群山即刻收敛笑颜而变得严峻的微颤……这是什么声音？是什么声音？我用心在寻，仿佛命运一样神圣……

那双眼睛如灯塔般又闪现了出来，我厌恶地望着它，望着它……

蓦然，我发现了那种声音的清冷，但那双眼睛又即刻消失。于是我又开始寻找那种声音，但是那双眼睛又闪现了出来……那是一个不易觉察的瞬间，但是这次被我牢牢地发现了——那声音就是我的鼻息！每当那双令我厌恶的眼睛出现时，我的鼻孔便轻轻地推出一股因藐视而不动声色的气息，这气息如此不易察觉又万分高贵使我大受感动。我问我自己——你竟然还能通过鼻孔推出这样一种美妙珍贵的声音？真不可思议！是的，为了生存，我们早已经将脸上的正常表情出卖了，如此廉价地就出卖了，竟然还有这种鼻息被悄悄珍藏？

太令人兴奋了！我开始回想那双令我讨厌的眼睛，于是我便又听到了那种高贵的声音。我不知道我这样重复了多少次，仿佛在为一位刚刚咽气的朋友做人工呼吸；我一遍又一遍地重复着，一遍又一遍地聆听着，我觉得由我鼻孔发出的这种声音，是一切伟大的音乐家都未曾捕捉过的稀有的动人的音乐，那仿佛就是人类的呼吸声，是自己拯救自己的上帝的声音……

其实，室内只有我一个人，但这时我觉得我与整个人类同在，因为我毕竟还有一种属于我自己的鼻息，一种作为人的不能没有的高贵的东西。有了这种东西，我觉得我就值得骄傲地在这个世界活下去，哪怕为此付出欢乐而遭受磨难，哪怕牺牲个人而忍受屈辱，哪怕蒙遇误解而保持沉默……没有这种东西，便不可能感受到邪恶的动机，洞察到隐微的卑劣；这种东西对于人来说，恰如竹笛上的音膜，一经激情涌来，便能振发出天地正气的浩然之声……

我鼻孔内推出的冷冷的鼻息啊！

作者简介：王久辛，历任军区文艺干事，《西北军事文学》副主编，《中国武警》主编，编审，大校军衔。首届鲁迅文学奖诗歌奖获得者。先后出版诗集《狂雪》《狂雪2集》《致大海》《香魂金灿灿》《初恋杜鹃》《对天地之心的耳语》《灵魂颗粒》等8部，散文集《绝世之鼎》《冷冷的鼻息》《老友旧事》，文论集《情致·格调与韵味》等。作品先后获得《人民文学》优秀作品奖，中宣部、广电部、中央电视台颁发的特等奖、一等奖；2003年荣获民间设立的首届剑麻军旅诗歌奖之特别荣誉奖；在《诗选刊》评选的10大军旅诗人中名列榜首。2008年在波兰出版发行波文版诗集《自由的诗》，2015年在阿尔及利亚出版阿拉伯文版诗集《狂雪》。

雪

雪迪［美国］

我的整块皮肤被雪遮挡的时辰多吗？

这些盐，供品一样摆放在我额头的方糖。当阳光把它的铲子贴着平整的盘面插入时，我会听见瓷的第一次歌唱。那些鹿把它们细细的绒毛舔得光亮，使大地放射晕眩的光芒。那时，我的心，紧紧贴着秃裸的树木的根茎在哭泣。

我在碱里融化的脸发出春天消逝后的第一声叫喊。

海水舒缓地摇晃。无法归来的船像掉在泥里的果子，在辽阔的雪的压迫中颤抖。女人的祈祷摧毁果核，使它们从腐烂的孔穴中流出昔日光明的汁液。那汁液像蜥蜴一样挪动小小的爪子，在土里行进。母亲，遥远的雪！我说的是人类的景象。恐怖占据你最珍爱的儿子的心房，使他的身体在雪中，在纯洁的景色里止不住地颤栗。

那么来和我的心谈谈爱！我的邻居，不满十岁的孩子。你把一个院子的雪堆放在我的门栏上。使我看见细细的糖环绕在心灵的周围，我想想它都会流泪！人的四只蹄子，是怎样踩踏风景？怎样以恶的念头，使土地哭泣，在言辞的倾诉中留下肮脏的痕迹。哦，风景！我的母亲用她的衣衫缝制的景色，在寒冷中颤动的银线，以你洁白的肉体，在光芒降临前，宣　人类终身无法企及。

我的爱人是匹红色的马驹。

那时我也像这居住的村庄，它的脚插在刨开的木头里。烟是最小的孩子，黄昏来临时，伶俐地顺着烟囱溜回屋里。那时我仍留在春天的苔藓里，为了冬天即将到来，兴奋得快乐无比。我的爱人，它银色的蹄子，像水晶石落在窗子上使我的生活芳香四溢。母亲，我讲述的是一段幸福时光！那时，雪，上天的语言，还未落满整片大地。鱼都留在海里，车子停在花朵的根须中，人类不懂得把仇恨穿过羚羊的身子，在弟兄的血泊中一车一车地装运。那时，连泥都是干净的！人的脸还没从麦子里长出来。

金丝雀！金丝雀！你的胸脯沾来第一粒盐，你的啼声使我爱人小小的面庞布满悲哀。花朵在双眼之间的空地上凋谢了。寒冷是一种惩罚降临人间。雪哟，最准确和干净的言辞！把灵魂的罪恶和大地的污浊联系起来。

我的字，你的核心，太多地暴发出悲世的声音。你看，太阳已经从词里升上来了！太阳提着你的身体，离开那些字句，在一节一节地上升，让你看见身后那片闪耀光芒的国土。

看看孩子。他们的手指在盐粒的压迫中变得通红透明。他们把语言攥紧射向天空，当它裂开时看见生命像一颗颗珍珠。我的心，你听听孩子的叫声，它使你再一次想紧紧贴住身边秃裸的树木的根哭泣！海洋，浪头的牙齿嚼着雪，骨髓里混合着盐。女人的祈祷顶着石头，使那儿开放出花朵。我的爱人驰过整个海面，雪花是它瘦削的曲线。噢，伟大的风景！我的母亲！一切本来就存在于你最珍爱的儿子娴熟把握的词汇之中。只是它的笔画里还没渗出血来！它的灵魂还不像土地这样浑浊和像雪那样洁白。弟兄，请你看！遍野的水晶石怎样在人类单薄的身体里碎裂。看哟！由于我的词句，光明，从世界的缝隙涌流出来的光明，是怎样地，长久存在于人的记忆之中。

作者简介：雪迪，出版诗集《梦呓》《颤栗》《徒步旅行者》《家信》，著有诗歌评论集《骰子滚动：中国大陆当代诗歌分析与批评》；出版英文和中英文双语诗集9本。作品被译成英、德、法、日本、荷兰、西班牙、意大利文等。

逆向生长

河丁

记得小时候，大人们拉呱时多次提及村头池塘边那棵老柳树。他们说：如果当年把柳条倒过来插，现在一定是棵垂柳了。那年月，大人们拉的什么家常都悉数忘却了，唯独这一句，我却一直记着。能让我记住这句话的，不是因为那柳有什么特别，特别的是我真在它旁边倒栽了一棵。

那老柳是普普通通的旱柳，与一株高大的皂荚树并排站在池塘边，在酷暑里给村民们提供一片荫凉。两棵树都有些年头了，树干高大粗壮、枝叶繁茂葱茏，像撑起两把巨伞，站在村头，荫护着老村的子民。尤其是老柳树，从齐胸高处横斜出一股树干罩住池塘一半水面，成为孩子们跳水游戏的踏板。树根沿着坡岸，弯曲纠缠，匍匐蜿蜒，爬入水中，分不清哪些是老柳的，哪些是皂荚的。离水面尺把高处，虬根横过方向盘结成一个尺半宽、四五尺长的平台，正好可容两人浣衣濯足。

午间或傍晚时分，人们喜欢端着菜碟饭碗走出家门，聚集在这两棵树下。这里，人们谈论的是庄稼农时、家长里短、豆酱咸菜、前村后庄……经常有人说：还是垂柳好看，要是当年倒过来插，柳条可以一直垂到水面上。大人们说说就算了，我却暗暗记在了心里。

老村前后种着两排高大的白杨，村中间夹杂着一些枣树、桃树、楝树。沿着东西贯村而过的小溪，长着些柳树，不过都是旱柳。每年桃红柳绿的季节，柳枝吐出嫩芽，柳絮也洋洋洒洒，可总觉得柳条生长得太杂乱，好像久疏于打扮的农妇，过日子实在却缺少柔美。前村溪边的那排垂柳就完全不同，细长柔软的枝条密密地缀着娇黄嫩绿的柳芽儿，整整齐齐地披垂而下，像斜风里的雨丝，像美人的披肩长发。一棵树站在村头，就像等待丈夫回家的新婚少妇，站得姿态绰约、千娇百媚。

我决定栽几棵垂柳。记不清哪一年，一个细雨绵绵、紫燕翻飞的春日，我从老柳树上折下十几根柳条，折去柳梢，倒插入池塘岸边的泥土里，与老柳和皂荚站成一排。从此，我日日幻想着它们哪天长成垂柳的模样。春雨过后，没几个晴日，那些柳条竟然次第卷起了叶子。我以为是渴水了，每日放学到家，一放下书包就去给它们浇水。又过些日子，除了离老柳最远的那棵还懒懒洋洋地透着些青色，其他的叶子变得枯黄，外皮起了褶皱，彻底是死透了。幸存的那棵，在我提心吊胆地关注照料下，先是生出根须，再长出新芽，接着长高一些，分出小枝杈，终于活了！

孩子的兴趣和注意力总是容易转移，悬着的心放下后，我很快就忘记了这棵倒插的柳条。它也不再需要我的关照，自顾自默默地逆向生长，直到有一天我突然发现池塘边多了一棵鹅蛋粗的小柳树。它看起来还很单薄，只是初具了小树的模样，曾经的幻想忽又在心底泛活，它会变成垂柳吗？那一年，我初中毕业，要去县城读高中了。

挥手自兹去，萧萧班马鸣。当奔往县城的汽车扬起烟尘，我告别了老村，老柳，皂荚树，还有亲手插下的梦想之柳，从此便是帘外五更风雨冷，案头三尺笔墨浓的日子。它再次从我的视线甚至惦念中消失，好像只是在路口挥手告别一个路过的熟人，转身各自走自己的路。它固守三尺土地让自己茁壮，我风雨千里让自己成长。此时，我仍然相信它可以长成一棵垂柳，也许某一天不经意地回眸，眼前已是长发披肩的模样。

没想到，这一回眸已是二十几年以后。我带着爱人孩子回到老村，看见池塘干涸了，老柳和皂荚树不见了，远远的记忆的原处耸立着一棵巨大的柳树，树干至少三人才能合抱，枝条散乱地交织在空中，显然是棵旱柳。我问母亲：那是我栽的柳树吗？母亲笑着点头。

其实我只是诧异它长得如此巨大，并不奇怪它最终长成了一棵旱柳。原本就是一棵旱柳，不是吗？我已经过了对一棵旱柳抱有幻想的年龄，生活的常识告诉我：倒插的柳条能够成活已属不易，逆向生长的它要经受什么样的困难无法想象，期待它变成垂柳，既不通情理，更有些荒唐！

有时觉得，每个人都是一棵倒插的柳，在逆向生长。努力了很久，最终还是要成为本就应该的模样。

作者简介：河丁，本名陈强，男，“70后”，安徽怀远人，定居上海。中国散文家协会会员，北戴河作家协会会员，西部散文学会会员。《中国草根》·聚力阅读总编。2016年年初开始业余写作，主要从事散文、乡土小说创作，也写旧体诗词和现代诗歌。作品散见于中国作家网、中国诗歌网、人民网、央视网、搜狐网，部分作品发表于《诗刊》、《中华文学》、《西部散文选刊》原创版、《金山文学期刊》、《上海散文》、《中国草根》、《华夏散文》、《扬州时报》、印尼《印华日报》等。有散文、诗歌获奖。

笔走纸笺，手牵光阴

绿柳

三月小阳春，虽然还未寻得沾衣欲湿的杏花雨，但风来过，枝头新绿，便又翠了几分。春已暖，花已开，逾冬经雪的心，终是要退去寒凉，把一些心意小心接纳，把一些名字念成欢喜。其实，一场冬雪到一枝春的距离并不遥远，也就是隔着一朵杏花的眉眼。等一个春，盼一场花开嫣然，在脉脉含情的风里，指读春的讯息。

——题记

北方早春的风，依旧是有些微凉。纤细的指尖，一不小心就被岁月覆上了一层薄霜，连同一些暖色的词语，突然之间，就都不知去了何方。就如同这纸上日日减少的光阴，终归是凉薄的，但我还是眷恋着这种味道，喜欢着这种透心的清凉。或许，太过冰冷的东西，总让心出没无常，怎么走，都走不出自设的屏障，哪怕，雨声兀自敲开那扇久闭的窗，微微的思绪，也还似在风中流浪。

写了很多篇关于春的文字，总感觉没有合适的文词将文章抒写完整，或许，是我的文字太过单薄，终不能将心情发挥到极致。于是，春日里的那些妖娆妩媚，在我眼里，便成了最奢侈的光阴。

时光如水，缓缓流淌。始终相信，手中的素笔，定不会停止在月初之上，而是走走停停，怡心，悦己，遇上恰当的机缘，便也可适时对望，只为，将折转的季节，更好地在纸页间安放。于是，一些小绿植，一些小风景，并着一些小心绪，就这样，被一点一点整理、归位，最后落入诗行。

回望这刚刚流走的旧年，只感觉似乎淤塞多年的灵感如决口的洪流喷涌而出；那些或隽永温婉，或激越冷峻，或低吟浅唱的文字从笔尖倾泻流淌到纸上，又从干燥寒冷的空气里浸透渗进我这具因紧张忙碌而日渐消瘦的形骸中，弥漫出一丝素淡而清凉的气息。品赏着尚散发出余温的数十万字的各类文字，有时连我自己都在怀疑，是否多年的存货都在这三百多天里释放了个干净，而之后的日子是否又会变得如海浪退潮般疲倦而沉寂？

为了消除这若隐若现的焦虑和恐惧，我只能执着一念，就如同干枯的海绵般不停地汲取着水分，好让内心一直保持着适度的湿润和厚重。虽无法让形体行万里路，却也希望让精神不停跋涉于这文字的途路之中。或许，于我而言，也只有码字、听曲的时候是最奢侈的，因为也只有此时才能忙里偷闲，享受着由文字弥散出的淡淡香气。

晨间，上班途中，只见小路两侧的苗圃间，已泛出一丝绿意，于是，不由得想起了那句“浅草才能没马蹄”的诗句来；树杈上，也只露出一点嫩芽。北方的三月，是断然不会有“万条垂下绿丝绦”的葱绿的，更不会有红的像火、粉的像霞、白的像雪的韵致。至多是循着这一抹浅黄，偶遇一季风雨，掠过脸庞，沾染指尖罢了。

静谧的午后，天晴，有风轻扬，有湿度，醇厚又安良。室内，初绽的百合倦倚温房；窗外，落落的疏梅薄施淡妆。

友说，春天是个适合遇见的季节，当红尘遇见花开，暖风依偎水港，当青山晕染媚水，春就会把所有的绿意点亮，于是，那关闭了一整个寒冬的思绪，便不可阻挡。

可我，偏偏就喜欢素雅，喜欢那种淡而不俗的雅致。为此，衣橱里很少有色彩鲜艳的衣裳，我只觉得那些五颜六色的东西跟我都有一定的距离。

或许，很多东西真的不适合我，就好比一件物品，别人心里当着宝贝，而于我看来，也不过如此。这简单的看法也促就了我个性的清淡而不热烈，还外加一些倔强。我知，这样的性格并非出于本意，只是江山易改本性难移，所以也不想有什么改变，于己而言，随缘、随意就好。

然而，我知，世间任何东西又都是可以化解的。于是，忙碌便成了唯一的依托。即便有了闲暇的日子，我也会将自己的时光充分利用。沏一杯茶，放一支曲，敲几行字，而后，在光与影的折射里看着时光慢慢重叠。

一半光阴，一半心情，日子就这样在指间来回穿梭，直到我的思维里不再有杂念，然后，再一点一点地在空白的纸上落墨成迹。我喜欢以这样的方式将文字串联，于一半时光里将心情编织。很少再用华丽的词汇堆砌文字，也很少借用名人的经典装饰文章，我只觉得自然就好，至于在别人眼里是什么看法，那些都不重要。

时光，无论明暗，总是给人以想象，也总会不经意间牵动着你的思维跟随前行；就如同这一年一度的光阴，此时，就这么不言不语地坐着，而我，在这季节又印染春色的流光里，思绪却不由自主地翻阅着曾经，映入眼帘的却依然是最深的感慨。突然觉得，一些事虽远了，而那些明媚却印在心底。

这个夜晚，披衣站在窗前，望着不远处河边三三两两行走的人，我将自己沉沦在往事里，任凭过往的片段如电影般回放，一幕幕地在我的脑海里闪过。曾经，用心编织的故事，用情续起的链接，我都一一过滤，重新触摸。那些流逝的岁月，是那么美好而又那么清澈，似一杯杯陈年佳酿，举盏浅酌，醉了一个个由远及近的记忆，令人温暖，让指尖留香，宛若最纯白的心事，从朝晖到夕霞，从夏日到冬雪，在不经意的春天里绽放。然而我知，过去的毕竟无法重来，我只能将自己的记忆定格清洗封存。

夜深了，一些心情也跟着逐渐加深，于是，我拿起笔试图随意地涂鸦一些不相关的过去。一点一滴，一横一竖，我不知道，怎样才可以将记忆全部抹去。不想用色彩修饰，也不想将模糊的棱角清晰，只想就这样在记忆里慢慢摸索，慢慢整理。

已经好久没有这样静心地梳理一下心绪了，也记不清上次是什么时候，只记得每天除了忙碌还是忙碌，甚至有时候夜里睡觉，都想着日常生活中的琐事，想着所经历过的点点滴滴。或许，人的情感有时候就是这样微妙，上一秒还浅笑盈盈，下一秒就会被猝不及防的意外击中。所以，无论有时候你在外人眼里是多么坚强，但心思总会在静寂的时候显得那么脆弱和无助。就如此时，原本想在寂静的时间里得以清闲，却总是无力与思绪抗衡，只好任由它恣意地流淌蔓延。以至于常常想，最美的夜，是否，也披着光阴的薄衣单裳？上半夜，有春暖织就的安然，下半夜，是清露浇筑的坚强，于此，一上一下，一来一回，就到了天亮。而我，只需这样冬去春来，把一盏茶，由浓喝到淡，由暖再到凉，就这样倚着四季更迭，坐老光景。

罢了，情思不露，只因已入骨；挥袖间，念逐清风，绪随轻烟；不经意间，伸手握住的，依旧是那抹融融的温暖……

逝去的岁月里，经历过种种不测与意外，故它使我比以往任何一刻都更加珍视那些伴随生命一起走来的情感，父母之恩、姊妹之情、同友之谊，无不成为我小心呵护的花种。我把它们种植在心灵最纯净的地方，不让尘世的虚妄名利玷污它分毫，我愿用最纯粹的汁液浇灌，期待开出最接近初心的花朵。

时下，光阴静好，岁月温良，薄风微笑不语，流云寂寂无声，花朵叫醒笔尖，绿水流入白纸，只待，写字的人，在安然的时光里，将春韵挽进诗行。

作者简介：绿柳，新疆作协会员，中国散文家协会会员，中国西部散文学会会员，高中语文教师，正高级职称。《中国草根》·聚力阅读主编。闲暇时，以音乐去疲，以文字养心。近年来，多有散文、诗歌及文学评论在各纸刊及微刊发表。

晚秋的雨

薛玉林

时光如掬在手里的沙，在指缝间匆匆地滑落，一转眼便是晚秋。晚秋的雨，也不请自来，悄悄地踏着沙沙的足音向岁月的深处走来。

晚秋的雨，早已卸下了酷暑的喧嚣，凝聚着幽幽的内敛之美，因为要迎接冬雪而多了几许缠绵的诗韵，清清凉凉地簌簌而下，沁润在岁月的门扉上。

如果说春天的雨是新生的孩子渴望母乳的眼神，那么晚秋的雨恰是游子离乡时流连而摇摆的风筝，手握线团的早已望眼欲穿，而心悬高处的风筝却也归心似箭。总之，缠绵中多了几许深深的牵盼和沉沉的思念。

晚秋的雨，看似很执着，甚至还有几分任性几分固执几分倔强，却又以纠纠缠缠凌乱不堪的语言，甚至凄凄泣泣的情感抒发，显露出历经沧海桑田的那一种忧伤与无奈，倾诉着心田深处那一抹无辜的眼神与表情。总之，在她心灵深处藏着的牵牵盼盼的伤痕和思思念念的隐痛，是足以让人用心领悟的。

晚秋的雨，当然也不失它的浪漫。当你撑一把细花洋伞，漫步在窄窄的雨巷，有没有一种诗情正悄悄打开你心灵的门户呢？你一定听到了雨巷的心音了吧！是的，它轻轻拨弄着丝丝琴弦，一首清新的古曲也许正缕缕潜入你的心怀。你可以听到它惆怅而又真情的倾诉，好像某个知己或者知音的倾诉。这正是它对你的信任啊！难道你就没有产生过一丝共鸣或者哪怕一点点的感动？这样的雨，即使打湿了你的衣衫，也会勾起你人生中的某些怀想吧！

这样的雨，即使苦涩，难道不正是人生中可能经历过的或者应该拥有的某种况味吗？

“莫怪独吟秋思苦，比君校近二毛年。”（见白居易《秋雨中赠元九》）是的，人生苦短，华发易生，光阴如梭，岁月如流。如果一味“独饮秋思苦”，叹年华易逝，人生还有什么意义。面对这零落而又有节奏的雨，我们大可不必烦恼或者平添什么忧伤。不妨凭栏而坐，燃一炷香，品一盏茗，静听这雨敲窗棂的妙音；

或拨弄丝竹，打开一曲慰藉心灵的乐章，尽享这季节深处的韵味。岁月已越走越深，人生却该越走越淡。安安静静的淡，清清浅浅的淡，禅意的淡，佛性的淡。淡若霜天，淡若秋水。云水禅心，春还远，花已开。

“木叶纷纷归路，残月晓风何处。消息半浮沉，今夜相思几许。秋雨，秋雨，一半西风吹去。”（见纳兰容若《纳兰词》）晚秋的雨，其实，也有它特有的美。绵绵的清寒的沧桑之美，隐隐的倾诉的怀想之美，纷纷的繁乱的飘逸之美……怎能不让人心中涌起一些涟漪。比如初恋的故事，一些情节会突然清晰起来，宛若就发生在昨天。比如人生经历中的一些起落，温暖的或者寒冷的，幸福的或者痛苦的，肯定的或者否定的……尽管都已成了过往，甚至一度被记忆尘封，此时，却又是那么上心，那么亲切。如同这深秋的雨，在风中遗落，遗落……却总也落不尽她的韵味、她的情绪、她的脉动。如此的美不能不说也是一种富有、一种畅想、一种遥远、一种诗情、一种令人心醉而又可遇不可求的唐风宋韵元曲，在你我的旅程中婉转逶迤。

当人生亦逢深秋，喜逢这岁月的雨，真是宛如恰好正逢惬意的时光，是茫茫人海中偶遇的欣喜。

也许有人要说，即使是春雨，雨点点点如花，且有温暖之美，亦不过如昙花一现而已，转瞬之间便凋落成泥。更不用说是这深秋的雨了，簌簌中带有寒意，凋零中更添愁肠。然而，愚以为：生命，即使如一现昙华，其过程亦是有始有终的坚守。生命之贵，就在于有一颗本心与永恒的梦想及不懈的轨迹。任何生命都只是一个过程，重要的不是生命的长度，而是其厚度与宽度。春雨毕竟太稚嫩了，而这晚秋的雨，历尽过岁月太多的淘洗与思考，其内涵太丰富、太充盈了。看看雨中那片红枫叶吧，从它越到老秋越红得可爱的样子，便可知这晚秋的雨的坚定与硬朗了吧。“烟火人生里，安然做自己的‘王’。”

所以，我们不必为生命的长与短而徒生烦恼，而应该不惧一切的痛苦，洗尽铅华，为这个纷繁的世界留下一抹属于自己也启迪他人的至真至纯至善至美的风景，给他人带来憧憬的希望和励志的力量。就如这晚秋的雨，积淀了春与夏的内涵，摒弃了所有的繁华与喧嚣，给人们带来更多的沉静与思考。

秋雨潇潇风已寒，枫叶正浓菊犹香。掬一捧晚秋的雨吧，这带有枫叶之血菊花之香的雨里，我看到：雪在孕穗，梅在怀胎。

作者简介：薛玉林，中国诗歌学会、中国诗词协会、江苏省作家协会会员，写诗千余首，小说、散文各数十篇。作品散见于《诗选刊》《星星》《中国新诗百年精选》等逾百种报刊及文学选本中，获第二届“新视野”杯全国文学征文优秀奖、中国诗歌学会第二届全国诗歌优秀作品奖等数十个文学奖项。著有诗集《弯弯的情歌》等四部。

雨夜读画

杨国存

突如其来的一场春雨，一夜之间，整个小城笼罩在白花花的雨帘中。

雨夜闲赋在家，一股无奈和无聊的情绪，在心头涌动翻滚，打开手机微信，浏览好友王国锋的山水画，给我无限的精神慰藉。

不知不觉，我被他的山水画所吸引，所折服，所感动。一个“70后”，能画出非常灵动，非常出神入化的作品，真的很罕见。

与他交流得知，他的一个叔叔是画家，两个哥哥受叔叔的影响，传承了绘画艺术。王国锋受叔叔和哥哥的熏陶，凭借着自己的天赋和喜爱，自幼就开始画山水画，一生执着，不离不弃，就凭这一点，我佩服得五体投地。“一家4画家”“画家3兄弟”在当地成为人们街谈巷议的佳话。

灯火阑珊，听雨读画，这个世界顿时安静下来。慢慢地一幅一幅地点击浏览，好像是品读一首首山水田园诗，仿佛走进陶渊明、王维笔下的山水田园，清新雅致抵达心间。那山水，不是古人笔下颓靡伤感的残山剩水。积点成面的笔墨表现出悲壮雄浑的山水画意象。画中的山，自然雄浑，气韵生动，莽莽苍苍；画中的水，倚月浸溪，静默无语；画中的树，郁郁葱葱，兀自生动地绿着，红着，紫着；画中的云雾，烟锁云断，飘飘袅袅缭绕在笔端；画中的烟雨，朦胧而悠远微醺了诗意。一幅幅画接着地气活生生地跃然在眼前，山山水水、蓝天白云，鲜活灵动，春夏秋冬轻舞飞扬，大自然盈满了浓浓诗意。心无旁骛地沉浸画里，诗书画印和谐优雅。

生动的笔墨在说话，清雅的色彩在曼舞。多元的人文素养在流淌，自然之美、生命之美、艺术之美相交相融。画家王国锋，一个豫北大汉，面对急功近利的生活，波澜不惊沉潜于画中。忽然间，我感到，他需要多少静寂白日和幽静夜晚来积淀这艺术功底，才能有如此这般的高度和炉火纯青的艺术效果？

我是由县文联做媒和王国锋成为微信好友的，因为他是县美协主席。每每欣赏他的山水画，也就成了我生活的调节剂。当然，我也欣赏美的书法、美的诗文。

一道闪电的亮光射进室内，光亮无限，照射在我的眼前。此时，我仿佛看到一个手持画笔的潇洒男子，在室内精心作画，时而伸长手臂，时而弯曲手臂；手腕时而伸，时而曲；时而弯腰，时而探身。一个个更大更为宽广的山水长卷，在他的眼前，简直就是鲜活在世上的大自然，秋山、春水、高山流水、蓝天白云、群峰晨曦，在他的笔下，留给我一个“大漠孤烟直，长河落日圆”的意境。

我不懂画，在书画上，是个门外汉，但与书画家也有或多或少的交往，或许是耳濡目染的缘故，我也喜欢上了书画。室内有书画能给居室增添色彩与雅致。美好的感觉，让人的生活更加有滋有味。与书画结友，就是与人文素养高的人结交。不知不觉间，自己的修养在潜移默化的日子里，得到提升，不也是一种快乐吗？

欣赏一幅画，就像在美好的黄昏漫步，也好像是扑面迎来一缕初春的清香，又好似在温馨的夜间与友人品茗，唇齿间留下缕缕茶香。欣赏王国锋的山水画，这种感觉，这种惬意，这种美好，就囊括其间；抑或，又像走进青青的牧场，光阴就在清新的草间流动，所有的烦恼，所有的世俗纷杂，所有的忧伤，所有的哀怨，顷刻间，化为一朵朵白云烟消云散了，人和日子都清净脱俗。

王国锋，师从武剑飞教授，现为清华美院武剑飞写意重彩课题班助教。他的作品多以表现黄土高原、太行山风情见长。由于他对山水画的孜孜追求与探索，已把全新的艺术观和价值观折射到绘画艺术当中，有意无意之间，便形成了他的独特艺术特色。他的作品不仅不拘泥于传统的中国画，与上一代画家相比，在笔墨语言特色上，也比前辈画家多元和丰富。他的画的设色，不同于古代传统中规中矩的青绿山水画，也不同于现代某些色彩艳丽绚烂夺人的山水画。那色彩，重而不俗，妖而不艳，用色特异。他注重绘画的形式美，既不抄袭传统，又不丢弃传统，从一个新的角度诠释着山水画的新观念。在绘画上，他的情怀有着男性所具有的宽广、大气；他的感情有着女性所具有的温柔、细腻。他是一个有着非凡潜力的年轻画家。而今，他在不停地播种，也在不停地收获，曾多次参加全国和河南省大型书画展；其作品，有获奖，也有发表。他与人合作，举办画展影响非凡。英国哲人查尔斯·里德曾这样说：“播下一种思想，收获一种行为；播下一种行为，收获一种习惯；播下一种习惯，收获一种性格；播下一种性格，收获一种命运。”现如今，王国锋正一步一步走向硕果累累的金秋，迎来了收获的季节。

抬头仰望窗外淅淅沥沥的雨，似乎越下越大，没有一点锐减的迹象。其实，这正如王国锋的画，没有一点退却，只有无畏的进步。

读画如同读诗，诗情画意糅合出高远的意境，令人遐思无限。尤其在当下的中国，关乎人，关乎乡村，关乎自然环境，关乎乡愁的作品，并不少见。王国锋以深邃的思想、淋漓的情感、独到的观察与精美而又充满个性的画笔，将山水草木再现与刻画得栩栩如生，让人动容，让人共鸣，让人铭记，甚至让人落泪与思索，这就是我在雨夜读王国锋山水画所得到的感受和体会。

王国锋，一个有实力的山水画家正在悄然成长，因为他正值精力旺盛的年龄，因为他有一股百折不挠的韧劲，因为他的创作之路还很漫长……

作者简介：杨国存，河南省作家协会会员、安阳市散文学会理事。曾任初中语文教师、县委宣传部新闻干事，在国家、省、市级新闻媒体发表新闻通讯1000多篇，并有50多篇先后荣获国家、省、市级好新闻奖。曾在《奔流》《莽原》《人生与伴侣》《安阳日报》《文苑》等报纸杂志上发表散文300余篇。多次在各级散文征文赛中获奖，先后出版了散文集《散落的花瓣》《一亩心田》。

攀援

江寒雪

小区一角，直角形的围墙边翠绿着一丛凌霄花，前些年长得稀稀落落的，并没有引起我的多大注意。可今年春天，它却厚积薄发似的突然蓬勃起来了，居然在墙脚边弥漫高耸成了很大的一摊。

初春的时候，它还只是五六条短短的细细的灰褐色枝条，散乱慵懒地贴着墙脚跟，在料峭的寒风中抖动着。天气渐渐转暖，不几天，这些枝条便慢慢地泛青直立起来了，而且有了鲜润的色泽。待到几场春雨过后，它们居然全都爆出了米粒一样大小的嫩黄色芽尖，先是零星的几颗，继而便麻密起来，茁壮起来，仿佛一群可爱的孩子，挤挤挨挨探头探脑，惊喜地打量着这个全新的世界。

后来有一周左右的时间我出差在外，忙忙碌碌之余，也会在晚上躺下未入睡之前，偶尔惦记起小区的这丛花来，并无端地想象着它在这春天里疯长的情形。那天傍晚回家，刚进小区大门，还没来得及回家里安顿行李，我便条件反射似的直奔墙脚边，急欲去看望这位久违的朋友。走到它跟前，我不禁惊呆了：整个直角形的墙脚都被满满的一丛凌霄花撑满了！夕阳朗照，浓翠欲滴，晚风习习，肥叶招摇。弥漫的枝条业已翻过墙头，攀爬到了墙外的一柱电线杆上，并且还在继续攀爬着，大有直上云霄之势。定睛细看，每条藤蔓梢头上，都挂着环形的小铃铛似的淡青色小花苞，风儿吹来，晃晃悠悠的，仿佛发出了一串串脆亮的声音。

此后的日子里，我便等待着花事的如期而至。五月中旬的一个周末早晨，我晨练回家，目睹小区的草坪间、步道上落英缤纷，不禁心生感慨，默默慨叹时光流逝，春天易老。待到走近这丛凌霄花时，却惊喜地发现满墙的凌霄花开得艳丽芬芳，蜂围蝶舞。盛开的，举着金色的大喇叭引吭高歌；半开的，朱唇轻启，欲言又止；含苞待放的，鼓鼓的花苞中深藏一点猩红。而那些枝枝条条们，横者几乎爬满了大半堵墙壁，竖者则顺着电线杆奋勇向上，已经攀爬到了杆顶。它们仿佛要以这样的绚烂，这样的奋力攀援与蓬勃向上告诉我：不要伤感，也不要埋怨，只要你努力了，春天便永驻心田！

于是，又想到了单位里的那几株藤萝。我所在的单位本是北宋年间一位宰相的祖宅，里面假山林立，曲水蜿蜒，花木扶疏。靠西的小花园里植有一架紫藤萝，据说已有百多岁年龄了，每到初夏，满棚满架的紫色瀑布垂挂而下，煞是壮观。撩起一绺送到鼻尖，甜香醉人。而且，每年开花季节，它们总会越过棚架，蹿到旁边的香樟树上和山墙上，让人望而兴叹。与之毗邻而居的是园子中央一口古井上方的那架葡萄树，春天泛青，初夏盖荫，初秋挂果。还有就是弥漫在山墙上的爬山虎，从仲春一直绿到深秋，雨天挡雨，晴天遮阳，以自己的身躯为墙内的住家们带去实实在在的帮助。

更多的是生长在乡野的藤萝们。在苏南乡下，每到夏天，几乎每家的门前或屋后，都会搭起一架丝瓜棚，棚架就地取材，是从自家的竹林里砍伐竹子取得的。瓜秧是春天时栽的，等到夏天爬藤、开花、挂果。这样的棚架，既能遮挡炎炎烈日，又能提供丰富的食材。至于田间地头的那些黄瓜、南瓜、冬瓜之类的，更是由春至秋，热热闹闹，轮番登场，完完全全渗入了乡人们的日常生活。

其实，细细想来，像凌霄花那样的藤蔓们，其共同的特点便是攀援：攀援墙壁，攀援树木，攀援棚架——有什么便攀援什么。可以说，攀援是它们的存在方式与生命形态，它们的生命因攀援而尽显风采。而我们的人生又何尝不是如此呢？年幼时我们攀援父母，年长后我们攀援亲朋，待到年迈时，我们又攀援子女。我们的生命，同样因攀援而精彩，因攀援而彰显价值。

作者简介：江寒雪，原名黄建南。江苏省作家协会会员，中学高级教师。先后在《奔流》《海外文摘》《散文选刊》《西部散文选刊》《参花》《解放日报》《新华日报》等报刊发表诗歌、散文、散文诗、小说等文学作品近 60 万字。发表有长篇小说《方圆之间》，出版有散文集《一川烟草》《落花人独立》。曾获全国第四届“中华情”诗歌散文大赛金奖，2019 年“中国散文年会”二等奖。

够了

王咏梅

蒋勋先生曾经谈到：成熟的宗教总是让人在欲望中了解欲望，然后得到释然，觉得自在，从而有新的快乐出来，达到圆满自足。我不是宗教徒，不懂教理，不过这种说法倒是合乎常情。如同一个成熟的人，在一个物质的世界里，不大会绞尽脑汁去追名逐利，也未必能视金钱权位如粪土，只是尽我所能，取我所用而已，既不艳羡，也不自贱，安分度日。这叫自得其乐。

想到我居住的小城，有一种特色小食，叫“扁粉菜”。就是大骨熬汤，骨汤里下扁宽的红薯粉条，软熟后放青菜、豆腐、猪血，盛碗时根据个人爱好另加蒜汁、红油辣子，可免费续汤。配以油饼，喷香、热辣，四季皆宜，秋冬最佳，被网友戏称为 BFC，不过就是地道的平民早餐，价格便宜。一碗下肚，撑到中午不觉饿。当午餐吃也是常有的。这种小店遍布小城各处，有的还起个店名，有的就挂一块“扁粉菜”的牌子，便不乏食客。其中最有名的，人称“扁粉崔”，是一家经营了六十多年的老店，据说被评为了非物质文化遗产。创始人叫崔连生，如今由后人崔学诗和崔学礼两兄弟继承。以它的知名度，当早早地连锁啊、特许啊、专营啊什么的，连鸡蛋灌饼都走出国门赚美金去了，在小城搞搞扩张不很正常吗？可偏偏不是，这么多年就待在老地方，守着老店面，卖着老味道。眼看着后起的别家扁粉菜分店开了一家又一家，崔家就是没动静，像是以不变应万变，又像是全不相干似的。于是，免不了被人议论。网上就有一篇《关于安阳彰德扁粉崔的调查报告》，从店面环境简陋说到产品无特色、服务不周到，并极其担忧地表示：很难使顾客对其形成品牌忠诚，也会对其造成很大的经营风险，如果有竞争者进入，可能会很快损失大量顾客。真是皇上不急太监急！我相信崔家不可能看不到这些，可到现在，还是老样子。

崔家逆潮流而为的举动，颇耐人寻味。没机会去探究真相，却生出些佩服来。怎么就不能“我就是我，不一样的烟火”呢？虽不是食客盈门，但也没有门可罗雀。照常经营，照常过活，没招人眼，没讨人嫌，细水长流，怎么就不行呢？当然，这都是我替人家说的话，崔家也没请我代言。虽在商道，学诗学礼，求个自在安然，也是一种心境。

前几天在医院，听病友说起鼓楼广场上的王记豆腐脑。早点铺子，夫妻档，只卖豆腐脑和包子，总有一二十年了，食客不断。自然是货真价实，猪肉全是从肉联厂进的，当街剔骨、剁肉，不掺一点儿假。豆腐脑配料，什么香葱、芫荽、豆腐丝儿、虾皮等，食客自己加，只要别浪费。小买卖，可实在、大方。据说最引人的倒还不是这些，这夫妻两个，好像出不出摊儿全凭心情，隔三差五的就歇业。奔他去了，却不见人影儿，吃不上心里痒，改天还得去。这生意做的也是没谁了。回头细琢磨，还就不得不佩服，挣钱哪有个够啊，想明白了，怎么高兴怎么来。耳听为虚，于是趁着周末专门去了一趟。结果，吃了个闭门羹。打眼看去，门脸儿很简朴，倒是烫金的大字格外显眼。门头上是：恭谦礼让客。左右各为：恪守传统地地道道老风味，祖祖辈辈兢兢业业德传承。心想，还真得再来！

当年蒋勋先生回到巴黎，最大的快乐就是可以看到，几十年来卖没有牛奶的冰淇淋的老板，即使店门前总是大排长龙，也永远不会去多开几家分店，好像有一种“够了”的感觉。而这种常怀“够了”感觉的人，在巴黎的每个角落都有，他们安安静静地、不想去惊扰别人似的，蒋先生说这叫自信。有自信就有自足，这样的人，对于自己所拥有的东西，是一种充满而富足的感觉。即便看到别人有而自己没有的东西，会觉得羡慕、敬佩，进而欢喜赞叹，但回过头来他还是很安分地做自己。我是喜欢这样的，“鷦鷯巢于深林，不过一枝；偃鼠饮河，不过满腹”。在喧哗而纷扰的社会，多元的追求，多元的选择，本就不应有单一的标准、模式。凡事不好求尽，也不可能穷尽，不然只能被囚禁。突然想起佛说的无分别心、无分别智，应该也有各自安顿、各生欢喜的意思吧。自信自足总是健康、阳光、快乐的状态，希望吧，你我都有！

作者简介：王咏梅，图书管理员，文学、朗诵爱好者。

发烧的夏

梅会林

高烧

温度计里的水银柱沿着刻度“蹭蹭”地往上攀升，30℃、35℃、38℃、40℃……

地球发烧了，越来越热。

2019 年入夏以来持续高温，骄阳当空，喷射着一簇簇愤怒的烈焰，发疯似的撕扯片片白云，扔进天地间这个大蒸炉做柴，炙烤着大地。

人类像被太上老君推入炼丹的阴阳八卦炉，炎炎的夏像架火的童子，将火扇将起来。

孙行者在炉里炼，锻炼出了钢筋铁骨、火眼金睛。我们肉体凡身，还有万物生灵，却像悟空说的:“送在老君炉里炼，六丁神火慢煎熬。”这次第怎一个“热”字了得。

一阵阵热浪袭来，像一条条火龙缠烧身体表面，像无数看不见的银针刺进脸颊，呼吸一口被烧得没一点水分的空气让人有窒息感，面部胳膊火辣辣的，缺水的肌肤被榨出了滴滴汗水，顺着鼻尖、下巴“扑嗒扑嗒”滴落到地上，瞬间化为蒸气，消失无影。

路边沟坎处树木耷拉着脑袋，像个奄奄一息的病人，叶子皱褶蜷缩，处于半昏迷状态，偶尔起风，也是迷迷糊糊地摇动几下，依然打不起精神。

田里土壤板结，甚至裂缝，干渴的田禾似要冒火，扭成一团，就连生命力极其旺盛的杂草也蔫不拉唧地萎缩在叶子下，苟延残喘。

路面温度更高，打个鸡蛋摊开，“吱吱”两声就成熟食；白条鸭子扔在地上，转眼就成美餐。段子手说“我与烤鸭之间差着一撮孜然”，真不是一句笑话。

据有关资料：英国部分铁轨被烤得变了形，不能通车，芬兰、德国沥青路都熔化了，德国柏林的10号高速公路更是直接热得炸裂，瑞士的柏油马路温度高达50℃～55℃。

高温造成火灾频发的报道不时传来，电线打火，房屋被烧黑，家中财产都付之一炬；森林大火遮天蔽日，万顷良田烧成焦土，其状甚惨。

不仅陆地，海洋的水温也在上升。南北极冰川加速融化，北极熊、企鹅找不到食物；曾经色彩斑斓、生机勃勃的澳洲海底大堡礁超过35%正面临“白化现象”；数万条鱼尸体漂浮海面……

温室效应逼人，地球病入膏肓，一切的一切在地球的高烧中垂死挣扎。

如饥似渴的大地期待着一场大雨，一场瓢泼倾盆、滂沱酣畅的大雨，一场缓解高温干旱的大雨。

狂雨

天公不作美，一次次天气预报即将来临的中雨大雨并未如约而至。在人们苦苦期盼中，直到7月末大雨才倏然而至。

上午太阳还在肆虐，过午风声雨声雷声大作，把人们从睡梦中惊醒。

沉闷的雷声从天际传来，发令一样纠聚着浓浓的乌云，癫狂的风掀卷着黑云，黑云像没头的苍蝇东撞西窜，天空乱作一团，黑云越来越低。

呼呼的风裹挟着雨从天而降，像千军万马匆匆奔赴疆场，冲锋陷阵；像一条条皮鞭狠命挥舞，大地被抽打得爆起一个个水泡；像一缕缕银线紧促地编织密网，网罗布满人间的伏天暑气。天公暴怒一般，肆无忌惮地发泄着怨愤。

我站在8楼窗下，外边的世界已不是原来的面目，黑云压城城欲摧，暴风逐雨雨连天。我心绪难抑，想起古人大家诗中有不少对大雨的描写。宋代陆游在《大风雨中作》写道：“风如拔山怒，雨如决河倾。”宋代苏轼有首《六月二十七日望湖楼醉书》诗：“黑云翻墨未遮山，白雨跳珠乱入船。卷地风来忽吹散，望湖楼下水如天。”唐代韩　《夏夜》诗曰：“猛风飘电黑云生，霎霎高林簇雨声。”毛泽东1954年夏于秦皇岛北戴河开会时创作了一首词，其中有两句：“大雨落幽燕，白浪滔天。”幽燕之地大雨滂沱，北戴河滔滔波浪连天。写出了浪声如雷形如山的汹涌澎湃，给人以雨声如鼓势如箭的感觉。我生活在冀南广袤的平原，眼前没有排山倒海、山摇地动，但暴风骤雨，其势也汹，其态也狂。房屋楼顶看不到穿过滴水的细流，雨水漫过四周房檐如瀑布倾泻，树木田禾被风吹雨打得无处躲藏，雨点敲打着玻璃窗，演奏着节律无章的乐曲，我仿佛置身于水帘洞里。大街小巷积水成泽，田野里蓄积了久违的甘霖，感觉苍天馈赠中夹杂着怨气，恩泽里携带着恨意。万物战战兢兢接受苍天的眷顾，人们心惊胆战地承蒙上苍的垂怜。

风雨雷电经过一个多小时的激情癫狂，疲乏地平静下来。一些树木折断，一片片禾苗倒伏，万物惊魂未定，呆呆地耸立，一副六神无主的样子……

降温

一场暴雨，暑气消散，干裂的大地湿润，万物逐渐重现生机。

蜘　尽情地鸣叫，田禾喝饱了水可劲儿地拔高，树木满足地摇头晃脑……

太阳又出来烘烤，世界并没有因此而转变多好。干旱的地方，依然一滴雨都不下，下雨的地方，则下个不停。

麻省理工学院最近发布的研究报告指出，在湿度和温度组合后的温度——湿球温度达到35℃的情况下，人类将无法存活超过6个小时。很不幸，根据推测，2070年到2100年，华北平原和东部沿海城市，比如上海、杭州、烟台、青岛、日照等地，地球温度将超过35℃。也就是说，如果放任全球气候变暖，那时的华北平原，将不是宜居之所。据研究结果：地球升温2℃，我们将面临热带珊瑚礁死去和海平面上升几米；地球升温3℃，北极的森林和多数沿海城市将不复存在；地球升温4℃，欧洲将永远干旱，中国、印度大部分地区将变成沙漠，美国将不再适合人类居住；地球升温5℃，一些科学家认为，这该是人类文明的终结了。

如此结果，实在让我们心惊。

大自然情绪波动，喜怒无常，风调雨顺、花好月圆成为我们向往的记忆。

有人说“我的命是空调给的”，试想，如果地球继续增温，空调还能保住你的命吗？

《巴黎气候协定》呼吁将升温控制在2℃。世界多国都致力于将21世纪全球气温上升幅度控制在2℃，21世纪下半叶实现温室气体净零排放。

据悉，韩国政府考虑将炎热列入自然灾害。

我国古代先贤提出“天人合一”“无为而治”，这是东方思想的智慧，今天看来，不无警示意义。生态兴则文明兴，生态衰则文明衰。以前“盼温饱”，现在

“盼环保”。在地球发烧、持续升温的情况下，降温势在必行，应成为全球的一致行动。

作为世界碳排放量三大国之一，我国一直致力于节能减排，调整经济结构，绿色低碳发展。

作为个体，我们应从自身做起，不用或少用塑料袋，减少生活垃圾，减少废水废气排放，减少污染物产生，倡导绿色出行，弘扬绿色生活。

看似微不足道，人人如此，作用不可低估。

我们热爱故土，热爱人类赖以生存的地球。

但愿地球同此凉热。

作者简介：梅会林，河北邯郸人，20 世纪 60 年代出生，大学中文专业毕业，河北省作家协会会员、河北省杂文学会会员、中国西部散文学会会员，中华文化促进会连氏文化委员会河北分会特邀顾问。《家乡》《东方散文》杂志签约作家。20 世纪 90 年代作品散见于《法制日报》《农民日报》《瞭望》《人民论坛》《中国干部教育》、浙江《时代先锋》、河北《大众文艺》《河北日报》等各级几十家报刊。2014 年出版长篇历史故事《连氏五进士》。2019 年投稿以来，在《西部散文选刊》(包括原创版)、《东方散文》、河北《杂文月刊》、广东《环境》等十几家纸刊和多家网络平台发表散文、随笔 70 余篇，17 万多字，获奖十多次。

生日絮语

李顺

岁月静好，韶华更替。进入不惑之年后，虽然心境已宛若一杯清茶，却也会陡然惧怕起过生日来，因为这意味着又年长了一岁，挥手作别的青春离自己越发遥远了，让人顿时有种怅然若失的感觉。

从不惑之年到知天命的年纪，是一个很尴尬的年龄段，此刻，一颗年轻的心还未老去，额头和眼角便布满了深浅不一的鱼尾纹，有的更是在头顶生出了白发，让你成为别人眼中的老人家。

记得今年我生日的头一天去理发，进美发工作室后，在靠墙的椅子上等候，不一会儿，漂亮的理发师微笑着对我说："大哥，到你了。"我落座后，她手中的刀剪开始欢快地在我头顶穿梭，忽然，我头上游走的刀剪戛然而止，一句颇为尊敬的话语在我耳际响起："大叔，你的白头发这么多，想不想染一染，染黑以后会显得年轻许多的。"短暂的时间内，我的辈分竟然由大哥转变成了大叔。"难道我老了吗？！"我看着镜子里的自己，心里五味杂陈。我只能笑着自嘲说："不染了，以后满头银发，看着像一个有气质有风度的老教授、老艺术家。"其实，和我一样感同身受的，还有我的一位女同事。有一日，她打滴滴外出，司机口才颇好，一个劲儿地没话找话和她聊了起来，问她是不是快退休了，退休后就可以过上令人羡慕的悠闲日子了。那天过后，我们同事在一起聊天时，她说那是自己有生以来心情最郁闷的一次乘车，因为，她的年纪才四十出头啊，怎么就看着像到了赋闲之年了。

因为一个尴尬的年纪，奏出了让人啼笑皆非的生活小插曲，想来也真是有些无奈。

说起生日，最惦记的莫过于身处童年的孩子。我的女儿上小学时，总会洋溢着笑容说："爸爸妈妈的生日就是我的生日。"原由是，每年不论我和妻子谁过生日，她吃的蛋糕最多，唱的生日祝福歌最响亮，有时还让她一起吹灭蜡烛，共同许愿。平时喜欢阅读课外读物的女儿说，她最喜欢把灯关掉以后，屋子黑暗下来，只有闪烁的烛光、蛋糕奶油飘散的香味和爸妈围在一旁的感觉。童年是纯真烂漫的，想来的确是这样，长辈不图什么，只要孩子健康快乐成长就好。

轻轻地道一声“生日快乐！”每个人听到这句话，都会心生欢愉。生日的祝福，向孩子说，是包含着几多未来的期许；夫妻间说出来，是温馨甜蜜的情感交流互动；对父母说，则是感谢养育之恩，祈愿老人身体康健。

时光如梭，岁月留痕。一路走来，生日无数。有夫妻之间的，有为孩子庆生的，有同事朋友的，回想起以往的一些场景细节，仍旧让人欢天喜地，有着无穷的回味。然而，令人惭愧的是，父母的生日，我们大多数人都没有记住，甚至是遗忘了。我曾努力地回忆过，记忆里，我的父亲八十多岁时去世，生前没有过过一次生日，而母亲，也没有刻意地想要过一次生日。在父母青丝变白发的人生旅途中，经历了磨难到繁盛的世事变迁。在执手与携老的温情岁月里，父母做到了慢行、细品、深悟，毫不在意那些所谓的流行与时尚。其实，这并非脱离现实生活，而是父母心存一种看似平淡无奇却无私无我的信念。就像有人说的那样：生活不简单，尽量简单过。

去年的腊月，我问年近八旬的母亲：“今年想不想过生日？我们为您准备一下。”母亲眼里泛着泪花坚决地说：“你爸爸走了以后，我不打算再过生日了。”我听后沉默许久。四十年前，老家在北京的母亲能够义无反顾地跟随部队转业的父亲到云南定居，并终老异乡，父母的爱情是深沉的，犹如陈酿般耐人寻味。过生日往往会勾起母亲对父亲生前点点滴滴的回忆，那种怀念和相思之情，坚强的母亲会一直深藏心里，只不过，尝尽人生百味的母亲不想走这一形式罢了。照母亲的话说，那就是以后能够健康生活的每一天，都是她的生日！

近段时间，母亲陡然会格外关注我们的夫妻感情和孩子的学习情况，并且有意无意地教我怎样护理前后院的花木。母亲说，等她走了以后，我们要懂得多少天浇一次花水，什么时候该修枝剪叶、封顶打杈……我明白，晚年的母亲有着太多的牵挂，不仅是身边的一花一草一木，还有我的家庭和睦以及孩子的教育成长。

狄更斯说过，每位母亲都十分平凡，但每种母爱却都非常伟大。虽然我的母亲不愿过属于自己真正意义上的生日，但是，我会怀着一颗诚挚的感恩之心，每天向母亲道一声“祝您生日快乐！”祝愿白发苍苍的母亲，暮年的时光依然葱绿且幸福安康。

作者简介：李顺，男，退伍军人，云南省作家协会会员，中国西部散文学会会员，文山州文艺理论家协会理事。至今在《人民日报》《中国文化报》《云南日报》《春城晚报》《西部散文选刊》《文山日报》等报纸杂志发表散文、诗歌、小说、报告文学500余篇（首）。部分作品获国家、省、州征文奖，多篇散文收录《中国当代散文精选300篇》（作家出版社）、《孩子，你可以与众不同》（青岛出版社）、《精短散文佳篇选粹2018》（团结出版社）等选本。

让生活充满平安幸福

庄有禄

人生不满百，在历史的长河中不过是白驹过隙的一瞬，可谓短暂；人生不可预见的因素颇多，随时随地都有意外的事情发生，可谓无常；因为人生短暂无常，便有人说人生如梦。既然人生具有短暂无常如梦的特点，那么就更应该搞清楚怎样活着才能获得更多的平安与幸福。

在我看来，平安幸福的获得除外在因素无法把控外，主要靠内在因素的调整，即以平和的心态看待万事万物。古人云：心能转境。同样是赏花，薛宝钗看得心情舒畅，而林黛玉看得却泪眼婆娑。现实生活中同样是端碗吃肉，有的津津有味，有的却赌气骂娘。可见心态好一切皆好，心态差身在福中不知福。

庚子年孟春新冠肝炎疫情暴发期间，为了阻止可恶的病毒恣意蔓延，有效维护生命和公共卫生安全，十四亿国人积极响应政府号召，自觉宅于家中；商场、饭店、场馆、景区和娱乐场所等一律关闭。大多数城市居民宅于居室，长达一个半月之久，行动自由受到很大限制。不能去观看日出月落、斗转星移的自然天象，去欣赏岸柳吐翠、百花竞放的动人场景，去聆听清风梳柳、狗吠羊咩的天籁之音……生活中少了昔日的欢声笑语，少了婉转悠扬的歌声，人们犹如自由飞翔的鸟儿，突然被关进笼子，感到十分拘束和憋屈。有的左冲右突，有的以掌击墙，纷纷找寻发泄郁闷的窗口。抱怨者有之，愤恨者有之，哀婉者有之，暴跳如雷者有之，寻死觅活者有之……有的说，再宅下去就要疯了；有的说，再宅下去生活就难以为继了；有的说，再宅下去，国家经济受到的损失将难以估量……上述种种状态和忧虑，大都是人之常情，可以理解。但是同样面对疫情，有的人却是另一番表现，把担心与忧虑化作振臂一呼，组织发动社会力量，积极应对，科学防控，以泰山压顶不弯腰的气势，遏制病毒肆虐蔓延势头，驱散笼罩在人们内心的阴霾，堪称大智大勇和中流砥柱。他们不仅心态好，意志还坚强如铁。有的人，发挥聪明才智，积极投身降伏新冠病毒的新药品研发之中，解民于水火，赤诚之心，可昭日月；有的人，奋不顾身，舍生忘死，拼命奋战在抗疫最前沿，与病毒较量，与死神抗争，与时间赛跑，挽救了成千上万个骨肉同胞的生命，他们品质高尚，令人敬仰；有的人，倾其所有，捐款捐物，献出一片片赤诚之心和人间大爱；有的人，夜以继日，顶风冒雨，值守卡点，仔细排查，送粮送物，把党和政府的温暖及时送到千家万户；有的人，深入一线，调查采访，弘扬正气，鞭挞丑恶，为战胜疫情鼓与呼；有的人，沉着冷静，处变不惊，深入思考，开出从根本上战胜疫情的济世良方，为战胜疫情精谋良策；有的人，不惧个人安危，日夜巡访巡查，维护大局稳定，保护一方平安，为战胜疫情添砖加瓦；有的人，置个人生死于度外，驾驶交通工具，抢运防疫抗疫物质，充当“黑旋风”和“及时雨”；有的人，不怕苦不怕累，开足马力，加班加点，生产防疫急需物资，顾全大局，令人感佩与称颂……这些人都没有被疫情吓倒，没有“躲进小楼成一统，管他冬夏与春秋”，而是明知山有虎，偏向虎山行，以舍我其谁的气魄，逆风而行，彰显出温热似火的心态和坚如磐石的意志，令人敬佩至极。

疾风知劲草，板荡识诚臣。真正的智者勇者和奉献者，无论遭遇什么劫难，都不会乱了方寸，而是坦然面对，秉持积极向上的心态，采取行之有效的措施沉着应战。中华民族已有五千年的文明史，经历了无数次磨难，愈挫愈勇，从不言弃，始终屹立于世界民族之林。当下，国内疫情已基本得到控制，形势日趋向好，令人欣喜。但境外输入病例与日俱增，形势仍然堪忧。再一次证明此次疫情来者不善，十分刁钻诡异，需做好打持久战的准备。生活中处处有鲜花绽放，眉宇间总有阳光普照，换一个角度看问题，心里就会感到平安与幸福。因而，每一位国人都应调整好心态，冷静面对，增强最终战胜疫情的信心和勇气，成为真正的强者和不可战胜的铜墙铁壁。

百花竞放香满园，不信春风唤不归。时下，我国绝大多数地方已渐次恢复生活常态，下一步，新冠病毒的源头到底在何处？宿主是谁？传播途径到底有哪些？有什么不良影响以及如何吸取教训，避免重蹈覆辙，如何让生活工作开心顺利是每个国人必须深思熟虑的问题。

大自然的奇妙深不可测，无穷无尽；大自然的神韵美轮美奂，享用不绝。人是大自然的组成部分，大自然是人类的主宰，人一旦离开了大自然的怀抱，便难以生存繁衍。人类自诞生以来，一边不停地与大自然作斗争，一边不停地认识大自然，摸索总结大自然的习性，探求与之和谐相处之道。

我们的老祖宗发明了“天人合一”的理念，烛照千秋，成为不刊之论，代代受益。所谓“天人合一”，是指天人合为一体，彼此相互联系，相互依存，不可分割。古人把“天地人”称为“三才”，天之道在于“始万物”，地之道在于“生万物”，人之道在于“成万物”。“天”代表“道”“真理”“法则”，“天人合一”就是与先天本性相合，回归大道，归根复命。宇宙自然是大天地，人则是小天地，人充其量只能改变大自然的皮毛，动不了大自然的根本，更不可能去征服战胜大自然。老子说：“人法地，地法天，天法道，道法自然。”可见自然是万物之宗，人们只能去认识它，研究它，遵从它，不可忤逆它。否则，生活难以安定、顺风顺水，难以获取平安与幸福。

人类乱捕乱食野生动物，说到底是物欲在作祟。有些人过上一段舒服日子，便利令智昏，贪得无厌，乱捕乱杀，不计后果。这种做法违背了老祖宗的告诫，忤逆了“天人合一”的理念，因而受到了大自然的惩罚，失去了平安与幸福。人应极力摆脱贪婪的世俗欲望，敬畏自然，顺从自然，与自然及野生动物和谐相处。学会简洁生活，远离暴戾恣睢，悟透每一次经历事件所蕴含的积极意义，从而洞悉自我灵魂，在人生旅途上看得更高，走得更远，让生活充满更多的平安与幸福。

作者简介：庄有禄，安徽省霍邱县人，大学中文系毕业，基层公务员，中华诗词学会会员，安徽省作协会员，六安市作协会员。1989 年以来公开发表诗歌、散文、论文、报告文学、调查报告等 1000 余篇（首），120 多万字。有十几篇散文入选各类年选和文集。

庭院锄草杂记

阳涛

我所住之地，幸得一庭院。分割为二，半块留着泥土，半块贴了地砖。岳父母除去庭院里的杂草，翻地施肥，种豆种瓜，茄子、丝瓜、辣椒、豆角、黄瓜、南瓜……收获颇丰。

这几年，岳父母回湖南乡下，庭院荒废，只因我一介文弱书生，手无缚鸡之力。尽管我是农村长大的娃，割过草，放过牛，却从没种过菜。

有一年春天，我尝试着种地，于是买了种子，翻地除草，种了许多蔬菜。夏初蔬菜长势喜人，眼看可以收获了。七月，酷暑无雨，全家去北京旅游，因无人浇水，蔬菜经不起干旱，全部死光。院角的一株活了五年的桃树，也未能幸免。几缸荷花，半死不活，让我叹息数日。

今年开春，又种豆种瓜。茄子已收获几次，丝瓜黄花朵朵，几条小丝瓜晃荡着碧绿的小脑袋，黄瓜娇嫩欲滴，辣椒树已及腰身，白花朵朵，翠绿的小青椒挂满枝丫。豆角紫花盛开，藤蔓攀附着竹篱，缠缠绕绕。那园中的青草，长得太快了，上月刚刈，不到半旬又郁郁葱葱。

陶渊明诗云："种豆南山下，草盛豆苗稀。"每天清晨，我展帘开窗，一庭院的绿色映入眼帘，看着那杂草葳蕤，不由自主地念起"草盛豆苗稀"。想去芟草施肥，只因江南初夏的雨，连绵数日，让杂草得雨水滋润，疯长及我腰身。杂草的生命力极强，石缝、墙角、地砖缝……都是它们的家。只要给它们一点缝隙和雨水，它们便会疯长到开花结籽。

终于等到晴开数日。恰端午假期，不外出旅游。清晨的第一缕阳光照进庭院，草尖的露珠闪耀着光芒。我荷锄入庭院，几盆圆荷在晨风中摆动，满园的清翠中，黄花，紫花，白花……满庭绿色关不住，几枝藤蔓出墙头。

墙角站立的那株桃树，死去快一年了，屹立不倒，终究还是活不过来。想想去年春天还花开烂漫，招来了不少蜂蝶。今春，孤零零的，槁木已死何来春？我望着它，走近它，把几根豆荚的藤蔓攀附着它，让它再次绿意盎然，花开数朵。

园中的杂草品种繁多，狗尾草、蒲公英、千金子、乌敛草、臭蒿子……更多的是不知名的杂草。一根根拔，一块块锄，可谓斩草除根，可是那草很坚韧，用力一拔，草断根存，尤其是那千金子草，拔不尽，数日又疯长成一株葱茏的绿草。

三十见方的庭院，拔了很大一堆草。我望着这一堆青青杂草，回想起了儿时割草喂鱼的情景。这种千金子、狗尾草是草鱼最爱吃的，如今就这样扔掉，多可惜啊！

边拔边锄，额头的汗珠一滴滴滚落，滴入泥土，在土地里滋生，滋生成一朵思乡的野花，长满庭院。此时，我似乎看到了一个少年蹲在田埂上，手中挥动着镰刀，把一堆堆青草放入竹筐……我常常抚摸镰刀伤过的手指，五个手指上的几条刀疤，清晰可见。镰刀伤过的阵痛已经消失了，淡忘了，那段艰辛的岁月不会忘记。梦里，我常常在故乡的田埂上摔倒、惊醒。

我看了看庭院，杂草除尽，思绪却在千里之外的故土上奔腾。似乎看到了我的父母亲，清晨刚从菜地锄草归来，竹筐里收获满满。他们步履蹒跚，佝偻着身躯，他们依然热爱那片土地，我也一样，热恋那一片故土。

作者简介：阳涛，笔名：陆一山人，祖籍湖南，现居浙江嘉兴，中国西部散文学会会员。文多发于《北方文学》《牡丹》《当代青年》《西部散文选刊》《嘉兴日报》《乐龄悦读》等报刊。散文《石臼深深糍粑香》被编入《语文素养读本》九年级上册（广西师范大学出版社），散文入选《中国当代散文精选300篇》，数十篇散文发于中国作家网并被“新作品”专栏推荐。

有梦想，岁月静好

何枫

2 月 24 日的阳光暖暖的，花儿也开得灿烂，一点也不像病毒存活在空气里，似乎可以大胆呼吸。疫情播报全国确诊 77779 例新冠肺炎病例，陕西连续几天的 0 确诊病例，全国除了湖北以外，统计确诊病例数据也第一次出现个位数 9 例，这真是个好消息，说明全国 20 余省市都没有病例报告了。留坝县这次防控工作一直是打的胜利战役，报告多例疑似，取得 0 病例确诊，严防死守，挨个排查还真是奏效，有这样的成绩自然是疫情低风险区，感觉岁月静好，呼吸都畅快。

一切美好都在春意盎然中到来，灰暗疲惫渐行渐远，危险也越走越远。春天的阳光正洒向大地。有句话说得好："梦想有多大，舞台就有多大。"生命是上天赋予我们最宝贵的财富，我们每个人必须以热忱的心来呵护。而梦想就是生命旅途中永远的路标，无论遇到什么事情，我们都梦想着能打赢这场仗。

从疫情开始到现在，一个多月了，我的每一篇日记都会用心去书写，我每天迫不及待地去关注前方的消息，一个字一个字去读，乃至把留言也一字不落地读下来，每天到深夜，汇聚大量信息。许多传递真实的一线记录，还有很多人的所思所感让我热血沸腾，有些留言是万千读者真心的交流，也让我热泪盈眶。读到一个个饱含深情的真诚留言，我深切感到这个祖国、这个中华民族，力量无穷尽！

有梦想的人，每天都将活得生机勃勃、激昂澎湃。只有对国家民族满怀挚爱的人，才会批评社会的阴暗面；只有怀揣光明的人，才会去发现和揭露生活中的龌龊；只有心怀祖国的人，才会如此焦急地言说隐秘的瑕疵。我非常敬佩这些在困境中善于思考的人，他们不断地发声，深沉的呐喊声引爆生命潜能问题的导火索。梦想是激发生命激情的催化剂，疫情是放大镜、显微镜，更是个照妖镜，一切妖魔鬼怪在这个考题下都将无处遁藏，都会原形毕露。也许当海浪退去，你才会发现有一些人在裸泳，有一些丑恶嘴脸的人就这样毫无遮掩暴露在阳光下。任何一个生命都是珍贵的，我们都要珍惜，都要学会尊重。有谁能知道，这一个个冷冰冰的数字背后会流下多少眼泪，甚至早期连数字都未计入的逝世者，又有多少无言悲伤，也许没有亲身体会的人，感受不到这会有多么痛，这是谁的悲哀……

我带着金色的王冠，沿着黄昏的脊背，向下坠落。我甚至想要幻化成一名战士，在一块石头上歇脚，重整旗鼓，带上防护服，还要和夕阳，做一次告别，然后飞向武汉，去拯救他们，不让他们倒下。

我们要拥有一颗坚定梦想的心，一场没有硝烟的战争，没有枪声，没有炮声，没有刀光剑影，只有危险的空气，却让“子弹”横飞。在疫区，病毒藏在空气里、门把上、电梯里、饭桌上、车子里，每一个活着的人都有可能是炸弹。无论处境多么艰难，无论多么绝望，都要给自己一个希望，一个梦想。所以，我们说，只有伟大的梦想，才能激起无穷的力量，才能创造广阔的舞台。面对灾难只要用阳光的心态面对，梦想的花儿一定会如期盛开。

今天开在窗口的玫瑰好美，让我对未来充满梦想，似乎已经感受到空气清新，岁月静好。因对这世界有爱，才有了这许多的文字，愿我们的每一个字符都能够温暖你的心，等有一天清风到，扶摇青山让我怡。努力向上吧，星星就躲藏在你的灵魂深处；做一个悠远的梦吧，每个梦想都会超越你的目标。人生中大灾小难，不可避免；而春天的脚步，毕竟也是无法阻挡的。期待着武汉疫后重生，更期盼着人民早出家门。

作者简介：何枫，笔名紫雪，陕西汉中人，2009年研究生毕业，知名青年作家、诗人。中国散文学会会员，中国诗歌学会会员，陕西省文艺评论家协会会员，陕西省作家协会会员。发表诗歌散文数百篇，另有多篇被翻译为俄文、韩文在国外公开发表并获奖。现为《中国草根》文学杂志社副社长，陕西省旅游摄影协会汉中分会副主席，汉中文化网副总编。

野草的随想

张钧杰

透过窗外，看见一间旧屋房顶上的几根野草，在冬日的寒风中哆嗦着早已枯干的身躯。回想起它们在春夏秋季节里的生命轨迹，曾有过的绿色和生机，再到如今的枯槁凄凉，不由心生诸多感慨。由此而引发了我许多的联想。

草虽普通平凡，不似牡丹、荷花、梅花、兰花等登堂入室，然而古今诗词里也不乏有一席之地，被各种吟诵、流传，并且还各有风姿和情趣。

你看，春天的草是清新的，柔美的。“天街小雨润如酥，草色遥看近却无。”这是韩愈笔下的春草萌萌，意象朦胧美。“乱花渐欲迷人眼，浅草才能没马蹄。”这是白居易描绘的春天西湖郊游图。“草长莺飞二月天，拂堤杨柳醉春烟，儿童散学归来早，忙趁东风放纸鸢。”这是高鼎写下孩童嬉戏的快乐场景。“晴川历历汉阳树，芳草萋萋鹦鹉洲。”这是崔颢在黄鹤楼留下的不朽诗篇。“沙鸥翔集，锦鳞游泳。岸芷汀兰，郁郁青青。”这是范仲淹岳阳楼下绘声绘色的神来之笔。“独怜幽草涧边生，上有黄鹂深树鸣。”这是韦应物眼里心中的空寂之情。当然还有李叔同“长亭外，古道边，芳草碧连天”里唱出的满满惜别情和浓郁民国风。这时的草在诗人的笔下是绿如毯、绿如茵的唯美、浪漫，还有天真烂漫的味道。然而更出神入化的赞美、抒情还是在白居易的《忆江南》中，诗中把草的美升华到一个令人陶醉的境界。“江南好，风景旧曾谙。日出江花红胜火，春来江水绿如蓝，能不忆江南？”水的绿和草的绿可谓相映成趣，相得益彰。

秋天的草呢？又是另一番景象。它是凄美味，苍凉味，还有雄壮热烈味，风韵味十足。“青山隐隐水迢迢，秋尽江南草未凋。二十四桥明月夜，玉人何处教吹箫。”杜牧诗中的扬州美画图，怎教人不心生向往、心心念之。“林暗草惊风，将军夜引弓。平明寻白羽，没在石棱中。”卢纶笔下，边塞的草也与众不同，尽显英雄豪迈之气。还是白居易不愧乐天知命，不论是春草，还是秋草，在他笔下都有了神韵。“浔阳江头夜送客，枫叶荻花秋瑟瑟。”最让人耳熟能详、脍炙人口的当数“离离原上草，一岁一枯荣。野火烧不尽，春风吹又生”。想来只有白翁这等乐天知命、生性豁达之人，才有如此情趣并赋予野草生命的气息和灵魂。

除了自然界的草，民间对草的形容和比喻也极多。“兔子不吃窝边草”讲了做人做事留有分寸余地的道理。男女恋爱又有“好马不吃回头草”“天涯何处无芳草”这些比方。“草包”则是骂人无能的标配。旧时就连上山当了土匪强盗也叫落草，朝廷和官军也轻蔑地称之为“草寇”。

在诗词以外，歌曲中以草来传唱的也不少，电视剧《西游记》中孙悟空被压五行山下，响起那首《他多想是一棵小草》时，相信很多观众与我一样为孙悟空的处境心痛难过。《青青河边草》是高胜美在电视剧中演唱的一首歌曲，优美动听，朗朗上口。令我印象深刻的一首歌《小草》，“没有花香，没有树高，我是一棵无人知道的小草。从不寂寞，从不烦恼，你看我的伙伴遍及天涯海角。春风啊春风，你把我吹绿，阳光啊阳光，你把我照耀，河流啊山川你哺育了我，大地啊母亲，把我紧紧拥抱”。这是20世纪80年代中越自卫反击战中一首反映边防军人无私奉献的歌曲。为了祖国和人民，他们就像小草一样默默奉献了自己的青春、热血，甚至生命。当年的年轻战士们现如今有些已是六十多岁的老人，有些则长眠在了老山前线的战场上，时光虽流逝，但烈士的英魂和健在者的芳华永远留在了南疆的那片土地上，留在了那片天空里。

最能体现草的轻贱的莫过于把人比喻为草。诸如“草菅人命”“视人命如草芥”等从古流传至今，仍然在用的词语还有很多。“草民”一词，更是古时无官身无功名的平民百姓的自称，相对应的是统治阶级的优越感，这其实相当荒唐可笑。想当年刘邦和朱元璋也是草民一个，当了皇帝后就变成了“真命天子”。当然，还有很多王侯将相的后人在各种变故中成了白丁愚夫，刘备是中山靖王之后，到东汉末年时成了贩屦织席之辈。刘禹锡在《乌衣巷》中抚今吊古的感慨尤深：“朱雀桥边野草花，乌衣巷口夕阳斜。旧时王谢堂前燕，飞入寻常百姓家。”朱雀桥边的野草，也是人命运的变更和写照啊。好在中国的阶级自古有流动性，特别是隋朝开科举制度以来，阶级的流动，其实也就是人以及子孙后代命运的流动，就如一部部戏剧，一本本小说，一个个故事一样，有精彩，有传奇，有荒诞，有悲喜，有无数的变故和更新。正如同现今高考制度一样，也改变着无数家庭和无数人的命运，特别是对于草根阶层的普通老百姓而言，更是如此。

不要小看这“草”的卑微低贱，正是不满各种封建压迫，历史上才有了“草民”们不屈反抗，推动了历史和社会的进程与发展。陈胜吴广发出了“王侯将相宁有种乎”的呐喊，至于历朝历代中国农民阶级对封建统治的各种起义造反，更是数不胜数。在近现代史的革命中，无数如草一样的人们，前仆后继地在反帝反封建的斗争中英勇战斗，直到取得胜利。这些在统治者眼中如野草一般的平民百姓，一旦点燃，就形成燎原之火。原来这“草”中积蓄着改天换地的巨大力量。这样的事不仅在中国，在西方历史上也同样如此。

草有生生不息的意志和生命力，这就够它连绵不绝地繁衍生息。一个如草一般有抗争精神的人，在内心深处汲取草的顽强精神和力量，就能长成一棵大树。草也好，人也好，不仅在于活着的形式，更在于活着的意义。

作者简介：张钧杰，男，贵州省安顺市人。“75后”，国企职工。中国西部散文学会会员、六盘水市作家协会会员，奔流文学院八期作家研修班学员。早年在武警部队政治处和国企党委从事新闻宣传工作。新闻稿件、散文、诗歌作品散见于各级报刊，以及《西部散文选刊》（原创版）、《奔流》、《西散南国文学》、《西南作家》等。

夜的黑

丁宏

我在想，黑暗有什么不好？

我的所有感官沉浸在这匹丝绸的气息里，在丝绸般的浩瀚里徜徉，第一次。于是，我的所有细胞都被唤醒。

河水沉默着，但那些泛动着的波光告诉你，他的力量就在沉默里涌动。

以河水为背景，芦苇的头花丰腴而别致，芦叶的裙裾张扬而飘逸。风中，这些夜中最美的舞者，舒展回旋、恣意漫卷。

只有修竹稳稳地立着，你会相信他们真是古时的君子。即便风过，他们的叶影仍那么优雅；即便有一丝声响，也定是思索中的轻轻叹息。

秋虫或呢喃，或啁啾；或高，或低，或近，或远；音色纯净，舒缓而透彻。我明白，万籁不会俱寂，黑暗中的万籁都真切地鲜活着。

长长的小路上流淌着清凉，那是草木的清香、泥土的清香、各种鲜花的清香。特别是有种沁人心脾的馨香，时不时地弥漫而来，我知道这是桂香。它让我立刻沉醉在它的氤氲里，让我大口大口地呼吸，让我如此难得地贪婪。

这样的黑暗里，如果有歌声，如果有乐声，远远地传送，定然清澈悠扬，令人遐思悠远。

这样的黑暗里，我彳亍，我奔跑，我跳跃，我伸展四肢五体，尽情而细致地承受黑暗的抚摸，感受黑暗的体温。

那些灯光，为何要刺破黑暗的一处处内脏？那些白色或彩色的伤口如此狰狞刺目。

对于黑暗，如果需要光，只要那星光——无所谓繁星满天，抑或零星几点，因为他们带着远古传说；只要那月光——无所谓金轮圆满，抑或银钩一弯，因为他们来自汉唐诗行；也可以是星月全无，只有天光依稀——那是混沌中的孕育，启蒙前的沉寂；也可以是雷鸣时电闪——那是黑暗发怒时凛然的眦裂、飞扬的髭髯。

我想黑暗只需要自然的光，这些光是黑暗的一部分。

而灯光在炫耀炫目的时候，是否考虑过黑暗的本愿？

是啊，每个生命都有其自身意义。但有的生命成为刀剑刺入别人的命运时，对于别人而言便是伤痛。所以生命之间怎样才能和谐共融，是世间万古探究的命题。

身边这条古淮河，也曾是黄河；脚下这方大地上，无数的生命如流水消逝无踪。但有些生命却永远闪耀在历史的夜空里，不信你就抬头遥望。即便俯瞰，那沉静的河水上，也闪烁着他们的光辉——淮阴侯自受胯下辱方立兴邦志，枚乘《七发》罢兵谏无功却成汉赋祖；吴承恩神游天下著恩义，丁士美忠孝清正留美名……

他们似乎说明了生命的本质——黑暗、光明、生、死，本无所谓好坏优劣，而好坏优劣在于其产生的价值。有价值，则好则优；负价值，则坏则劣。价值远非就自身而言，更在于对他人、对社会、对历史而言。

那么黑暗是否需要正名呢？它也是自然的存在、客观的世界，人们不应总用负面的定义看待黑暗。我们是否也该提醒自己：换一个角度看世界，换一个角度看人生？

夜的黑，让人沉静，让人细腻，让人敏锐，让人领悟。即便有偶尔的恐惧，也是一种新鲜，让人珍惜内心的静谧。他不是诗，而是散文，诗意的散文。

这样的黑暗里，我成为一尾畅游的小鱼、一只翱翔的小鸟；成为一缕清风、一丝桂香；成为黑暗的一个细胞，自由着灵魂，飘扬着生命。

作者简介：丁宏，中国电视艺术家协会、江苏省作家协会等多个协会会员。曾担任市级电台、电视频道、高校宣传部负责人。发表散文、散文诗、诗歌、文艺评论、报告文学、杂文等各类文学作品三百多篇（首）；参编过报告文学《腾飞的风采》《江苏特色文化丛书》等书籍数部；策划组织过“诗意南京”等近千次文学性项目和活动；主创的电视片、纪录片获全国、省级奖近二十部。出版了纪实散文集《天南地北淮安人》、诗文集《丁子的行吟》等三部文学专著和朗诵CD《诗意金陵》。

家花与野鸟

邱冬

我是不喜欢养花的，究其原因，主要是因为懒，人一懒，啥事都干不成，养花种草这样的雅事，我内心里很是欢喜，但懒字当头，雅事也无所谓了。若是我一人在家，再好的房子也会列入脏乱差行列。幸亏我父亲、我哥以及我妻子都是发狠（方言：勤奋的意思）的人。此处重点表扬一下我哥，我哥除掉做生意、干农活发狠外，栽树、养花亦发狠，家里的树木花草大都是他发狠的成果。

我老家的院子很大，足有两亩见方（这也是我哥发狠的成果），里面密密麻麻地栽着各种树木花草。树木主要是樟、槐、梧桐、四季青，都生得非常高大，大多是我哥十来岁时栽的，一转眼四十来年了。四十年岁月，人会老，树木也不再年轻。

记得有一年，一群人头蜂子（马蜂）跑到某棵樟树顶梢搭了一个窝，吊罐一样悬在半空，就像敌人在家门口建了一座火力强劲的碉堡，一村子人经过我家门前时，都小心翼翼地憋着气走，仿佛进了雷区。当然，我父母也时时提心吊胆，人头蜂不会因为将窝建在我家庭院，就将我们视作家人。后来，我找了镇子里的消防队，连续来了两次，用高压水枪冲，很遗憾，只冲了半边窝子。不是消防队无能，是人头蜂太狡猾，将窝子搭得太高。

那一次，父亲急得差点将那棵大樟树放倒了，是叼老鼠（松鼠）救了这棵樟树的命。冬天来了，马蜂没了威风，全都蛰伏在窝里一动不动，一只叼老鼠飞奔上去，将那个令人头痛的蜂子窝当作蛋糕，吧唧吧唧，吃得一干二净。

除掉这些落叶乔木，哥哥栽的果树花草也很多。果树有桃、李、梨、杏、橘。花草有山茶、桂、广玉兰、梅、映山红，一株株、一簇簇，在树间，在砖砌的大花池子里，活得极为滋润。

春天里，这些花儿相继开放了，以红色调为主。桃花是粉红、水红，山茶是鲜红，映山红是血红，广玉兰是紫红，蝴蝶兰是黑红。稍后的日子，妻子回山里娘家，淘宝一样淘来了数十株新发的兰草，花骨朵一串串的，嫩白，隐藏在锯齿状的狭长叶片里，香气清新四溢。杏花也开了，粉白，满树皆是。稍后的日子，梨花也会开放，雪白色。

这些花儿竞相开放时，梧桐、樟、槐，依然是光秃秃的。梧桐的枝干灰白色；樟麻灰色，布满裂纹；槐干铁黑，弯弯曲曲，枝横曳，有棱有角，极有风骨的样子，犹如风雨里的老农。

鸟在春的清晨开始歌唱，站在樟树、槐、梧桐枯瘦的树梢。鸟都是野生的，来自大自然，称为野鸟，名副其实。

鸟的种类很多，我认得的有麻雀、布谷、斑鸠、喜鹊、八哥。

麻雀群居，出来觅食也成群结队，没事时喜欢站电线上，整整齐齐排列。有梳理羽毛的，有交头接耳的，有凝视远方的，有闭目沉思的……形态各异。倘若落在树梢，必打打闹闹、此起彼伏地飞，枯树立即显得生机盎然。它们不管停在何处，嘴里都叽叽喳喳的，酷似好叨唠的老妇。

小时候，老屋的屋檐下到处都是麻雀窝，用来做窝的稻草伸在檐瓦下，长短不一，在风里飘拂。哥和我曾到那些窝里偷摸过鸟蛋，麻雀蛋椭圆，白壳上有黑色斑点。有时还能摸到小鸟，手感柔软，粉红色，身上一根毛都没有，黄色的大嘴巴，眯着眼，在我们的小手掌上乱爬，张着嘴，像它们父母一样叽叽喳喳乱叫。把手指伸到它嘴里，也吸吮得有滋有味，八成是当作母亲喂的蚂蚱了，痒痒的，逗得我们哈哈笑。笑过之后，又将它们小心翼翼放进窝里。

在我们做这一切时，老麻雀在身后树上蹦上蹦下，大声抗议。

布谷和斑鸠体形极为相似，毛色皆银灰，白肚皮，叽叽咕叽叽咕地叫，叫的时候，脖子一伸一缩的，很富有弹性。

喜鹊的出现仿佛是今年才有的罕事，它们的羽毛黑白相间，喳喳喳地叫，叫一声就翘一下尾巴，似乎很卖力。它们的叫声如鞭炮炸响一般热闹，充满喜气。

小时候，喜鹊特别多，当它们飞到家门口的树上叫时，母亲就说家里要来客了，极为灵验，不大会儿，外婆、小姨、大姑，便笑吟吟地进了门。有一回，几只喜鹊叽叽喳喳吵闹了半上午，也不见一个人来，我们很是奇怪，临吃午饭时，大门口来了一个青年，黄军装，板寸头，大黑脸，一张嘴，却露出一口白牙，土里土气地问："借问一哈，时思畈的小荣子嘎（家）在哪块？"妈诧异，她的小名就叫小荣子。一问方知，是她娘家兄弟。妈有个叔伯打小就去了黟县，贩卖木材，黟县深山老林，出好木材。这位勤劳的叔伯卖着卖着，遇到了好心人家，被招作上门女婿。叔伯就在黟县安家落了户。一晃三四十年过去，老家这边都慢慢将这个叔伯淡忘了，没想到他的儿子竟然找到我家来了。母亲好不高兴，忙着杀了公鸡、炒腊肉，父亲拿出陈年佳酿，边喝酒边叙旧。肉香、酒香、烟香，香气四溢。我们小孩自然更兴奋，多了一个远方的亲舅，又有好东西吃，怎能不兴奋？

所以打小我就喜欢喜鹊，喜欢听喜鹊叫唤。

八哥黑毛、黄嘴，唧唧嘘嘘叫，就像人吹口哨。传言若将八哥舌头割掉一半，就可以学人说话。早就知道八哥会说人话，但不知需将舌头割掉一半，这种做法很残忍，八哥肯定也很痛。这种只为满足一时的好奇心而牺牲别人的做法，我心里很不认同。

那天在老家，还听见屋后竹园有鸟“提壶匠、提壶匠”地叫，叫声格外清脆悦耳，就像夏天赤足走在林间小溪里，感觉倍儿凉爽。忙去屋后找寻，竹林稠密，只闻其声，不见其影，很是遗憾。妻子说是竹根鸟，身材小巧，黄毛红嘴，头顶一圈白毛。回来在网上搜寻，却找不到这种鸟。究其音，酷似黄鹂，究竟是何鸟，一直是个谜，此为憾事。

作者简介：吴黎明，笔名邱冬，安徽省作协会员，鲁院安徽作家研讨班学员，曾在《清明》《安徽文学》《阳光》《散文选刊》《脊梁》《财政文学》等发表过作品。

异度空间

许多思想是从一定的文化修养上产生出来的，

就如同幼芽是长在绿枝上一样。

射阳赋

卞毓方

盘古开辟鸿蒙的巨斧，只能遗留在——赤县之域。

精卫填海而成的滩涂，只能凸显在——东海之滨。

羿射九日的赫赫传奇袅袅余韵，只能钩沉索隐于——射阳之乡。

或曰：精卫“衔西山之木石，以堙于东海”的岁月，射阳还是腾波触天、高浪灌日的茫茫沧溟呢。

——无碍，反正它在祖先的祖先的祖先的年代，就已从沧海演化为桑田。

或曰：后羿乃东夷力士，户口在今山东省境内。

——无妨，须知此地古属淮夷，与东夷本是一族，后羿或后羿的裔孙迁居到这里，也是题中应有之义。

或曰：是先有射阳湖，然后才有古射阳侯国、古射阳县，然后才有今射阳河、今射阳县。

——哈哈，为万事万物取名，本来就是人的专利。在这项独此一家、别无分店的命名大业上，古人有古人的寄托，今人有今人的热望。

或曰：明代吴承恩出生在淮安府山阳县，号射阳山人。彼射阳也，非此射阳，你看，这地方一马平川，甭说崇山巨岳，连像样的土丘也寻不出一个。

——说到吴承恩，我首先想到他的大作《西游记》。《西游记》的主角孙悟空，出身在海外傲来国花果山。北邻连云港有处苍梧山，李白赋诗“明月不归沉碧海，白云愁色满苍梧”，苏轼赋诗“郁郁苍梧海上山，蓬莱方丈有无间”，现在完全落空，为啥？因为人家已更名为花果山，遥相呼应孙大圣的祖籍了。在吴承恩纯属向壁虚构，在连云港却成借水搭桥。

至于其号射阳山人，想来是据古射阳县之典。而今人，考古不必泥古，大可借用他在《西游记》中挥洒自如的想像，径直凭“射阳”之名，与后羿老祖的信息库联网。于词，属同义互训；于术，属今古链接。

射，乃引弓搭箭；阳，乃杲杲红日。让我们把后羿射日的神话再简要温习一遍，综合《山海经》《书·尧典》《淮南子》等古籍：远古时代，东海里有一株大树，叫扶桑，树上栖息着十个太阳，每天轮流升空，照耀大地。忽然有一天，十个太阳一反常规，集体升上苍穹，这下糟了！果木、禾苗瞬间枯萎，江河、湖海热浪袭人，空气烫得仿佛打个喷嚏就能起火。天帝大惊，急派神箭手后羿出面整顿秩序。后羿向诸日喊话，奉劝它们遵循天道，仍像从前那样轮流当值。奈何诸日拒听，反而得意忘形地狞笑，气焰嚣张，播火更烈。后羿遂取下肩挎的神弓，照空射出九箭，九轮红日应声下坠。他戟指剩下的那一轮，兀自索索发抖的那一轮日头，喝令其循规蹈矩，恪尽职守，不得再调皮捣蛋。这样，红尘又恢复了安宁熙乐。

后羿为万民万物除暴，值不值得纪念？当然值得。由谁来纪念？责无旁贷者，射阳也！神话企盼的不是刻舟求剑的考据，而是帮其理顺头绪，建立谱系，落实户籍。正像有巢氏需要一泓巢湖，燧人氏需要一座燧皇陵，伏羲需要年年上演的公祭大典，女娲需要形形色色的故里、故园、故城，后羿也需要一处名正言顺而又顺理成章的乡梓，化虚为实，托胎显影，定位归根。是以，射阳当仁不让，在通衢大道耸起一座地标性建筑——中华后羿坛，以及与之配套的景点——后羿公园、太阳城、日月岛，让后羿的魂魄有所依归，传奇有所赓续。神话源于先民战天斗地、征服自然的憧憬；寻根正名，展示的是今人继往开来、勇于开拓的豪迈。

其实，射，不仅作射箭、射击解，按古义，又喻谋求、逐取，如成语就有邀名射利。如是乎，射阳，亦可理解为心向太阳——古为今用，推陈出新。

古有羿射九日、解民倒悬的神话，今有阳光四射、温暖万物的祝福。斯地也，而有斯典斯风斯水。《山海经》等古籍的记述，只是洪荒时代的口口相传，毕竟，后羿仰天怒射的那一刻，绘画仅及涂鸦，文字尚未萌芽，摄影、录音、录像更要待万年后才姗姗登场。今人循名溯源，勒石雕像，诚然是沾了后羿的光；而后羿的神话得以坐实，远古的风云得以回放，自然也是沾了射阳的光。我今天来到射阳，徜徉在当地名人馆，忆往昔诸神演义，人猿揖别，看今朝群英辈出，天马行空，先民初心是炎黄梦的预演，今人初心是中国梦的彩排，左顾龙骧，右视虎跃，抚古今其瞬息，纳须弥于芥子……纵浪大化而穷神知化，潜移默化，身心也自博大飒亮起来。

作者简介：卞毓方，人民日报高级记者，北京大学季羡林研究院院长，中国散文家协会会长，著名散文大家，著《岁月游虹》《长歌当啸》《金石为开》《寻找大师》《煌煌上庠》《历史是明天的心跳》《妩媚得风流》《雪冠》《清华其神，北大其魂》《天意从来高难问》《千手拂云，千眼观虹》《千山独行》《浪花有脚》《日本人的真面目》《美色有翅》等作品集。

把酒入诗词

淮战科

"五花马，千金裘，呼儿将出换美酒，与尔同销万古愁。"

"白日放歌须纵酒，青春作伴好还乡。"

"借问酒家何处有，牧童遥指杏花村。"

"葡萄美酒夜光杯，欲饮琵琶马上催。"

"浊酒一杯家万里，燕然未勒归无计。"

"酒入愁肠，化作相思泪。"

"对酒卷帘邀明月，风露透纱窗。"

……

徜徉于唐诗宋词的郁郁林海里，我惊奇地发现，其间的酒味竟是如此醇厚绵长。像这些流芳至今，人们耳熟能详的以酒入诗、化酒为诗的经典佳句，俯拾皆是，信手拈来，数也数不清，更难以一一枚举了。千年以前，宋人晏殊就一语道破曰"一曲新词酒一杯"，朱敦儒也说"诗万首，酒千觞"，诚可谓杯酒下肚，吟诗成章，填词成阕，足见唐诗宋词与酒的渊源之深，缘分之重，亲密到水乳交融了。

把酒入诗词，达到诗、酒、人三者合一臻境者，愚以为当属既有"诗仙"之誉，又有"酒仙"美名的唐代大诗人李白。"李白斗酒诗百篇"的佳话传颂至今，足以让你想见李大诗人既酒量了得，更才情横溢。李大诗人把酒入诗的代表作当首推《将进酒》。你看那排山倒海的磅礴气势，直冲霄汉的豪迈气魄，"君不见，黄河之水天上来，奔流到海不复回"，起势便超凡脱俗！"人生得意须尽欢，莫使金樽空对月。天生我材必有用，千金散尽还复来"，何其潇洒自信！真的是"会须一饮三百杯"的豪放与恣肆，不用酒精测试仪测量，都知道腹中的酒精指数完全爆表了。此诗堪称酒诗经典。

“天子呼来不上船，自称臣是酒中仙”，“诗圣”杜甫的《饮中八仙歌》，就将李白醉酒后的狂放不羁描摹得淋漓尽致。除李白外，还刻画了贺知章、李适、苏晋等七位吃酒大咖。自然，这首诗是“无酒不成诗”。

“诗佛”王维也常把酒入诗，“劝君更尽一杯酒，西出阳关无故人”的名句就出自王维。此诗一出，即传颂不已，被谱入唐乐府，歌吟时“西出阳关”反复吟哦，一唱三叹，叫人荡气回肠，被誉为“阳关三叠”，成为流传至今的古典名曲。

“初唐四杰”之首的王勃，就是在参加洪州（今南昌）阎都督的盛大酒宴时，写下了蜚声至今的千古名篇《滕王阁序》。其酒诗还有“平生诗与酒，自得会仙家”“抱琴开野室，携酒对情人”“还持千日醉，共作百年人”等等。

把酒入诗词，至宋为盛。我想，这跟当时北宋颓败、朝廷偏安一隅，志士仁人壮志难酬、借酒言志有很大关系。词人笔下，“酒”“尊”“盏”“醉”等字眼直扑眼帘，令人目不暇接。越是名气大，越是诗酒不分家。

自号曰“醉翁”的欧阳修，词中也多“醉”：“玉盏催传，稳泛平波任醉眠”“醒醉喧哗”“当路游丝萦醉客”……

豪放词派的扛鼎之人苏轼，也经常是“垂白杖藜抬醉”“酒困长路惟欲睡”“料峭春风吹酒醒”。《避暑录话》记载，苏东坡因“乌台诗案”被贬黄州之时，有一次与几位朋友泛舟江上饮酒。夜归时，望江面水际，风露浩然，酒兴怂恿诗兴，吟出“夜饮东坡醒复醉”《临江仙》一词。第二天，坊间风传东坡作此词后，把官服官帽挂在江边，驾舟长啸而去。郡守闻听大惊，唯恐东坡真跑路了，急忙到东坡住处查看，只听得鼾声如雷贯耳，东坡还未酒醒呢。东坡先生也是量大才高的主，“酒酣胸胆尚开张”，挥就“会挽雕弓如满月，西北望，射天狼”；“举杯邀明月，把酒问青天”，写下“但愿人长久，千里共婵娟”等脍炙人口的千古佳句。

豪放词派另一位大家辛弃疾同样有醉态可掬的词章。“醉扶孤石看飞泉，又却是前回醒处”，“昨日松边醉倒，问松我醉何如？只疑松动要来扶，以手推松曰去！”妙趣横生，着实令人忍俊不禁。然而，当您品到“醉里挑灯看剑，梦回吹角连营”之句时，又不能不为老将军跃然纸上日夜渴望为国杀敌的拳拳报国之心感佩不已！像这样“酒狂忠愤俱发”的词作南宋尤最。

还有一位瞩目古今的女中豪杰李清照，亦能酒能诗，酒后佳作纷呈。如《醉花阴》“东篱把酒黄昏后”，《声声慢》“三杯两盏淡酒，怎敌他、晚来风急”，《念奴娇》“险韵诗成，扶头酒醒”，《如梦令》“浓睡不消残酒”。而另一首《如梦令》

则绘声绘色地描述了她“沉醉不知归路，误入藕花深处。争渡，争渡，惊起一滩鸥鹭”的逗人场景。

诗情吟未足，酒兴断还续。酒朋诗侣，觥筹交错，一觞一咏，衣上酒痕诗里字，诗兴乘着酒兴，酒兴助着诗兴，血脉喷张，激情勃发，胸臆和着醉意，雄浑者越发雄浑，奇崛者更加奇崛，语妙者越是语妙，怎不叫人击节？

品味着这些酒香醇厚的诗词，如饮甘醴，你也许不由地犹疑，这些诗词是否是唐宋诗词家们饱蘸着酒水一气呵成？抑或是酒流淌到他们的血液里，融入了他们的情感里，从而化作了彪炳千秋的不朽诗篇！

我也曾寻思，假如没有酒的出现、加入，没有酒的浇灌、融入，没有酒的推波助澜，譬如柳永若不是“拟把疏狂图一醉，对酒当歌”，是否会吟出“衣带渐宽终不悔，为伊消得人憔悴”？晏殊若不是“酒筵歌席莫辞频”，是否能填出“无可奈何花落去，似曾相识燕归来”？宋祁若不是“为君持酒劝斜阳”，是否会有“红杏枝头春意闹”的神来之韵？我想，虽不能说不会和没有，但完全可以说，离开酒性的催发，唐诗宋词的世界里光彩会黯淡许多！失去酒香的诗词，意境和韵味一定大打折扣！

作者简介：淮战科，中国散文学会、中国西部散文学会会员，山西省作家协会、散文学会会员，《西部散文选刊（原创版）》、新锐散文等签约作家，作品曾先后发表在《人民文学》《人民日报》《中国青年报》《科技日报》《中国水利报》《黄河报》《山西日报》《青年知识报》《生活晨报》《黄河晨报》《西部散文选刊》《杂文界》《河东文学》《淮南》《淮南国学》《盐湖文学》《八公山文学》《杏花村》等报刊，新丝路散文、新锐散文等新媒体文学平台，被人民网、光明网、党建网、中国文明网、中国发布网、中国诗歌网、中国原创歌词网、中国知网、搜狐网、新浪网、安徽网、今日头条、风起中文网、凤凰资讯等网络媒体发表或转载，多次荣获全国性散文征文一二等奖等奖项，多篇散文入选全国性散文选编。著有《位卑未敢忘忧国》《我挚爱的热土·谋略运城》《我挚爱的热土·仰望河东》。

遇见竹

徐静

从宏村去黄山的路上，司机和我说这里就是木坑竹海。窗外，竹林从一个山头到另一个山头，惊讶于竹海的苍葱，其实更惊讶于竹海的颜色，远望，恰似流动的绿色海洋。虽是冬日，却不减其翠。

及至到了黄山，山下有竹，和木坑竹海的竹子是一样的。我不知道竹子有多少种类，但我清楚地知道，这和我在成都看到的竹子是不同的。竹竿本身的颜色就是有区别的，从远处看一个质白，一个质翠，但走近一看，都是翠色的。不知道为什么会有这样的感觉。

这里的竹叶秀气而细密，大片的竹子在一起，翠叶似绿波涌起，又似绿羽般轻柔。有点微风，就飘拂开来，一波又一波，绿色就漫上了云天。

喜欢着这样的美，柔韧而不减其秀。

黄山之上，随处可见挑山工，一根竹扁担，就承载了货物之重。跟在他们后面，觉得很神奇，纤秀的竹子剖开，就成了另外一副模样，简单，却能担负。它们随着挑山工，攀登攀登，再攀登，在风雨之中。

我以前并不喜欢竹，北方的竹细嫩，叶子看上去并不是翠绿的，甚至有些干黄，看上去并没有岁寒三友的二哥范儿。但是在成都见到了竹子之后，我才感觉见到了真正的竹子。连绵数十里，翠绿，还是翠绿，心里的欢喜无法形容，独坐幽篁里，弹琴复长啸。那种感觉怦然而来。

从此，喜欢上了竹。

而黄山的竹子却让我想到了《卧虎藏龙》中，玉娇龙和李慕白脚点竹枝站在竹海上的情景。背后一汪翠绿的海，白衣素雪，青色似玉。

竹海的颜色是清新的，不是夏时长成的深绿。这种青翠是青春的颜色，秀美流溢，经年流淌　。

我喜欢上了竹，不可否认。两次遇见，让我对竹有了全新的认识。眼睛看到的未必是真的，我再一次相信了这句话。如果我只在我所认识的地域里，怎么会看到冬日里苍翠依旧的竹，又怎么会看到如此挺拔秀卓的竹呢？

影入冰寒更见殊。竹，深扎自己的根，挺直着脊背，不管四季，始终保持本色。我想在这个冬日的旅行里，我见证了岁寒之中竹的风采。

作者简介：徐静，河南人，笔名风雨薇，《中国草根》·聚力阅读主编。以时间的心，填入生活的韵脚，相信诗行中会有蔷薇朵朵，依次盛开。

长安一片月

刘海亮

知乎上一些高赞的回复，有时看似波澜不兴，然而稍稍咀嚼，恍然而悟，诙谐风趣之下，何等的暗流汹涌。

譬如关于“安史之乱背后的唐朝经济，历史书才不会告诉”这个话题，目前最佳的论述指出，“《旧唐书·玄宗纪》说：‘天宝十三载，户 981 万，388 万不课，530 万课。口 5288 万，4521 万不课，766 万课。’……从字面上来看，大意是这样的：……大唐登记在册的人口中，40% 是免税的。剩余 60% 人口交的税要用在朝廷开支、宫廷用度、洪涝旱灾……再加上李隆基好大喜功，在北西南三个方向同时开战，军费需求庞大。即便如此，正常的税收渠道都不一定通畅，往往需要朝廷派转运使之类的官员，去地方上临时疏通、压榨，才能把钱粮运往长安。大唐盛世如繁花锦绣，可朝廷却只有两个字：没钱。没钱的李隆基想依靠高超的微操手法，把天下玩弄于股掌之间，一不小心，咣，玩出一个安史之乱”。

最近热播剧《长安十二时辰》里恰恰有类似的感慨——城外饿殍盈道，城内穷奢极欲，看看右相林九郎（李林甫）府里的排场即可一目了然。无独有偶，三百七十余载后，满腹黍离之悲的南宋诗人林升在临安城一家旅店墙壁上写下了千古一绝《题临安邸》：“山外青山楼外楼，西湖歌舞几时休。暖风熏得游人醉，直把杭州作汴州。”张小敬这个角色在历史上是真实存在的，他是唐姚汝能在《开元天宝遗事安禄山事迹》中记载过的一个人物，仅仅一笔，“骑士张小敬先射国忠落马”，这里的“国忠”自然是祸国奸相杨国忠。无疑，无论是电视剧中还是历史上，张小敬都是一个英雄。然而，张英雄绝不是那种可以振臂一呼拯社稷黎民于水深火热的“大能”。“他”既阻止不了安史乱，也消弥不了靖康耻。一两个英雄的力量是有限的，但一两个昏君足以遗臭万年，李隆基是，赵佶亦是。

十二个时辰如何济得了长安。因为“长安地下却早已埋了 300 桶石脂，只等一丝火星”。虽然无数仁人志士皆会告诫居安思危，可每个人心上紧绷的那根弦子能够坚持多久？因为大凡一个朝代的官僚体系，都躲不过一个逐渐加速腐朽的过程，难道要指望那些在社会底层为了果腹苟活而苦苦挣扎的蚁民吗？——从辩证唯物主义或者历史唯物主义的角度分析，由盛而衰，由衰而盛，是人类社会发展的必然规律，只在来早与来迟。所以有“圣人”在，林九郎在，永王在，元载、封大伦们在，再多的“张小敬”也没有用。

所以，妖冶的“安禄山”来了，铁蹄轰隆的“异族”来了。皇帝大员们大不了跑路，入川，入陕（慈禧事），最不济哪怕落在敌人手里，犹可去坐井观天（宋徽钦二帝）。而那些遍地哀鸿呢？寄希望于血腥的屠刀抬一抬，抑或风调雨顺？白日梦罢了。元人张养浩在他的散曲《山坡羊·潼关怀古》中写道，“伤心秦汉经行处，宫阙万间都做了土。兴，百姓苦；亡，百姓苦”。民不聊生是原罪，更是高压线，后世的李隆基们，并没有铭记老祖宗那句“水能载舟，亦能覆舟”的箴言，只是肆意酒池肉林，华清池里洗凝脂，国破家亡便不远矣。

安史之乱是一场空前浩劫。《旧唐书·郭子仪传》记载，“宫室焚烧，十不存一，百曹荒废，曾无尺椽。中间畿内，不满千户，井邑榛荆，豺狼所号。既乏军储，又鲜人力。东至郑、汴，达于徐方，北自覃、怀经于相土，为人烟断绝，千里萧条”。杜甫更是痛心疾首曰：“寂寞天宝后，园庐但蒿藜。我里百余家，世乱各东西。”安史之乱到底死了多少人，恐怕史家各有计数，不一而足，仅据唐杜佑《通典》载，唐治下一百六十九州，乱后人口锐减近一半，约一千六百万。人心之痛，看一看颜真卿《祭侄文稿》的满目涂改，足见一斑。一个曾经物华天宝的盛唐，再不复往日辉煌，之后的黄巢们，朱温们，各个我花开后百花杀。

读史明智，知古鉴今。在热播剧《长安十二时辰》里，还有另外一个灵魂人物——李必，他的历史原型是一代贤相李泌。安史之乱结束，百废待兴，他在一定程度上收拾起了那个烂摊子，屡有大绩。然而，大唐一世的光辉岁月终究到了头，头痛医头脚痛医脚的缝补匠们，无法彻底改变社会经济惨淡经营的现状，也无法遏止藩镇割剧势力的进一步形成，“朝廷”虚立，苟延残喘罢了。忽然联想到一段时间以来在港岛群魔乱舞的那一撮所谓“斗士”们，可谓居心叵测，祸国殃民，而最需要警惕的在于他们在所谓“高知”们中间的莫名市场，什么时候开始，卖国求荣又成了时髦。

很久以来甚嚣尘上的“民国热”，在诗歌界尤其大行其道——念念不忘的是内忧外侮，还是军阀混战？是路有死骨，还是满目疮痍？翻一翻三十七年的民国史，有几处值得推崇与纪念？有几处不是血淋淋！

元载（《长安十二时辰》人物）说，“人性从来都是趋利避害，可以背叛忠义仁德，但绝不会背叛利益”。小人常戚戚，但小人通常比君子更果断敏锐。元载并不是说破了，仅仅是提供了一个人们往往不敢正视的事实，无利谁会起早？因此才会有朝一日，东窗事发，某些人被钉在历史的耻辱柱上。

正义可能会迟到，但永远不会缺席。

作者简介：刘海亮，“70后”，河北省沧州市孟村县人。中国西部散文学会会员。部分作品散见于《检察日报》《诗潮》《诗选刊》《中国诗赋》《西部散文选刊》《西部散文选刊》（原创版）、《河北青年诗典》《长江诗歌》《诗词月刊》《渤海风》《红海滩》《北美枫》（加拿大）、《白洋淀》、《长江日报》、《姑苏晚报》、《中国长城铝业报》、《辽河晚报》、《唐山劳动日报》、《唐山晚报》、《沧州两报》等报刊。有作品入选《精短散文佳篇选　2018》。曾参加河北省第四届青年诗会。

玉龙雪山

孙悦平

掠过丽江古城外袅袅的几缕炊烟，再盘桓几十里曲折山路，便到了玉龙雪山东北脚下的牦牛坪。

牦牛坪，是玉龙雪山的北麓。

已是秋分的节气，然而这里却没见太多的萧瑟。疏缓的长甸上，各种繁茂的植物，漫溯着沁心的草香。一些叫不上来名字的野花儿，间杂在绿色中，深情地瞠目蓝天，次第地，悠然怒放着。

流光溢彩的野草里，三三两两的牦牛，在其间慵懒涣散安详地徜徉。清清爽爽的空气中，竟间或会有低洄的雾霭，从碧色弥漫的深处，盈盈飘来，于青草间浮动、缱绻。旖旎的波光，婆娑着羞怯的艳影。远处，那蜿蜿蜒蜒的木质栈道，被霭霭的雾气笼罩着，隐现的光晕里，古朴与陈朽的味道，在牦牛坪凸凸凹凹的山坡上，四处氤氲着。

登临栈道的高处，铺展在视野里的，是连天的碧色，这会儿的牦牛坪，便见不着丝毫的隐忍，丝毫的羞涩，张扬在周遭的，全都是高原别样的风情。

循着曲　的栈道走去，无数猎猎翻卷的经幡，在雪霭里飘忽，在云端隐现。海潮状的涌动里，不知寄托了多少人对美好的期盼，对祥福的祈愿。眺望着一片片圣洁的幡影，灵魂仿佛已远离了躯体，远离了尘俗的纷扰。

天南地北，潮水一般涌着神往的人们。他们或许只是想暂且卸下身心的疲惫和沉重，暂且暌隔商场与官场的纷争或钢筋与水泥的尘嚣，让心灵得以憩歇，得以寄放，憩歇和寄放在古朴的木楞房里。让它触闻着青稞酒和糌粑的香醇；让它去触摸自然的鲜活与古老；让它纵情汲取那旷阔的田园气息。

跻身牦牛坪，令人最新奇的，就是这儿的高原气候。远处，巍峨的玉龙雪山还在厚厚的雪被下沉睡，牦牛坪的草甸上，成片成片的龙胆花，却还在秾烈地绽放。循着这片生命的秾烈，向深远处漫去，雪山的白，草原的绿，连天接地，横贯在雪线之间，泾渭分明地宣示着雪山的峻冷和草原的和暖。让人既领略了玉龙雪山个性绝伦的景致，也让人生有了些许对绿色生命之别样的崇拜。

在玉龙雪山，有种多颜色植物，叫龙胆花儿。

这种花儿，尽管会开出很多种颜色，但最多见的，是靛蓝。这种靛蓝，跟多数呈深蓝色的花草儿比较，不过是很寻常的一种蓝色。然而，这些柔弱的蓝色生命，在雪山凛冽冽的逼仄下，所显示出的，却是别具的倔强和绚烂。

……

在牦牛坪，你可以从任意的视角，一睹玉龙雪山的巍峨身姿。无论是明澈的黑水河，还是苍莽的云杉雾岭，皑皑雪野，都无不恃以辽旷俊美，装染着玉龙雪山的娟丽。

走在长长的栈道上，晴朗的天空，竟豁然纷扬起雪来，空气中顿添了几分寒意和瘦乏。这份寒意与瘦乏，既像雪山虔诚的召唤，又像雪山低缓的禅语。一片片微带些寒意的雪花儿，在脸上吻落的那一刻，给人的感觉是冷的，然而她的那份清纯、那份晶莹，让人生出的感动，却胜过火的炽烈。

在丽江，人们尤为看重“秋分”。说这一天，不光日月会交合，还会给人间赐一缕完完美美的爱情阳光。即时，玉龙雪山若是云开雾散，神奇的阳光，就会铺满整个山谷。这一刻，有谁沐浴到这抹阳光，谁就能得到最美、最圣洁的爱情。但是，善妒的山神，很少在这一天开放他的胸怀，总拨云弄雾，因此世间很难有人能得到真正的爱情。

传说，在玉龙与哈巴雪山交界，有处山洞，洞中居住的，是个叫风之女的孤魂。

这个孤魂，由于是因殉情而死，所以她深知爱情的珍贵，因此，每年秋分这一天，风之女都会趁山神打盹儿的档口儿，偷着把万丈爱情阳光剪下最绚丽的一米，藏入山洞，可是，山神每次醒来都会发现，便会追回那一米阳光，所以，这一米金贵的阳光，在人间只逗留一个盹儿的功夫就会瞬间消失。因此，谁于此刻沐到这抹阳光，谁就能得到深挚且永久的爱情。

人们说，在丽江的玉龙雪山顶上，一米长的阳光照在上面的场面非常明静，非常壮美。然这一明静与壮美，恰若人生，无论你的爱情如何灿烂，如何缠绵甜美，常常会转瞬即逝。就像这“一米阳光”，只会短暂而偶然地照射在人们的身上，而不会必然地为你一生释放温暖。一辈子无法成就的永恒，或许就在某一刻凝成。一辈子难以拥有的灿烂，或许只滞留在那一米之间。错过了便是错过，错过了便是永远。

置身牦牛坪，有一种感官上的错觉，总觉得雪山与栈道是立面的，没有丝毫的距离感，俨然她就与你息息相依着，触手便可及她。可错觉终归是错觉、雪山是漫缓的，在漫缓的空阔里矗立着巍峨。她的巍峨，令人触觉到她的峻然、她的博纳。她的峻然与博纳，蕴着圣洁，蕴着内敛，温暖和拥抱着所有陶醉于此的人们。

“绝顶星河转，危巅日月通。寒威千里望，玉立雪山崇。”

玉龙雪山，尽管终年有积雪覆盖，却不是一派茫茫然然的素白，起伏叠嶂的山间，偶有嶙嶙峋峋的褐色岩石，从雪被下参错地露出厚重的面颊，在日光的映照里，泛着楚楚的光晕。尤为当斜阳透过云朵，洒落在突兀的岩石和雪被上时，雪山呈现给视觉的，却是空空蒙蒙的一抹璀璨，一抹被云朵儿憋得通红通红的哀艳。这抹璀璨和哀艳，随着光线的明暗，游丝般迷离变幻着；殷红、湛蓝、素白、灰褐、碧澈，彼此辉映且又相间。于是，草甸、雪山、蓝天，便奇妙地勾勒出了一幅美奂的天然水墨。这幅水墨，深邃明远，发人震撼，教人痴醉而流连。

“彩云之南／我心的方向／孔雀飞去／回忆悠长／玉龙雪山／闪耀着银光／秀色丽江／人在路上……”

作者简介：孙悦平，中石油作家协会会员，黑龙江省作家协会会员，中国散文学会会员，江山文学网签约作家，鸡西市作协副主席。

拉萨，致敬文成公主

鹿剑林

从初中的历史课上知道文成公主和亲吐蕃的故事。三十多年后的这个夏天，我从文成公主的出生地——山东济宁（唐朝时称“任城”）出发，一路向西，经过李唐王朝的都城长安，沿青藏线直奔拉萨。

一路上，我注视着车窗外掠过的山川、河流、戈壁、荒漠、草原、湖泊，遥想一千三百七十七年之前，李唐王朝送婚的车队翻山越岭、跋山涉水，缓慢行驶在荒漠、戈壁、山谷之间，木轮的马车颠簸起伏，十六岁的文成公主一次次深情回望，大唐国都、十里长街、大明宫已隔万重山。西域的荒凉远远超出她最初的想象。跨越千年时空，我想她内心里一定彷徨过、挣扎过，毕竟她才十六岁，还是个在父母膝前撒娇的孩子，然而此刻她却肩负着唐番和亲的重大使命，她的抉择将左右西域边陲能否长久安宁。一路护送的父亲——送亲御使江夏王李道宗一定给她讲过“昭君出塞”的历史典故，她一定比任何人更能理解王昭君，理解她马上弹奏一曲《琵琶怨》凄婉幽怨的心情，两人虽然相隔六百七十余年，一个向北和亲匈奴，一个向西和亲吐蕃，但是二人的心是相通的。王昭君在泪别西汉故土时留下了“平沙落雁”的美丽传说，文成公主在青海湖东岸的赤岭上毅然摔碎“日月宝镜”，斩断对故土亲人的深深眷恋和万般情丝，义无反顾地走上了西出阳关的漫漫长路，留下了“日月山”“倒淌河”的凄美故事。如今的日月山下，文成公主庙经幡飘飘，青烟缭绕。

进藏途中，文成公主在青海的玉树停留了半年之久。淳朴善良的玉树藏民对来自大唐王朝的美丽公主给予了至高的礼遇，让鞍马劳顿、风尘仆仆的文成公主十分感动，决定在玉树驻留些时日。她亲自教藏民妇女纺纱织布，并让随行的农艺师、工匠传授谷物、蔬菜种植和如何酿酒、造纸，极大地改善了当地藏民的生活水平。玉树民众感恩她，认为她是救苦救难的菩萨，为她建造了规模宏大的文成公主庙，文成公主的塑像端坐在狮子莲花座上。时至今日，庙里酥油灯昼夜长明，年年香火不断，寄托着人们对她的崇敬和思念。

从长安到逻些（今拉萨）六千多里的崎岖山路，送婚的车队走了整整两年。直到公元 643 年，文成公主才抵达逻些，吐蕃为她举行了盛大的欢迎仪式。赞普松赞干布为了表达对文成公主的宠爱，专门为她在拉萨的红山上修筑了一座九层宫殿——布达拉宫（吐番王朝灭亡后，大部分毁于战火，今天的布达拉宫系 17 世纪开始历世达赖喇嘛重建）。

今天，我作为文成公主的山东任城“老乡”，漫步于拉萨的大街小巷，一次次仰望雄伟壮丽、金碧辉煌的布达拉宫，我从心里虔诚地向文成公主致敬。当我一步一个台阶缓缓登上布达拉宫重重叠叠的巍峨宫殿城堡，想象着一千三百多年前，文成公主曾经在这里遥望夕阳下的拉萨河，拉萨河一刻不曾停息，哗哗的流水润泽这离天最近的日光城；文成公主曾经环顾晨光里的一座座青山，为环城的八座山峰一一起上神圣的名字，这些名字一直沿用至今。从布达拉宫的精美壁画中，我看到了文成公主美丽、端庄、华贵的面容，这些色彩鲜艳、构图精巧的壁画再现了当年唐太宗五难吐蕃婚使禄东赞的故事，文成公主进藏一路遇到的艰难险阻，以及抵达拉萨时受到热烈欢迎的场面。布达拉宫的最高点是法王禅定宫，为布达拉宫的早期建筑，曾经是松赞干布静坐修法之处，佛堂内供奉着松赞干布、文成公主和丞相禄东赞的塑像。

今天，我置身拉萨著名的八廓街，瞻仰佛教圣地大昭寺、小昭寺，感受当地藏民一遍遍转动经筒，那些来自千里之外的佛教信徒，匍匐在地磕着等身长头，他们的虔诚令我心灵震撼。此时此刻，我从心里虔诚地向文成公主致敬。是她从长安携带佛塔、经书和佛像入蕃，为藏地播下了佛教的种子；是她决心建寺弘佛，协助松赞干布建造了吐蕃式殿宇“大昭寺”、汉式庙宇“小昭寺”；大昭寺前，她和松赞干布亲手栽植的柳树历经千年依然葳蕤茂盛，标记汉藏史册的“甥舅同盟碑”就立在“公主柳”旁。随文成公主一同进藏的释迦摩尼十二岁等身像，早已尊为藏传佛教的至高圣物，供奉在大昭寺大殿的正中，成为一代又一代藏民虔诚信仰的根。

藏族人说“先有大昭寺，后有拉萨城”，此话不假。当时的逻些，还只是群山环抱里的一片沼泽地，松赞干布的吐番王朝选择在这里建造都城。大昭寺就是用羊驮土填平沼泽地建造而成的。大昭寺建成后，以大昭寺为中心逐步扩大至小昭寺、八廓街、布达拉宫方圆一两公里的区域，藏族人把这一区域称为“惹萨”，意为“圣地”，这就是最初的拉萨。

今天的拉萨，布达拉宫、大昭寺、小昭寺不仅仅是标志性建筑，更是这座城市的历史，这座城市的魂，同时也是世界文化的宝贵遗产。而这些无不与文成公主有关。

在拉萨，在西藏，与文成公主有关的传说故事很多，藏族的史书用大量篇幅来记载文成公主的事迹。据记载，文成公主不喜欢吐蕃人把脸涂成赤褐色的“赭面”习俗，松赞干布下令禁止吐蕃人的赭面，藏族姑娘才得以在众人面前展现美丽的容颜。在鲁藏布江大峡谷，我曾经看到一株巨大的桑树，据传是文成公主与松赞干布亲手所栽。正是那一时期，吐蕃从中原引种了桑树，文成公主教会了藏南和林芝地区的藏民养蚕、纺纱、织锦。我不知道，今天藏民敬献圣洁的哈达时会不会念起文成公主？

文成公主在松赞干布的宠爱下生活了不到十年。公元650年，松赞干布去世，与文成公主没有留下任何子嗣。二十六岁的文成公主留在了吐蕃，始终没有回到过故土。直至公元680年，五十六岁的文成公主在吐蕃去世。

遥想当年的文成公主，守着一盏清灯静心礼佛，慢慢打发着孤寂而漫长的岁月，夜深人静、月明风轻之时，她是否思念数千里之外的父母亲人，是否忆起在东鲁任城的童年时光，是否怀恋大唐皇宫里与姐妹们在一起的热闹非凡？

今天我们看到的小昭寺，大门朝东，那一定是她寄托对家乡父母的思念。

我想告诉文成公主：在你出生之地东鲁任城，大唐骄子李白曾经在此定居，如今在城南的太白湖中，任城的乡亲为你立起了高高的塑像，你在藏传佛教中被尊为“绿度母”（菩萨）的化身，在太白湖中，你已成为众人心目中的观音。

作者简介：鹿剑林，全国公安文联作家协会会员，山东省散文学会理事，济宁市作家协会会员，《鲁艺》杂志编辑，诗歌散文见于《山东文学》《星星诗刊》《作家天地》《散文百家》《当代散文》《西部散文选刊》《鲁艺》《家园》《人民公安报》《齐鲁晚报》《联合日报》《济宁日报》《济宁文艺》《东方文学》等报刊，多次在全国和地方主题征文活动中获奖。

文脉

刘发祥

站在苗岭山脉主峰莽莽苍苍的云雾山巅，俯视着平伐场坝边缘的莫沙寨，就宛如枝叶繁茂的参天大树之间的一片绿叶儿。绿叶虽小，却骨肉俱全，有生命。

莫沙寨，一如它沉甸甸的名字，在历史的快车道上牵了一段沉重而悠长的岁月。就这样，不经意地有了几分神秘，让一拨拨不期而至的客人感觉到它的厚重。

于我看来，却又仿佛是一篇有着灵动而深奥玄理的文字，在盼着能够读懂它的旅人们的光临。

说实话，我一生中总是孤独的，便不害怕孤独像影子那般相随左右。好像是在一本书里看到过一位哲人说，孤独是一个人与生俱来的幸福。于是乎，为了读懂几分神秘几分诱惑的莫沙寨，依稀记得十余年前，我就一次次孤独地走进它的肌肤里，探寻其近四百年的生存脉络。在卵石或者青石堆砌的院落围墙连接而成的巷道里，我踟蹰、徘徊、拍照，东张西望地寻觅着能够组成文字的素材。

这是个不很大的单纯的布依山寨，从寨门口往里走到头，也就一两支烟的功夫。短短的巷子，却用了我不少的时间，仿佛是带着一双考古的眼睛，走一步，看一步，想一步，缕缕思绪，生出万般感想。

明末清初，远在南疆的黔中之地虽早已纳入国家版图，却仍是一片荒蛮，远离教化。鞭长莫及啊，朝廷的恩威很难浸透到这里，故而就有许多不安定的因素存在，反叛的焰火如同天上一眨一眨的星星此起彼伏。朝廷的安全与权力受到了挑战，就必然有一场场的血腥杀戮。这个时候，河北巨鹿的莫天宿就手持令牌，充当了最高政府的执行者，一路向南勇猛地征战讨伐。最后，战功卓著的莫天宿全身而退，供职镇南，戍边于云雾山间。

天宿之功，有谁做过深究而记录在案？我想，这或许是一个空白。他带领的这支军队屯兵于此后，久无战事，若干年后无一不化身为黔中日出而作日落而息的边地居民。他，更是花上偌大的功夫，选择依山傍水的洞天福地建起了族群家园，做起了始祖天宿公。可以说，这是从骨子里极有力的一步一个脚印地促进了这一地区的民族大融合，同时又将中原地区先进的文化一脉带了进来，生活习俗、建筑风格，以及教育模式……这，才是不朽的东西。

告别刀剑，告别腥风血雨，享受大自然的恩泽，享受家人的天伦之乐，该是一种莫大的幸福。从这一时刻算起，距今已是四百多年了。

1894 年，也就是莫天宿先是建造云雾山营盘，又由其子嗣所经营的幸福乐园莫沙寨后的二百六十余年，后辈之一聪颖好学的莫异　出类拔萃，因在府、州、县组织的考试中成绩优异而被选拔升入京师的国子监深造，成了一名贡生而进入为皇帝设置的人才库。他虽未能在皇帝亲自主持的考试中得到准进士的资格，却获取了选官的机会而到麻哈州任职。

之后年复一年的日子里，人们一直对这位勤奋的知识分子抱着一种尊敬、崇拜的心态，无不称之为恩进士。

这个时候，清政府的腐朽已经到了病入膏肓的地步，官场上的腐败与尔虞我诈令莫异　无比的窒息。这个流淌着布依族忠厚、诚实、不屈血液的七尺男儿岂能与之同流合污。什么官袍、官印、俸禄……于他而言，莫过于缕缕过眼云烟。他唯一感到遗憾的是，还没有为麻哈州的万千民众谋到更多的福祉，可是他每日里的脑海中都在徘徊着两个字：回家！

回到茶乡老家的莫异　，没有沉沦，没有念想科场的功名，而是用父母数十年血汗奔来的基业筹办义学，惟愿将先祖留存的文化遗产一路传承下去。

义学创办之后，莫异　便拟定严格的学习管理制度，规定禁止学生习染鸦片，不准嬉闹喧哗，不准口角，同学之间要互相礼让，放学后在路上要尊长爱幼，回家更要主动帮助家长做事，自觉完成功课。

作为寨中德高望重的大知识分子，他在先辈天宿公们经过一代又一代理论与实践的基础上拟定了莫氏族规，以及言简意明的族训：信义谦和。

此后的莫沙寨，义学里书声琅琅。孩童们清脆、稚嫩的读书声宛如天籁之音断断续续地萦绕在寨子的每个角落。有小孩读书的农家院落里，那一声声——

"人之初，性本善……"

"兄道友，弟道恭；兄弟睦，孝其中。财物轻，怨何生？言语忍，忿自泯。"

"学而时习之，不亦说乎？……"

分明就是无限的生机、活力。看着莫异　带来的这一系列变化，憨厚、朴实的布依人咧开嘴笑的时候，往往会说：不错，要得，要得。

闲暇时光，莫异　常常会迈出义学，穿过寨子走一段黄泥土路，然后在君臣岩古松下的青石上坐下来，眺望着青葱的远山，静静地思索：麻哈州的乡亲可好？

2019 年，莫沙寨又于莫异　先生辞世后匆匆地走到了一百二十余年后的今天。如同匆匆翻过的一部断代史，尽显沧桑。然而，随着时代对村寨的打磨改造，昭示沧桑的青石板路，吊脚楼，义学馆已不复存在。我们仅仅能够在寨门口的桥头边看到半截无限委屈不断抽泣的闸子，现在谁还能想到这闸子曾经是族人的荣耀啊，或许，也还有一两家尚未来得及拆除的旧房子里，看到黄迹斑驳的板壁上有少许的木雕工艺品。

据说，寨子中间的那个山洞通往小桥边的水井，以前时常会游出大大小小的娃娃鱼，现在却成了故事。老一辈的人，往往言及这些事，满眼都是泪水。

就这样，一些不可理喻的现代文明，成功地给人们洗了脑，改变了他们的思想、行为习惯。

呵，莫沙寨人将如何续写今后的历史，是个不小的课题。

莫洪明，一个已逾不惑之年的莫沙寨后生，尽管生活的风霜使其风华远去，他却有一颗依旧年轻的心。很久以来，他就一直在不断地思考，怎样才能让老一辈创下的文化根脉传承下去。一日复一日，他风里来雨里去，以愚公精神默默地做着他心中宏伟蓝图的基础工作。

修路改善交通，四处考察找寻经济产业以谋求群众致富通道。运来一堆堆山石，请先生参谋书写家风家训，则是为了让人们永远不忘老祖宗。

渐渐地，往深处看问题的人们，看出了他的事儿，他在坚定地走着文化自信的路。

很多时候，莫洪明都是在孤独中风霜雨雪、餐风露宿地坚持着为文脉的事一砖一瓦地积累着。路遥知马力，日久见人心。窥视到他真心的寨中乡亲，没有再让他继续孤独下去，纷纷伸出手来助力乡里的这件千秋大事。接着，又得到村里的支持，使其倾力打造的文化园更显圆润饱满。

时常关注他的人，会发现他常常孤独地于阡陌旷野间漫步、沉思，那一定是他又在想着要为乡里做些什么公益的事了。

无论是他，或是寨中乡亲，以及村里干部，无不都是在这云雾茶乡的崇山峻岭中担负着不可推卸的历史责任，用身心，用血汗，再去续那一段四百来年的历史，续一段如歌的岁月。

作者简介：刘发祥，中国散文学会会员，中国西部散文学会会员，贵州省作家协会会员，贵州省散文学会会员，黔南州作家协会理事，贵定县作家协会副主席。1986年开始在《贵州日报》发表第一篇短文“四颗珍珠”后，三十余年来已断断续续地在《散文选刊·原创版》《散文百家》《西部散文选刊》《速读》《散文家》《文化艺术报》《作家世界》《文学月报》《夜郎文学》《贵州铁道文艺》《未央文学》《齐鲁文学》《文学月报》、杂文报《寸心集》等刊物上发表作品五十余万字。散文《牛杂火锅趣谈》于2011年入选《散文百家十年精选》。散文《最美的修行》《庚娘的春天》入选《唯美文精选》，散文《两百年的等待》入选《精短散文佳篇选粹2018》，出版有个人散文集《凤凰栖居的地方》。

嘉峪关悬臂长城

石丽霞

比起嘉峪关城楼，我更喜欢黑山之上的悬臂长城，因为那里游客总要比城楼稀少清静一些。沿着四百多级的台阶一级一级直到最末端，也算是一种耐力和体力的考验，特别是遇到夏天，当陡峭的山路台阶横亘于脚下时，藏在内心的退让便一次次冲锋陷阵，爬与不爬的争斗中，两腿发软汗流浃背的时候，才发现已经胜利地钻进烽燧到达山顶。选择在最高的地方吹吹风，再让那些尽收眼底的荒凉洗净平日里积攒的喧嚷和铅华。

悬臂长城，像英雄高高举起的手臂，哪怕年代与岁月腐蚀了曾经鲜活的血肉，哪怕只剩下连筋络都不复存在的白骨，也足足留下铮铮傲气，这样的铮铮傲气足够占据和守卫万里关山。山河匆匆岁月如梭，空旷辽阔的关外，在这个早已平息了烽火狼烟的稳定年代，显得格外沉寂，唯有久渴成疾的石头罗列着这里亘古未变的干旱，它们用黝黑的眼睛守望一些沙蓬草，也守望一些不知道活了几万岁的梭梭柴，更为自己守着无名的山尖，直到后来人们把最直观的黑色唤成了山的名字。

绵延起伏的山顶脉搏，和长风的呼吸一样铿锵有力，下山的道路更是奠基在坚硬的石头之上，也许是受到护国寺晨钟暮鼓的超度，这些坚硬的岩石不再锋芒毕露。我是在冬天里抚慰过那些被晒得焦黑的石头，也许我手心里的温度对它们来说，还不如阴山里缭绕的一袭烟雾，但是它们冰冷的肌肤瞬间就能穿透我柔弱的神经，一颗镶嵌在崇山峻岭间的石头，一堆用生命累积成山的石头，也许在最早人们兵戎相见的年代，就已经褪去了色泽，而那些刻在脊梁上的断层亦或是深浅不一的线条，许是也沾染过勇士的鲜血，所以直到今天，仍然有很多虔诚的教徒不远万里前来祭拜，除了祭拜一些救苦救难的神灵，一样会祭拜这些久经岁月依旧缄默的石头。善男信女求来平安锁和许愿牌，或者更多的人愿意写上名和姓悬挂于山路两旁的铁索上，如此生命历程中便新添了另一些安心，也新添了更多的沉稳和豁达。所以，我眼里这一条蜿蜒坚硬的铁索小路，是一条慈悲的小路，也是一条充满希望与美好远方的小路，被超度的风雨雪霜和焦黑的石头，定然会护佑这密密麻麻悬挂着的许愿牌和平安锁的主人。

住在嘉峪关已经数十年的时间了，我记不清自己曾多少次登上嘉峪关城楼以及北上延伸的悬臂长城。这里是明代万里长城最西端的起点，自古为河西第一隘口。第一敦与悬臂更像是嘉峪关城楼的一对翅膀，雄鹰才有了久战沙场的雄心壮志和镇守边关的胆魄。数十年的光阴一晃而过，一个河东女子就这样定居在长城脚下，任长城文化和丝路文化一点点渗透到自己的血液里，后来便深深喜欢了大漠戈壁的风沙和荒凉，得空跑去看城楼或是爬悬臂长城，就成了我最快乐和满足的一件事情。

茫茫戈壁，悠悠黑山，总是以静默的姿态铺垫在河西走廊，而终年积雪的祁连山脉，更是用洁白如玉的白雪诠释着岁月，更迭往复的，不过是一些人间烟火，那些主宰过江山社稷的丰功伟绩，将永远闪耀在关山隘口。例如，丝绸古道上的珍贵片段，总督将军们留下的足迹，因玄奘晾晒经书而呈现出特别白色的一段路程……嘉峪关城楼、凌空挂着的悬臂长城，这充满传奇和许多不同时代的苍茫厚重……所有的所有，也许都典藏在黑山的历史里，然后分配给长城的每一块砖和每一颗石头。

逆着风，也许就能听得见雄关漫道上发生的故事和阵阵驼铃……

作者简介：石丽霞，从事幼儿教育。文学公众号文海诗轩传媒、蜗居漫时光、麒麟诗刊编委，《中国草根》·聚力阅读杂志编委。热爱文学、摄影，作品散见于经典文学网、江山文学网、公众平台、《中国草根》《当代校园文艺》。愿在烟火红尘里寻一处安静，以文煮酒，以梦为马，浅记流年。

等待在时光深处的女子

贺昕

她的一生注定要在漫长的等待中度过。

十七岁啊，正是枝头娇艳的一朵，晶莹的露珠亲吻着，小鸟在耳畔鸣唱着，清风抚弄着，月光清洗着，日日夜夜等待着。等待心爱的人前来嗅一缕幽香，撷一片花瓣。和所有开放的花朵一样，和所有青春妙龄的女子一样，南郡秭归，一户平常人家的院落里，王昭君也在不安地等待着，等待一位英俊潇洒的青年走入梦中，和自己执手相伴，白头偕老。庭院里的蔷薇花袅袅低垂，东风无力，柳丝儿轻飏，柳絮漫无目的地飞舞。紧锁在闺房中的心，有一点惴惴不安，有一点迷离恍惚。他会来吗？他什么时候来？他是温柔的春风，还是四处采花的蜜蜂？

然而王昭君的梦幻很快就被一纸诏书击碎了。建昭元年，那注定是不平常的一年，汉元帝征集天下美女，才貌双全的王昭君自然免不了被选中的命运。她无力反抗，甚至没有资格发出一声抗争的呐喊，只能忍痛告别至爱的双亲，告别故乡的山山水水，向京城里的皇宫驶去，迎接她的，是一个迷茫的世界。

又是一轮漫长的等待。汉宫三年，小径上的青苔绿了又黄，园里的花朵开了又落，春天来了又去。门口的脚印层层叠加，压得青石板都喘不过气来了，然而，张望的目光依然拨不开那一层浓重的雾霭，纤纤玉指弹拨出的一曲曲幽怨的琵琶声，也无力穿透厚厚的宫墙。徜徉在万花丛中的汉元帝，何时才能在昭君这一朵花面前停留呢？可她偏偏又是空谷幽兰，不愿哗众取宠的；是众荷喧哗中的一枝独秀，不愿轻易折腰的；是万紫千红中的一点芍药白，不愿随波逐流的。这样的等待，也注定是无望的。

在等待中，转折悄然而至。竟宁元年，王昭君迎来了她人生中的一次转折，呼韩邪单于第三次来到长安，向大汉皇帝提出和亲要求。她看着枝头的鸟儿在清脆的长鸣声中飞过围墙，消失在遥远的天边，做出了让所有人都意料不到的决定——和亲。这一决定不啻于一声惊雷，压过了宫女们恐慌的心绪，也解开了汉元帝紧锁的眉头。

汉竟宁元年，注定是要载入史册的一年，也是让后人永远记住的一年。当呼韩邪单于与王昭君四目相对时，他惊呆了，在他眼前，仿佛打开了一扇关闭已久的园门，似锦的繁花，飞舞的蜂蝶，茵茵的绿草，啁啾的鸟儿……他有些眩晕，有些睁不开眼。汉元帝这才发现，自己是被画师毛延寿蒙蔽已久的傻子，盛装的王昭君似杨柳迎风，似红荷映日。王安石的讽刺可谓一阵见血："归来却怪丹青手，入眼平生几曾有？"并为毛延寿平了反："意态由来画不成，当时枉杀毛延寿。"矛头直指昏庸的帝王。

然而，踏上征途的柔弱女子，怎能不愁肠百结，思绪万千？马踏尘土，黄沙漫漫，朔风凛凛，雪花飞舞，而故乡却渐行渐远。从此，乡音渺茫，亲人也只能在梦里相见。都说天空中的那只飞雁是昭君悦耳的琵琶声惊落的，都说沙漠里的神湖是昭君思乡的泪水汇聚成的，都说北地草木皆白时，唯昭君墓草色青青……

正是有了昭君的温柔与友善，匈汉两族的土地上才繁衍出了无数绚丽哀婉的传说。匈奴的寥廓苍天至今记得，匈奴的茫茫旷野至今记得，匈奴的每一条溪流至今记得，王昭君足迹踏过的地方，荒漠变成了绿洲，干涸的河床重新泛起了绿波，原野上的牛羊和花草争着生长……

但是谁又能知道，在匈奴的日日夜夜，她无时无刻不在等待，等待着归汉的那一天。三年后，当能和她互道情意，互诉衷肠的呼韩邪单于离他而去时，她似乎看到了希望的曙光，上书汉庭，请求归汉。然而，她饱蘸着泪水写成的书信只换来冰冷的三个字：从胡俗，她只好再次下嫁呼韩邪单于长子——新单于雕陶莫皋，开始了更加遥遥无期的等待。

有几人能知，思乡的烈焰曾如天边的晚霞般绚丽地燃烧，等待的热情被边塞的苦寒一次次浇灭。然而，世世代代的人都看到，五彩的祥云曾经缭绕在匈汉两族的天空长达六十年之久，赞美的言辞已经汇聚成不可抗拒的洪流，冲过历史翻卷的旋涡，催生出星辰般璀璨的文明之花，每一朵都散发着醉人的幽香！

作者简介：贺昕，陕西神木人，毕业于宝鸡文理学院，高级教师，榆林市作家协会会员，陕西省青年文学协会会员，中国西部散文学会会员，在《延河》《文化艺术报》《华商报》《榆林日报》《西部散文选刊》等刊物发表散文多篇。

美丽的中文永远不老

孙瑜

中文，从仓颉造字开始，走到今天，已经有两千多年的历史。我们美丽的中文，已经有两千多岁了。每一个汉字都是有生命的，经过了漫长的时光洗礼，她依然熠熠生辉，光彩照人。我们每个炎黄子孙，在用心学习中文，品味中文，感受中文的时候，都会发现她醇美芬芳的独特魅力。

中文是充满诗意的。比如“明”字，在普遍的认知里，太阳为明，月亮为明，日月相加是为明。其实不是这样的，在秦朝的小篆里，明字左边是个“　”，“　”就是窗户，“明”的意思是一轮月亮照到窗户上。你瞧，古人造字，多么美多么诗意。

再比如写个“雨”字，点点滴滴的样子，淅沥淅沥的情境，一切云情雨意，就宛然其中都可意会了。中文给人视觉上的这种美感，岂是什么 rain 或者 pluie 所能表达的？

我的大学老师——路也，小有名气的青年女作家。在写自己侄女名字时这样说：果果这个名字是由我妈也就是果果的奶奶起的。“果”是象形字，这个字里包含了“木”字，它的繁体写法或许还要有个草字头吧，同时，这个字里还有着一个又一个的“口”字。小孩子属兔，兔子是草食动物，有了草和木，就不缺吃的了，而“口”字表示一个又一个的洞，狡兔三窟嘛，而她这只小兔可不止拥有三个窟，反正是不缺房子住了。“果”这个字真是可爱，越看越像一个娃娃正面站着或正面躺着的模样，有圆圆的脑袋，有伸开的胳膊，有腿脚，好像还穿着喇叭形的小裙子。

在老师的眼中，每一个汉字都散发着生命的气息；每一个汉字都闪烁着诗意的光芒；每一个汉字都蕴含着天地万物的玄机与奥妙。一个个小小的汉字，把零碎的生活连成了串，缀成了一个又一个故事。这些故事，缀着过去，连着现在，展向未来。

中文的形态是全世界最美丽的。从古至今，甲骨文的神秘之美，大小篆的圆润之美，隶书的端庄之美，楷书的俊秀之美，行书的玉树临风之美，草书的龙蛇游走之美——美乎哉？美矣。

学过毛笔字的人都知道，要想写好汉字中的三个最基本笔画——“点”“横”“竖”，必须做到，“点”如“高峰坠石”，“横”似“千里阵云”，“竖”像“万岁枯藤”。细细品味，原来，中文的形态之美，是从自然万物中来的，是从生命休戚中来的。

书法家将这些看起来规矩规矩的方块字，注入灵气，加上理解，融入涵养，美丽的中文马上变得摇曳生姿，气象万千起来。霎时间，天地万物、爱恨情仇、悲欢离合都被纳入笔底烟霞。岂是一句“文如其人、字如其人”能够道尽的？中国古代的科举考试，注重应试者字写得漂不漂亮。中国古代文人的修身，很多是通过书写进行的。

人们都知道练书法可以长寿。欧阳询 84 岁，柳公权 87 岁，颜真卿遇害时已 76 岁，陆游 85 岁，文征明 90 岁，董其昌 81 岁……在笔端纵横中，达到精神沉醉和意境的超越，是修炼，是升华，是自我的重生。

中文的发音是有音乐美的。阴平、阳平、上声、去声加上轻声、变调，还讲究抑扬顿挫、轻重缓急。中文读起来，如音乐一般美。随口背一首《念奴娇》：“大江东去，浪淘尽，千古风流人物。故垒西边，人道是，三国周郎赤壁。乱石穿空，惊涛拍岸，卷起千堆雪……”耳畔顿时响起如雷涛声，眼前立现水花飞溅，仿佛独立在赤壁古战场。

再读《雨霖铃》：“寒蝉凄切，对长亭晚，骤雨初歇。都门帐饮无绪，留恋处、兰舟催发……”耳边寒蝉如泣如诉，雨后长亭伴着催发的兰舟，有多少惆怅无人说。

即便是最简单的启蒙读物：“春对夏，秋对冬，暮鼓对晨钟。观山对玩水，绿竹对苍松。冯妇虎，叶公龙，舞蝶对鸣蛩。衔泥双紫燕，课蜜几黄蜂……”“贤对圣，是对非，觉奥对参微。鱼书对雁字，草舍对柴扉。鸡晓唱，稚朝飞，红瘦对绿肥。举杯邀月饮，骑马踏花归……”又多么清脆悦耳，朗朗上口，字音一出，便心生愉悦。

想起张爱玲在她的《天才梦》中有这样一段描述：“对于色彩，音符，字眼，我极为敏感。当我弹奏钢琴时，我想像那八个音符有不同的个性，穿戴了鲜艳的衣帽携手舞蹈。我学写文章，爱用色彩浓厚，音韵铿锵的字眼，如‘珠灰’，‘黄昏’，‘婉妙’……” 看到这些，我眼前的中文好像一朵又一朵开在宣纸上的小梅花，万千姿态。又好像一个又一个摇曳在晨风中的响铃，叮咚悦耳。

中文的意境最美。今天，我重读张若虚的《春江花月夜》，“春江潮水连海平，海上明月共潮生”，短短十四个字，就将江水与大海相连，无边无际的水面映着明月展现在我们眼前。不仅如此，这江水还是春江，万物复苏，土松泥软，盈润的春水，一个“春”字就淋漓尽致。在这个浩瀚无尽的世界中，一轮明月皎洁辉映，更给这浩瀚添上光亮，光助潮水涌，潮水映月光。这得美成什么样呀！短短十四个字，一幅画、一首诗、满满的情表达齐全，又回味无穷。画是安谧的，是涌动的，诗是清澈的，是通灵的。动静相宜，明暗相生，诗情画意，说不尽的美丽。这说不尽的美丽，都是借助于中文来表情达意。这些，我不相信世界上有任何语言能够表达出来。还有李清照的《声声慢》：“寻寻觅觅，冷冷清清，凄凄惨惨戚戚。乍暖还寒时候，最难将息。三杯两盏淡酒，怎敌它、晚来风急。雁过矣，正伤心，却是旧时相识。”句句都是血和泪，令人不忍再读，又忍不住反复诵读。虽冷清难耐，却又有刚劲之态。“守着窗儿，独自怎生得黑”美人迟暮却从容。

然而，这样一首绝妙的词作，在翻译成英文的时候却遇到了前所未有的困难。一句“寻寻觅觅，冷冷清清，凄凄惨惨戚戚”，只有十四个字，细算起来去掉叠字的话，实际上就只有七个字。可就是这样一句连孩子们都会念的句子，却让许多翻译大师绞尽脑汁。

这简单的几个字中蕴含着不忍卒读又不忍不读的意蕴。如何把这种意蕴，如何把中文特有的美，用英文尽量展现出来？就算不能全部展现出来，哪怕多一点点也是好的。可就算冰心、林语堂这样的大师也给不出完美的翻译。中文之美，无可取代。她需要我们慢下来，慢下来，再慢一点。细细品味她的美。

诗人余光中在《听听那冷雨》中说：“杏花。春雨。江南。六个方块字，或许那片土就在那里面。而无论赤县也好，神州也好，中国也好，变来变去，只要仓颉的灵感不灭，美丽的中文不老，那形象磁石般的向心力当必然长在。”小轩窗，正梳妆，背铁戟，战沙场，遍插茱萸、新桃旧符。如一叶扁舟划过寒霞，游往青山，美丽的中文之于我，便是如此，旖旎深邃而醇美芬芳。

作者简介：孙瑜，山东省散文学会会员，山东省普通话测试员，济南某职业

学院语文教师。在人民网、新华网、齐鲁网、山东省教育厅、《齐鲁晚报》、《济南时报》发表新闻百余篇。散文作品多次被推荐到新浪博客首页，并在《西部散文选刊》《导游之家》《都市女报》《襄阳晚报》等杂志报纸发表。在教育部、新闻办、新闻中心主办的“党和人民满意的好老师”征文中获奖。

牡丹之美

曹喬

牡丹之美，早已被人们首肯和赞赏。名列中国四大名花之首的牡丹，被人们广泛赞誉为“国色天香”“花中之王”。

阳春三月，大地回暖，万物萌发。就在桃花、梨花、杏花等次第绽开之后，大自然中唱主角的花王牡丹，在百花簇拥之下，“千呼万唤始出来”。牡丹之花，以其娇艳多姿，雍容大方，富丽堂皇，国色天香，备受青睐，引起历代文人墨客垂爱，挥毫泼墨纷纷讴歌与赞美。

牡丹之美，美在历史悠久，美在其深厚的文化底蕴。

牡丹不仅仅是自然界中的一丛花卉，在中国文化长河中，还是一种蕴含丰富的文化符号。它本是一种自然之物，并不具有“文化”内涵。但是，牡丹是中国固有的特产花卉，有着两千多年的人工栽培历史，以其花大、形美、色艳、香浓为历代人们所称颂，具有很高的观赏价值和药用价值。久而久之，逐渐形成了饱含中国元素的“牡丹文化”。牡丹文化，是中国文化的一个子集，是中国文化不可或缺的有机组成部分。

论及牡丹文化的起源，若从它进入《诗经》算起，距今约3000年历史。秦汉时代以药用植物将牡丹载入《神农本草经》，使之进入药物学。南北朝时，北齐杨子华画牡丹，使之进入艺术领域。史书记载，隋炀帝在洛阳建西苑，诏天下进奇石花卉，易州进牡丹20箱，植于西苑。自此，牡丹进入皇家园林，涉足园艺学。在诗歌发展到鼎盛的唐代，牡丹诗大量涌现。白居易的“花开花落二十日，一城之人皆若狂”，可见其赏花盛况；李白的“云想衣裳花想容，春风拂槛露华浓”，实乃千古绝唱；皮日休的“落尽残红始吐芳，佳名唤作百花王。竟夸天下无双艳，独占人间第一香”，极尽赞美之能事。宋代开始，除牡丹诗词大量问世外，还出版了牡丹专著诸如欧阳修的《洛阳牡丹记》、陆游的《天彭牡丹谱》等十几部之众。散见于历代种种杂著文集中的牡丹诗词文赋，遍布民间花乡的牡丹传说故事，以及雕塑、雕刻、绘画、音乐、戏剧、服饰、起居、食品等方面的文化资料，比比皆是，不胜枚举。

“洛阳地脉花最宜，牡丹尤为天下奇。”洛阳牡丹根植河洛大地，始于隋，盛于唐，甲天下于宋。历史上，古都洛阳的牡丹为最多最好。解放后，牡丹种植有了长足的发展，牡丹文化逐渐被人重视，出现了大批牡丹研究工作者和专家。牡丹文化兼容多门科学，其构成非常广泛，它包括哲学、宗教、文学、艺术、教育、风俗、民情等所有文化领域。牡丹文化中所提供的文化信息，可以反映出中华民族文化的基本概貌，符合宇宙间的“全息律”。

牡丹之美，不只是花朵硕大，娇艳多姿，更在于雍容大度，芬芳馥郁。唐代徐夤写牡丹的香艳迷人，“娇含嫩脸春妆薄，红蘸香绡艳色轻”；唐朝诗人徐凝赞叹牡丹的艳压群芳，“虚生芍药徒劳妒，羞杀玫瑰不敢开”；刘禹锡极力赞美牡丹花的美艳多情，“庭前芍药妖无格，池上芙蕖净少情。惟有牡丹真国色，花开时节动京城”。牡丹成了诗人们笔下的宠儿：“万万花中第一流”（徐夤）、“天下真花独牡丹”（宋代欧阳修）、“天然国色美无双”（清代陈确）。

牡丹花，一般在暮春开放。民谣有云，“谷雨三朝看牡丹”。牡丹花绽放之时，桃花、梨花、杏花都已败落，可见牡丹迟开不争春。这一点，也引起诗人词家的赞美。他们以花喻人，赞美高尚风格。如唐朝殷文圭的诗，“迟开都为让群芳，贵地栽成对玉堂”，“雅称花中为首冠，年年长占断春光”。唐朝李山甫的牡丹诗说，“邀勒东风不早开，众芳飘后上楼台。数苞仙艳火中出，一片异香天上来”。陆游还以蜜蜂、蝴蝶繁忙恋花的情景来衬托牡丹的天香国色，“吾国名花天下知，园林尽日敞朱扉。蝶穿密叶常相失，蜂恋繁香不记归”（《牡丹》）。有的诗人把牡丹花比作嫦娥、婺女、西施、洛神等传说中的神女和美人。明人李贽的牡丹诗写道：“忆昔长安看花时，牡丹独有醉西施。省中一树花无数，共计二百单八枝。”既生动形象，又比喻恰切。元代诗人李孝光的诗，颇能表达人们对牡丹的赞美之情：“富贵风流拔等伦，百花低首拜芳尘。”

牡丹之美，美在鲜艳壮观，寓意深刻，其富丽堂皇的姿容象征着中国富贵吉祥，繁荣昌盛。

在我国，花文化情结的历史可谓源远流长。牡丹栽培早在魏晋南北朝时就有记载，到了隋唐，其栽培技术已有很大发展。牡丹成为名贵观赏花卉，始于隋而盛于唐。在唐朝，牡丹艳压群芳，以其国色天香赢得唐人的喜爱，被誉为“花王”，推崇为“国花”。据不完全统计，仅《全唐诗》中就收录了 50 多位作家的

100 多首吟咏牡丹的诗歌。“惟有牡丹真国色，花开时节动京城”，“三条九陌花时节，万户千车看牡丹”，“春风得意马蹄疾，一日看尽长安花”。从这些诗句中，我们仿佛还可依稀看到唐人对牡丹无以复加的痴情和偏爱。

“洛阳牡丹甲天下”。如今牡丹已被河南洛阳市定为市花，并确定每年 4 月 15—25 日为“洛阳牡丹花会”。每当花会期间，游人云集。怒放的牡丹一朵朵，吸引着成千上万的中外游客。人们以花会友，共赏牡丹花王，同享盛世盛会。毫不夸张地说，当今人们，对于牡丹的热爱，绝不亚于古人。

中国人欣赏花，不仅欣赏花的颜色和姿容，更欣赏花中所蕴含着的美好寓意、精神力量。“牡丹，花之富贵者也。”牡丹，是中国传统名花，富丽堂皇，国色天香，自古就有富贵吉祥、繁荣昌盛的寓意，代表着中华民族泱泱大国之风范。这与“中国梦”不谋而合。我以为，以牡丹为当代中国之国花最好不过。作为中国文人的一员，我要大声疾呼，呼吁有志之士提此提案。希望国人与我一道呼吁，尽快使国色天香的牡丹成为新中国国花。

“啊，牡丹，百花丛中最鲜艳……啊，牡丹，众香国里最壮观……”那浑厚优美的旋律又一次回荡在我耳旁，牡丹文化所体现的精神力量，一直在我的心头激荡。

作者简介：曹乔，陕西山阳县人，中学语文高级教师，山阳县首批优秀拔尖人才。中华当代文学学会、中国散文家协会、西部散文学会会员。先后在全国报刊发表文学作品 600 余篇，80 多万字。作品收入《中国青年诗人精选集》《新诗百年·陕西卷》《中国当代微型小说方阵·陕西卷》《陕西小小说 20 年经典》《时文选粹》《百家散文精选》《中华散文精粹》等 40 多个全国大型诗文选本。其中《荷花的高洁》获第三届中国散文精英奖卓越成就奖。《水灵的周庄》荣获 2012 年中国散文华表奖最佳作品奖。《永恒的文赤壁》荣获上海 2015 年第二届中国散文佳作奖二等奖。

上稍桃夭夭

李清云

桃之夭夭，灼灼其华。

江西庐山大林寺的桃花缓缓开在初夏时节，而青州市上稍村的桃花，却在早春三月将到未到之际盛放，时令惊蛰前后。

王坟镇的上稍村三面环山，只有北面一条小路，蜿蜒连通着外面的世界。村西南有一笔架山，其东南坡上有桃林。乍暖还寒时节，风还萧瑟，衰草遍野，北坡的积雪还未融尽，桃林的花事就开始了，看花的人就来了。

村子里住的大都是些六十以上的老人，老人大多住着石头垒砌的老式房子。年轻的人都走出去了，外面的人来了又回去了，村子的模样还是古朴的模样。老人们喜欢一溜摆开，靠在门前街边的石墙上，顺手把拐棍斜倚在身边，袖手坐着，不约而同地。以前，他们看天、看山，闲云野鹤一般；现在，他们看来来往往的看花人。

路上有了脚步声、说笑声，一阵又一阵的尘土腾起来，细烟般萦绕在看花人的脚踝间。有人询问去路了，老人们便极热心地指点一下，再指点一下。他们顺便挪动一下身子，就有了些微的兴奋，好像是要引着这些陌生的人，去相看自己家羞涩待嫁的俏闺女。

山之东南坡，陡峭。看花人一队一队的来了。不同的相机次第按下，桃林在不同的镜头里打开了一个春天。一株桃树，大多数的朵儿正含苞，极其认真地剪着、绣着梅一般的红骨朵、红花萼，就像小时候爹爹贴在窗户上的剪纸，或者是娘亲给新女婿绣的花鞋垫，都有这般鲜亮饱满的骨朵儿。刚入桃林，树，一株两株；花，一团一簇；人，三三五五。越往深处走去，一大片桃林，数百株，在山间沟坡上各自开花，各自缤纷。这一刻，人，成了晋太元中的武陵人；花，植在了《诗经·周南·桃夭》里了。

将开未开的桃花，正小心翼翼地、认真地、努力地开着，就像是青春的细小心事遮遮掩掩的。再去看一株全开的树，那花瓣略施了粉黛，却没有忘记在蕊心上点了胭脂，给蕊丝贴上了花黄，尖尖地投影在粉嫩的羽瓣上，点墨有痕。风动时，花瓣翻卷的刹那，花萼就露出了大半边脸儿，上面俨然印着一个个红艳艳的吻，不禁让人对蕊心的那点子胭脂红浮想联翩了。

风来，拂过了细密高挑的茅草，漫山遍野。花枝颤颤悠悠映着清澈的蓝天，花儿飘飘渺渺开着早春的温暖。一枝，一朵，一片，浓淡错落，交叉横斜。桃花说，这是轮回里早早约了的，在这个四季的更迭里遇见。

花开，开着美好与绚烂，开着忧伤与苦寒。这些山野桃花踏着无痕的心路走来，柔美清晰，疏离又暖意。它们淡淡的，又热烈的，紧紧拥抱着生命，绽开一树的烟花。你看，那花从草丛上开起，散开来，升上去，放射到天空，在蓝色的忧郁里开出了一个个婉约的梦。小半红的一贴小令，大半粉的一阕瘦词，让人婉约一阵子；忽一大片绚丽，忽又一大片嫣红，让人迷离一阵子。

望向山巅北侧，半山腰的缓坡处又隐约透着另一片红。红的院墙，红的瓦顶，是一处寺庙，大般若寺。山无言，大悲咒的梵音袅袅萦绕着，萦绕在花开花落之间。地藏王菩萨守着这片山，看着红尘花事年年盛放，年年凋谢。他在这远离了喧嚣的僻远处，救赎着世间的苦难，重复着，重生了。

年年的阳光如常的干净，山的无边落寞里深深藏着归来的宁静。看花人来了，她们情不自禁地笑了，找了一朵真心喜欢的花儿安放下自己的不安与躁动。桃花喜欢安静，因为它们已经习惯了听诵经声。它们把一场花事开成了一场盛大的涅　：一大片一大片重叠着，一大片一大片拥挤着，把欢悦从尘埃中抽离出来，蔓延、上升，在疼痛里绽放，在灼热里陨落。

一枝独秀，一山独春，一路看花人。

上稍的桃花年年开，拼着命的绽开。或者风雨，或者突然而来的倒春寒，都会使它们在来年里开得更加浓艳，大概是浸染了挣着命的血色吧。人们轰轰烈烈地来了，那些地下的根脉里也涌动着轰轰烈烈，一半困苦一半挣扎。“淡极始知花更艳，愁多焉得玉无痕。”这漫山的草，满山的花，人在其间早就已经被淹没，到底是花在看人了。

袅袅的花儿起伏在袅袅的诵经声里。看花人离开了，蜜蜂兀自忙碌着，一不小心惊落了一瓣花，随风落下。远处群山绵延，坡上桃林成片，寺门外渡起一池青花、五分红霞，如浓墨入水，晕开了一场如常的人间烟火。花如海，人如潮，桃花开在年年的梵音里，红尘开在了年年的桃花中。

墙根坐着的老人不看花，他们看看花的人。曲折幽长的山路上，从桃花开的那天起，晨昏蒙影中的山野黄昏与黎明突然间模糊了界限。岩石、茅草、山间的风，桃花灼灼地开着，一车一车的人来到了。白天沸腾了，连接着夜的那段宁静就突然间有些躁动。老人们看着各色的人来了，又走了，想起花开花落间那些总也想不完的陈年旧事，就像是日出了，日落了，又安静了。

上稍的桃林经了山风，因了山势，沐了阳光，浸润了般若寺的经声，颇有了些风骨，就像袖手石墙根的老妪那般，多是沉静着的了。

花影重温，忽又黄昏。听见了诵经声的桃花总会相信，一朵花会在另一朵花上延续璀璨着。

作者简介：李清云，笔名温暖。中华九州现代诗社社员，山东省青州市作家协会会员，高密市红高粱文学社理事。有多篇文章在报纸刊物发表并获奖。

乡村纪行
——梁山脚下的魅力乡村

董琳

多少人曾追寻施耐庵先生的笔迹，一叶扁舟，行风浪里，缅怀当年水泊梁山的壮志与豪情。驾一叶小船，行在梁山水面，俯仰天地，千山万水，都宛如那飘摇的山寨。喝一口酒，热血沸腾，怎能不让人傲立船头，放声长歌：“爷爷生在天地间，不怕朝廷不怕官……”

这是梁山最独特的文化记忆。

千百年前，一群江湖草莽，会聚梁山，替天行道，兴起“忠”“义”大旗，在历史与文学上留下了泼辣豪放的一页。

今日的梁山，依然保留着许多的历史遗迹，南来北往的游客来此登山，凭吊当年的历史云烟。

梁山泊是一个时代的产物，但其精神却已成为这方水土嵌在骨脉里的基因和印记，如今的梁山，武风盛行，每个人都会在客人面前比划一下拳脚。梁山景区的宋江寨、忠义堂、断金亭、黑风口等遗迹历历在目，好像让人重新回到那个热血沸腾替天行道的时代！

梁山脚下的郝山头村位于梁山风景区西侧，与梁山风景区遥遥相望。

以《水浒》故事为渊源的水泊梁山风景区，历经多年的发展，已成为国家AAAA级风景区，吸引着广大的中外游客来梁山旅游观光。郝山头村紧紧抓住这一难得的历史机遇，先后投资一千余万元对郝山头村及周边的基础设施进行更新和改造：引水上山，绿化荒山，环境整治……

2009年，郝山头村成为省级旅游特色村。

沿蜿蜒的公路徐徐而上，这里桃树、杏树依山势而栽，山峰陡峭，山坡下樱桃树已郁郁葱葱，层峦叠嶂；每到春夏，桃花、杏花漫山遍野，一颗颗如珍珠玛瑙般的果实挂满枝头。山路弯弯，湛蓝湛蓝的天空下，漂浮着几朵白云，山风微微，犹如天然氧吧，沿溪而行，令人忘路之远近，乐而忘返。

东晋诗人陶渊明在《桃花源记》中虚构了一个落英缤纷、怡然自乐的理想社会，千百年来，成为众多文人雅士为之追寻、向往的地方。今天，郝山头村用勤劳智慧将它变成了现实。

5 月的梁山，阳光很温暖，亮亮的直晃眼睛；蔚蓝的天空下，山风微微，放眼望去，山上树木繁茂，生机盎然，汽车在沿山公路上曲折盘旋，山腰上成片的杏树、桃树已枝繁叶茂，金灿灿的果实挂满枝头，无疑，又是一个丰收的季节。

信步走在青石板铺成的山间小道上，眼前是一片色彩迷人的万顷碧波，好客的主人不时摘下大而金黄的杏子，塞到我的挎包里，咬一口，的确酸甜可口，随行的朋友情不自禁地用相机拍下这美丽的风景。

这是一幅多么纯美的山乡景致啊！一条条整齐宽阔的柏油路通往远处的村落，整齐划一的民居背依青山，绿意盎然的山岭更增添了郝山头村的秀美和灵性。

山上，绿树环绕，郁郁葱葱；

山腰，十里杏花，花香四溢，成串的果实在枝头摇曳；

山下，干净整洁的民居在宁静、祥和的氛围中静静守望着这壮美的山景。

这里文物古迹众多。水浒英雄——地煞星郝思文死后葬于郝山头，后来，人们为了纪念这位梁山好汉，将郝山头下的村庄取名为郝山头村。

郝山头村拥有众多的历史古迹，近年来，他们将这些历史古迹重新修缮完善，将一个具有浓郁民俗风格、厚重历史文化底蕴、民风淳朴的美丽乡村呈现在世人面前。

郝山峰上有仗义疏财台、杨志试刀石、滚木擂石关、炮台关等遗迹，也有反映当地石雕工艺水平的石雕神像。据《梁山县志》记载，莲台寺如莲花凸起，高自丈余，晴雨生色，故“莲台春色”，成为地方名胜之一。进入 21 世纪后，莲台寺重新修缮，因势而建，直逼原貌，引人入胜，成为古建筑群中的优秀作品。

离开郝山头村，在返回的路上，一次次回望，梁山渐行渐远。回想看到的这壮美景色，不禁感叹：大义，梁山；美哉，郝山头。

作者简介：董琳，先后供职于人民日报社国内政治部、经济导报社济宁记者站、济宁日报社《创业之星》编辑部、济宁市品牌建设促进会；曾参与由人民日报社国内政治部主办的大型人物专辑《共和国脊梁》的采访工作；曾在济宁日报社《创业之星》主持策划劳模特刊《祖国骄傲》；曾在济宁市品牌建设促进会主持编写《济宁品牌》；曾参与编写大型史料文献《创新山东》等工作。现为济宁市报告文学学会编委，《时代先锋》杂志社主任编辑，济宁市李白文化研究会会员，山东省报告文学学会会员等职。近年来，已发表论文、新闻稿件上百篇；出版自选集《时代的记忆》。

小巷叫卖声

尹小平

我家居住的这条小巷有一千多年的历史，巷道两旁的楼房飞檐翘角，粉墙黛瓦，连绵不断的屋檐与廊柱衔接，形成了纵横交错的小路巷陌。那或长或短，或宽或窄的巷道就是这些贩夫走卒们铁打的营盘。天不亮，他们就一拨接一拨像流动的兵喊叫不停，聒躁异常，像比赛似的吵得鸡犬不宁，一声比一声高，更不管你从事什么工作，也不管你过不过双休日，不把你叫醒绝不罢休。

这些小商小贩走街串巷，卖什么全凭吆喝，从茄子、辣椒、白菜、萝卜、西红柿各种时令蔬菜，到麻花、米果、馒头、包子、油条各种传统小吃，乃至金戒指玉手镯家用电器都敢卖，甚至修自行车安雨罩的也来凑热闹。此起彼伏的叫卖声，有的像林涛一样豪放，有的如小溪一样舒缓，有的似春风一样轻柔……

最为奇怪的是一位卖豆腐的，不管寒暑无论冬夏，总是第一个早早赶到这里，飞快地骑着破旧的自行车，似乎从天而降，在你的门前或窗后，只高叫一声“豆腐——”便无影无踪了。他哪里是卖豆腐，分明是赶飞机嘛。等到被卖豆腐的叫卖声喊醒，妇人们匆匆起床后，哪里还寻得到他的人影。不过不用担心，就在你洗漱的当口，叫卖的大部队已来了，他们笑眯眯地坐享卖豆腐吆喝声的成果，从容地做着交易。

不过也有一种叫卖声颇有诗意，让人怀念。在我们这里，但凡卖早点的，均不直呼其名，多用一只古老的牛角呜呜地吹，吹走了残梦，吹来了惆怅，直吹得人们远离红尘，空明心境，直吹得小河潺潺回到了洪荒时代。有时心情不好，真能把人弄哭。不知真相的，很难把这呜呜声与“卖早点的”联系起来。

其他的叫卖声，则很难说有什么艺术性了，卖什么就喊什么，只是音色分贝不同而已。有一位卖蔬菜的，想来是位刻板认真脾气暴躁的人，比如他喊：黄瓜辣椒西红柿，这个次序绝不允许错的。如果不慎喊颠倒了，他不等喊完就立马纠正过来，我的邻居黄华不知他的脾气，有一天问他有没有马铃薯，他眼一瞪：“喊什么有什么不喊什么就没什么！”弄得黄华一个大红脸。

另一个卖菜的叫卖声，虽谈不上艺术性，但颇具特色，是一种“进行曲”的节奏，如卖茄子就喊“茄子茄子！茄子茄子！”那天早晨他喊“豆角豆角！豆角豆角！”在迷迷糊糊之中，梦见一排排高大翠绿的豆角列队向我逼来，吓得我出了一身冷汗。还有一次他卖黄瓜也照此办理：“黄瓜黄瓜！黄瓜黄瓜！”让人不得要领，都认为他在喊我们邻居黄华呢。

等到真的晨曦初透云蒸霞蔚时，各种叫卖声早已渐入佳境了。我曾粗略地统计了一下，这些叫卖声至少有百余种，当然还要加上卖煤球的、掏茅房的和一些违法的（如股票证券国库券等）。至于其他叫卖声以食品为众，用品次之。有些则属于服务性的，像修车、修电视、修冰箱、修雨伞、修门窗以及收酒瓶、罐头瓶、饮料瓶，收杂志、报纸，收破铜烂铁的。还有一些，像算卦的、化缘的、招工的，则很难归类了。

有一种叫卖声更难归类，因为几年来没有人明白他吆喝的究竟是什么。其实这种喊不清的叫卖声更具“叫醒”功能。我就曾经三番五次想破解这些谜。一听到这类喊“不清楚的”，我的脑子立刻清醒了，接着就征询家人，在确知他们也无从判断后，我便心存疑问地冲出门外。只有一次运气好，让我撞个正着，原来是个卖纸马的。临近农历年关，有老人的家庭多数要供香烛天地爷、灶王爷、门神什么的，叫纸马，简称马的，就是一些印成红红绿绿的纸像，贴在木板上或墙壁上的那一种，他们也卖，一般虔诚的人说是请神灵。既请却又要钱，所以很难归类。记得那天已近傍晚，那位的“神灵”还没有“请”走几张，便有些沉不住气了，骤然喊到：“马的马的，谁要马的！”惹得老人们心惊胆颤，怨声载道。

还有那么几种叫卖声，半吟半唱，有的重于描述性，有的突出招引力，有的强调乡土情，有的意在时代感。有一天早晨，醒来一时分不清梦境还是真实，只听得外面一种奇特的叫卖声，我便循声走过去，原来是个卖猴头菇的，这是一种食用蘑菇，每只三五两重，生长在大山活树的干枝上，藏于枯叶之间，圆润、肥嫩、纯净，满身绒绒的羽刺，或呈乳黄色，或呈紫红色。不一会儿，就汇聚了很多人讨论了起来，黄华好奇就称了一斤，并说，就像十几年前的西红柿刚到我们这里，没人敢买，红也不是正经红，怕有毒。有的则说，有些蔬菜原本就是野菜或野草，等等。谁知那个卖猴头菇的竟听痴了，声情并茂地吆喝道：“山珍海味，猴头为最；送人礼重，待客高贵；上乘佳肴，家宴必备；营养丰富，独有风味；防癌珍品，能把药配。”

当然，像这样生动而具体的叫卖声，腔调差不多，但内容不一样，成为知识性的介绍。卖布料的解说着流行时装的缝裁技术，卖小食的传播着特色风味的烹饪手艺，卖水产的介绍着人工饲养方法，卖玩具的讲解着如何开发孩子的智力……

现在我们这条小巷居民区，下岗的人员越来越多，整个白天也叽叽喳喳人流不断，面对这种新趋势，叫卖声也进行了分流，从早晨和午休转移到了上午和下午的正常上班时间，减轻了早晨叫卖的负担。我还没有下岗，且收入不菲，但是我已常常地感到了生活的艰辛，有时也担心自己会不会加入这些叫卖声呢？那时我叫卖什么呢？谁要诗歌散文英译稿呢？渐渐地我也不觉得这些叫卖声刺耳了。有时，遇到下雨天想多睡一会儿，谁知习惯成自然，一有动静，便从睡梦中惊醒，听不到这些叫卖声，让人觉得这世界空寥寥的像是虚幻的。有一次我早早起床后和他们攀谈，问他们现在收入如何，因为这是我现在最关心的问题了，谁知他们的回答使我惊诧不已：“反正比你们上班的挣得多！”

其实，小巷叫卖声，既没有故弄玄虚之词，也没有虚张声势之感，然而随便捕捉几个音节，细细品味，便可以触摸到历史的轨迹，感受到时代的脉搏。

作者简介：尹小平，中国散文学会会员，江西省作协会员，井冈山作协副主席，《渤海风》《家乡》签约作家。主编《井冈山斗争故事》《客家山歌》《客家民俗》《宁冈中学校志》《龙市小学校志》，参编《唱响泥火曲》《井冈山英烈》《井冈山人物》《会师文集》《会师之光》等8部文学专著，出版散文集《井冈流韵》《行旅井冈山》，与人合作小说《井冈英杰袁文才》《民间应酬大全》《中华文学》《滨城文学》，在省、市文学大赛和报刊征文多次获奖。

剪

赵亚琼

新年的脚步逐渐近了。刚结识的文友陈老师邀请我参加市总工会举办的新春剪纸培训班学习，并相约在散文学会的年会上我们一起上台表演。虽然还不曾学习，但为了不辜负她的一番美意，我欣然答应。

上周五，跟着陈老师第一次去上剪纸课。春节剪纸培训班设在总工会九楼，每周二、周五开课。还有三次课，这一期培训就结束了，半路上加入的我有点遗憾自己错过了大好的学习机会。拿了三十多年粉笔的手，如今拿起剪刀来，显得那么笨拙，那么不知所措。面对着纷繁复杂的图案画，不知从何处下手。再看看旁边的陈老师，脱掉外套的她显得纤秀灵巧，只见她麻利地拿出剪刀和刻刀，一边低头小心地在绣像上剪，一边告诉我说："先小后大，先中间后四周，开始吧，很快就能学会的……"

这是我与陈老师相识后的第二次见面。第一次是在文联听李明科老师的诗词讲座。陈老师戴着一副眼镜，笑眯眯的眼睛透露着内心的纯真质朴，有时会发出孩子般清脆开心的笑声。微微翘起的嘴角显得乐观开朗，一头短发，显得利索干练。一见面我便喜欢她。

教我们剪纸的老师是民间艺人王金发，七十多岁了，满头白发映衬着红润的脸颊，显得精神矍铄。他极有耐心地讲解，手把手地指导，总是充满热情地鼓励大家，学员们都很喜欢他，也很敬重他。王老师到这来讲课培训是纯义务的，不仅不收学费，还免费提供纸张和绣像样本，只为剪纸这一民间技艺得以传承发扬。一个高龄有爱的老人，不求名利，服务他人，回报社会，让人不由得对他产生了一种敬意，也越发坚定我学好纸剪的决心。

周末，窗外寒风肆虐，风雨交加。我拿出剪子和白纸，认真练习老师教的剪"雪花"，剪"春"字。

一剪一剪，不敢马虎应付，唯恐辜负了王老师的精心传授和陈老师的一番美意。

一剪一剪，剪出对有缘相遇、相交、相亲近的友人的感恩。感谢这一程的陪伴、关爱、提携和鼓励，生活因你们而丰富多彩，生命因你们而日益丰盈。

一剪一剪，剪出宁静无尘杂的心情，剪出了一段有关春节的儿时记忆，重拾那些尘封已久的旧时光……

在湖北黄冈的一个小山村，我度过了人生的童年和少年。对于孩子来说，最快乐的事就是过年。过年的各种习俗中，至今印象最深的，不是祭灶王爷、迎财神的丰盛，不是家家在大祠堂里做豆腐、做年糕的热闹，也不是走家串户去拜年、要压岁钱的开心，而是在热火朝天的过年忙碌中，奶奶坐在一堆红橙黄绿蓝的各色纸张中间剪纸的身影。随着奶奶手中剪刀利落灵巧地起落，各种喜庆的图案神奇地展现在眼前。这些彩纸是乡里领导送到家里来，让奶奶帮忙扎旱船，扎花轿用的。幼时的我总喜欢在旁边站着，看着奶奶巧手生花，三剪两剪，用铁丝扎一扎，再翻一翻，一朵花，一个人，一只小动物，就惟妙惟肖地呈现在眼前。奶奶有时也教我。我学会了扎花，学会了剪男童女童，有时会把女童的发髻和裙子剪得太夸张而失去比例，奶奶总是慈爱地微笑着教我纠正。父亲偶有闲时也在一旁看着，咂咂嘴夸张地赞叹说："妹子真聪明，学会剪人物了，我还不会呢，快教教我吧……"我心里常常乐开了花。

最让我感到自豪的，还不是听到父亲的夸赞，而是在大年初一、十五各乡旱船花轿展示比赛时，和小伙伴们一起乱窜，听到人山人海的看戏人交口称赞我们的旱船花轿最有创意、最漂亮的时候，那时的我总是无比自豪地说："这是我奶奶扎的！"在众人羡慕的眼光里，我心里那个得意哟，甭提有多美了……

而今，三十多年的光阴转眼即逝，敬爱的奶奶和父亲已长眠于他们曾经历尽苦难的土地，却把挚爱留在了我不敢碰触的记忆里。每当深夜梦回时，我聆听着窗外风声如涛，起身看月色如水，禁不住泪洒衣襟。

又是一年春节将至，窗外寒风凛冽；窗内，我一剪一剪，慢将相思和挚爱，细细剪裁……

一剪一剪，我在白纸上剪出了雪花，剪出了春字头。

那是一片郁郁葱葱的森林，是白雪覆盖下的玉树琼林，千里冰封时时彰显着生命的静默、美好与沉思，也在召唤着春天的来临。

我一丝不苟地剪着，剪出了春天的太阳，剪出了融融的暖意，剪出了浅浅的春影。

一剪一剪，我在自己的精神花园里修剪着。剪掉浮躁和物欲，剪掉杂芜和悲伤。让曾经蓊郁过、燎原过的花园重新清流婉转，四季芬芳。

一剪一剪，在新春来临之际，我裁剪着对美好未来的憧憬，把思念、感恩和爱留在这大好春光里，愿这春色代代相传，永驻人间。

作者简介：赵亚琼，安徽蚌埠人，中学高级教师，安徽省散文随笔学会学员。教育教学论文曾获国家级、省级和市级奖励。有教育论文在《中小学教育》等刊物发表。爱好文学，特别是古诗词。偶有写作，自娱自乐。

花事

吕淑红

一　六瓣花里的春天

一树玉兰，欢呼雀跃着，在雾云低垂的仲春下午，穿越灰蒙蒙的岁月褶皱，于孟子故里，唐王河畔，羞怯地露出了一丝笑颜。

这里不是高墙深院的宫殿，却也让我从这株玉兰身上，感受到了盎然的春意。

应该是一株紫玉兰吧。略显纤细的枝干上，没有一片绿叶，只有一朵朵有点紫色又泛着粉红的花苞，娇嫩的花瓣儿紧紧拥抱着，三五错落，欲语还羞，没有完全绽开。紧拥着的花苞朵朵向上，好像杆杆饱蘸浓墨的毛笔，随时准备挥毫泼墨，为俏媚的春姑娘写出最动人的情诗。

难怪人们那么喜爱它，常常会把它送给文采斐然的俊郎淑女，是因为它芳香淡雅，姿态艳逸，还是因为它有着木兰、辛夷的雅名和唯美的花语？又或者是因为它早在《楚辞》中，就有“朝饮木兰之坠露兮”“辛夷车兮结桂旗”的名句？

此刻，我一脸崇拜地仰视着它秀美的姿容，默诵着赞美它的诗句。它并不因此而骄矜、跋扈，睥睨众生，而是温婉如初，像是刚刚怀春的少女，不知道这一阵一阵越来越暖和的春风值不值得爱，羞涩又懵懂。

相比于玉兰的娇羞，一旁的迎春就显得大方多了。它更像热恋中的女子，不管不顾地赴约，如火如荼地开放，明明白白地恋爱。错综杂乱的深绿枝条上，朵朵六瓣黄花争着向上，绽开最美的笑脸。吸引我慢慢安坐一旁，聆听一瓣与一瓣的私语，一朵与一朵的嬉笑，争抢着向我抛媚眼：看我看我快看我。

这些小可爱们，真真让人看不够。

不知为何，竟突然想起了大观园里那个温柔敦厚、老实无能、懦弱怕事、有

“二木头”诨称的可怜丫头。假如聪慧灵秀的她能像这丛迎春花儿一样，大胆泼辣地开放，想来也不至于任人践踏于污泥，最终惨死吧？

可惜人生没有这假设。

痛心之余，更觉这丛花儿的可贵。春光苦短，若开，就尽情地绽放，只管满心欢喜地奔着欣欣向荣去。

只要全心投入过，凋谢，也无憾。

二　奇遇

猝不及防，和一树紫丁香撞个满怀。

这株小小的紫丁香，悄没声儿地藏在几棵粗大的白色海棠后面，如果匆匆走过，也许就注意不到她了。

幸好在唐王河边遛弯的我走得慢慢悠悠。老天虽然阴沉着脸，但眼前的桃红柳绿还是让久宅家中的我心情很好，一路溜溜达达，一路拿着手机东拍拍西照照，只觉得眼睛不够用。走过一片紫荆和樱花，转过一个小弯，猛然看到了这棵紫丁香！

她就那么一脸娇俏，楚楚动人，又有点怯生生地站在那里，一下子，就把我的心抓住了！

旁边几棵高大善良的海棠树张开温暖的怀抱，宠爱地庇佑着这棵小可人儿。朵朵白色泛着点微微红晕的海棠花，衬得这棵丁香的紫色更加鲜嫩，她看起来娇小柔弱，个头还没到我的鼻尖，但开起花来却毫不含糊，泼泼洒洒，六七根手指般粗的枝条顶端，一蓬蓬一簇簇一团团，小小的四瓣花挨挨挤挤，争相绽开笑脸。盛开的，向四方伸出的柳叶型花瓣尖尖朝后，仿佛把翅膀展在背后，在芳香的国度里正挺起胸膛用力飞翔；刚刚绽开花苞的，则是四瓣花尖向内向上，正像孩童托起的小小手掌，等着接住母亲给予的一切美好礼物。所有绽放的花瓣儿，都是紫色中泛着点纯白，而一穗穗顶梢上，还在紧紧拥抱不舍得分开的花苞，则是完全的深紫色，热烈而浓艳，像蒙着红盖头的新娘，在甜蜜娇羞地等着揭开谜底的瞬间。

我爱上了这个小可人儿。

虔诚地 360 度和她拍了一张又一张合影，畅快地做了一个又一个深呼吸，让她纯洁的香气把我的五脏六腑洗涤了一遍又一遍，满怀怜爱张开双臂把她抱了一次又一次。

在她旁边坐下来，和她聊了好久。

还是舍不得走。

暮春的余晖从河道爬上来，越过干枯的苇尖和路上那些没有姓名的脚印，来到我俩身旁，悄悄劝慰：爱过，就好。

是啊，只要在心里，多远都不叫距离。

起身，轻轻拍掉衣服和手上的土，把不属于我的灰尘还给俗世，只把感动和真情带走。

走了几步，回头，再看看我紫色的小精灵。她闪闪烁烁的眼睛里满是留恋、鼓励和信赖。

我的心意，她懂。

三　一树东风怜海棠

周末回老家，在村里闲逛。

村里建设得越来越好，街巷齐整，绿意盎然，一蓬蓬冬青参差错落，不时可以看见一树洁白的梨花，或者几枝粉红桃花疏条横斜。

远远地被一树紫红吸引，快步走过去，居然是西府海棠！在煦暖的东风里开得正艳。

这棵海棠坚定地站在这家大门北侧，正是一名尽职尽责的哨兵，在忠心耿耿地为主人守护着宅院。碗口粗的枝干在距离地面约五十公分处分成两枝，恰似一个“V”，朵朵紫红张开四瓣小嘴，和东风私语着什么，不时被东风的甜言蜜语逗笑，忍不住轻摇花枝。

和这树海棠的活泼热闹相比，紧锁着的大铁门就显得冷清多了。铁门上的红漆已经斑驳，好像很久没人住的样子。我知道现在村里年轻人大多出去打工，很多都闭门锁户，这不奇怪。

这是谁家呢？怎么都想不起来。

回到家里，和爹娘聊起那家人的情况，没想到居然问出一个悲情故事。

那居然是兰成家。

兰成比我小几岁，初中就辍学外出打工，结婚后生了个儿子，扔给父母看着，两口子依然在外面忙碌，不常回来，孩子在老家慢慢长大，爷爷奶奶溺爱，管不了，不好好学习，初中毕业就考了个青岛的职业技术学院，刚去上了一年多，结果和同学们喝酒喝多了，晚上从宿舍楼上栽下来摔死了。兰成爹娘受不了打击，年前年后相继去世。兰成两口子把门一锁，就再也没回来，这都快两年了，村里也没人见过他们。

在娘满怀心疼怜爱的述说中，我眼前恍惚看到了少年兰成生龙活虎的身姿，看到他眨巴着惊喜的大眼睛，远远地给我打招呼：“红姐，啥时候回来滴？”

在爹娘的唠叨中，我知道现在村子几乎成了空心村，有近一半的大门常年紧锁，只在过年的时候回来。农村建设得再好也留不住年轻人的心，一个个早早出去打工，最近几年村里都没有考上大学的了。有混得好的就在城里买了房，慢慢把孩子接出去，条件不够的就只能是小两口在外面打工，把孩子放在老家交给老人看管。

确实，我在街上溜达的时候，看到很多爷爷奶奶看孩子。

作为一名老师，我深知隔代教育的弊端，可是，又有什么办法呢？

走在街上，看到那些在奶奶的吆喝声里满街乱跑的孩童纯真无邪的双眼，我的心隐隐作痛。

再次路过兰成家门口，那树海棠依然在东风中绰约，我却觉得，点点紫红，都是心上血。

作者简介：吕淑红，笔名苏红，山东省邹城市第五中学教师，山东省散文学会会员，济宁市作家协会会员，济宁市散文学会平台编辑，有诗文散见于《散文百家》、《西部散文选刊》（原创版）、《当代散文》、《齐鲁晚报》、《济宁晚报》、《湛江晚报》等杂志报纸和网络平台。

人在旅途

据说古老的印第安人有个习惯，当他们的身体移动得太快的时候，会停下脚步，安营扎寨，耐心等待自己的灵魂前来追赶。有人说是三天一停，有人说是七天一停，总之，人不能一味地走下去，要驻扎在行程的空隙中，和灵魂会合。

带不走一片云

梁长峨

一路上，辽阔恣肆的绿色，蔓延到心底，浸透了四肢百脉。我感觉自己好像变成闲云野鹤，在草原碧蓝的天空欢快地上下翻飞，整个身心逸出繁华的红尘。

早前听说乌拉盖腹地有一座寺庙，寺庙前有一碧池水，池水冬暖夏凉，水中生有一簇荷，年年冬天零下二十几度依旧开放，人们进出寺庙恭添香火时，无不驻足，目拜水中那簇鲜艳的莲花。就这样，寺庙的香火始终悠悠袅袅，莲花也始终开得鲜丽洁美。

几千里来寻，未曾想，行云潭影还在，但荷花却不知了去向。人说：“昔人已乘黄鹤去，此地空余黄鹤楼。”可这里不仅荷花“一去不复还”，寺庙也毁的不见踪影。怅然若失的我，不胜唏嘘。

当地的包氏兄弟悄声告知：荷被一“强人”移到大城市自己别墅里去了。我不解：“强人者何？”他不好意思指名道姓，只是无奈地说：“是比百姓强的人。”我立即明了，但很气愤：为一人独占其美，竟夺天下人共享之美，真是可恶、可鄙！

记得《乐府诗集》里有首诗：“欢欲见莲时，移湖安屋里。芙蓉绕床生，眠卧抱莲子。”如果是情人相爱，把莲比作自己心中的情人，想拥莲入怀，据为己有，成为自己的一部分，与自己永远相爱相融，倒是可敬可嘉。可是，作为一位权势者爱莲而强行把其移走，想让其在自己室内或院内盛开，为一己所独享，便是不地道、没品味。如果见自己喜欢的就横刀杀出，那天下可宝者多了去了，最后自己成什么人啦？见小小一簇荷都要霸占，见大大的一座金山呢？见能使风唤雨的权力呢？见一群倾城倾国的美女呢？见微知著，小者大之端啊！

生命是有根的。乌拉盖这片土地，这座寺庙和这一碧池水，是莲生存之所，是它的家。突然被移走，如果是人会有何感受？一定会有隐隐的甚或剧烈的疼痛，一定会有深深地远走异乡的漂泊感，一定有一种难以言说的别离之绪！草木也有情呢。此次远去，它失去了这里的风、这里的水、这里的土地，失去了这里阳光和月光的沐浴，失去了僧人、寺庙及无数小草和花儿的陪伴，失去了广袤草原的生存气场，免不了有离根失伴的空落、凄凉、哀伤。原来，朝霞满天时，它同草原相融，飘扬的风雾里，它同小草牵手，晚霞余晖中，又与花儿一起欢笑……现在，它被那衣冠楚楚、骑着高头大马或乘坐豪华轿车的“强人”突然强行移走了，它能不黯然神伤，梦魂牵绕！

我看着乌拉盖草原浩荡起伏，好像怀着无限的远意和哀伤在眺望荷从苍茫远方归来。乌拉盖周围的草都齐腰深，叶宽而长，茎笔直，每一棵都像一柄利剑。不知它们是本来作为荷花的守护神而长成这种本色，还是因荷花被那位“强人”强行移走而动怒长成这种威势。它们是否还想念同荷花一起度过的那些流年碎影？我想会的。作为游人的我都为荷花被强行移走，乌拉盖草原失去这一绝佳美景而痛惜、惆怅和失落，更何况同荷花相守走过明丽、甜蜜、清凉、快乐岁月的草儿！它们怎能不因此恨恨乎！

美很难独立生存，很容易被糟践、劫掠。想想这一碧池水中的一簇荷花，它是默默过自己日子的，南风吹来它不过问，北风吹来它不在意，东风吹来它不觉得，西风吹来它不在乎。它就像一个得道仙姑，世间一切纷扰与它都遥居天涯，它总是始终如一，亭亭玉立，静静地呼吸，兀自地开放，它从不给人设障，永不芥蒂寂寞，只和乌拉盖草原的小草一起跳自己的舞，唱自己的歌，轻轻地拂去岁月的风尘，让自己年年岁岁新如始初。它招惹谁了？妨碍谁了？没有。但却被“强人”连根移走！作为一簇荷遭此劫难，又能如何？这个世界有什么能比人会作践，比人中“强人”更能更敢放肆妄为！

美是不容玷污的，荷莲尤甚呢。“莲之出淤泥而不染，濯清涟而不妖，中通外直，不蔓不枝，香远益清，亭亭净植，可远观而不可亵玩焉。”荷莲是自洁自守的，岂可任人胡行乱为？再说，万物生存都有自己习惯的土壤、阳光、温度、风和空气，有自己生存的场地，它们本能懂得守土守阳光守空气和水，同时又本能排斥、摒弃人为的侍弄，更拒绝人们对它们的利用和占有。天性不可违。不然，为什么“橘生淮南则为橘，橘生淮北则为枳”呢？果然，那位“强人”利用权力把荷莲移到自己家里，自以为得意，最后还不是致其枯萎腐烂而死。

这横亘了永远不可弥补的遗憾。那簇荷再也不能迎着乌拉盖草原浩荡的风灼灼开放在寺前那清凉纯净的池塘里了。这个浩大的草原，永远失去了一个绝美的去处。离开乌拉盖时，我还柔肠百转，无限失落。抬头望天，刚刚看到的那几朵像马像羊像鹰的白云，再也不见了。私心本想把它们捧在手上，装在包里，带回家中，让它们围绕自己飘来绕去。转念一想，我觉得自己既可笑又愚蠢，忘了“万里长城今犹在，不见当年秦始皇”哈。人生一世，只不过是一粒尘埃，谁也不知什么时候落下，落到哪里？能带走什么，连一片云也带不走呢！

作者简介：梁长峨，中国作家协会会员，中国散文家协会常务副会长，《中国散文家》副总编、《华夏散文》副主编、曾任宿州市作家协会主席，出版过《今日的灵魂》《无悔岁月》《爱的心路》等随笔散文集。

塞班岛拾贝

黎化

第一次知道塞班岛，是阅读二战史。1945 年 6 月 15 日至 7 月 9 日，在此发生了一场太平洋战场最惨烈的激战。美国军队以压倒性的优势和一万六千人的伤亡，彻底歼灭了四万多日军守军。

有朋友邀请去塞班岛一游，我高兴地接受了。

从上海浦东国际机场登机。四五个小时后，抵达塞班岛国际机场，比北京时间早了两个时区。尽管是早晨，阳光已有些热烘烘了。入住滨海山庄，设施尚可。碰到的第一个麻烦是，岛上的淡化海水无法饮用，只能去买纯净水。

两美元一瓶。我一下子买了十瓶，想来够喝的了！

旅行社安排的午餐简简单单，荤菜为主。听说，岛上的素菜比荤菜要贵。

从手机百度得知：岛上居民约五万人，加上常年在此打工的华人、印度人、菲律宾人，共约七八万人。矮小粗壮的原住民查莫鲁人和卡罗尼亚人，如今很少见了，大多为西班牙、德国、日本人的后裔。是西班牙航海家麦哲伦最先发现了这片美丽的海岛，于是以皇后之名命名马里亚纳群岛，后又卖给了德国。“一战”之后，德国将群岛让给了日本。“二战”后，联合国将马里亚纳群岛交美国托管。1986 年，经全民公投，成为美国领地，由加州统一管理。

塞班岛不大，是个狭长的珊瑚礁，如一只海豹坐在蓝绿色菲律宾海中，是马里亚纳群岛的首府，总面积 180 平方公里。近邻赤道，常年如夏。大道两侧，遍栽着凤凰树，满树红花。导游说了个美丽的民间传说：原前，岛上两个种族各自繁衍，互不通婚。岛上的树因之长叶不开花，开花不长叶。一回，一小伙修剪树枝时割破了手，滴血之处树叶竟都绽放出簇簇鲜花。由此，岛上人受到启发才开始了通婚。

澄碧湛蓝的海水，满是阳光的沙滩，鲜花绽放的旅店；而且，社会治安秩序良好，生下孩子就是美籍户口，自是新婚蜜月的天堂。

决计去乘坐一回游轮，吃一顿自助餐。

游轮不大，摆放着二十多张条形桌，食品则放在走廊上。晚餐也就七八样菜，滋味乏善可陈。

游轮驶向西边的大海。近处的海水透明如玻璃，远处则深蓝成黑色。迎着海风，众多男女游客摆布成各种造型照相。

我只倚着舱窗，尽可能放空、放松，努力把自己拽入空茫，融化于海上的晚景。

太阳西坠，云彩一片绚丽，海面霞光跳跃，真应了王朔的那篇小说名，“一半是海水一半是火焰”。太美了！一瞬间，我真怀疑这艘游轮是否驶向天堂。

返程途中，甲板一下子热闹起来。一个身材瘦小的南亚籍黑皮肤汉子爬上舱顶，手舞足蹈，又说又唱，鼓噪大家随他一起唱歌跳舞。几个年轻的姑娘被他拽了上去，颠臀，扭胯，拍手，摆舞，船上一片欢腾。

掏几张小额美元递上去。那黑瘦汉子连声用生硬的汉语说“谢谢”，俯身拥抱我并在我腮上亲了一口。

天光渐暗，游轮回到了码头。

虽然花了八十多美元，合人民币 500 元，但觉很开心，值！

“不到军舰岛，白白来塞班。”

购票乘潜水艇，向军舰岛出发。

潜艇在水下二三十米前行。真没想到，这一片海域居然有那么多的鱼儿。有的似乎常见，有的色彩迷人，感觉如同走进了水族馆。一只展翅约有三米多的扁平蝠鲼，竟陪伴潜水艇游了十多分钟。海底的白色沙子上，随处可见半尺多长、胳膊粗细的海参。不难判断，这里禁止渔民作业。越是接近军舰岛，海底的内容越发丰富。海水特清澈，能见度达百米之远。除海生物外，看到的就是些残碎的飞机、船舰、轮胎、货箱了，都是“二战”的遗存。上面布满了苔藓、海藻，被鱼儿当作了游乐园。

读到过一份资料：“二战”中，美军飞机只敢夜间前来侦察，开始以为海面物体是日军军舰，指引包括 B-29 在内的大批轰炸机来袭，却怎么也无法击沉，天明后才发现是座岛屿。军舰岛由此而得名。

军舰岛不大，满是游人。我独自沿沙滩穿越树林绕岛一周，只花了一刻多钟。

岛上游乐设施齐全，跳伞、冲浪、潜水、快艇、滑水……估计费用不菲。我还习惯不了大把花钱，只选择免费的游泳。近三十年没下过水了，没想到泳技依然如故。蛙泳，蝶泳，自由泳，潜泳……只是泳道太短，海水太浅，海底也满是石块，难以让我尽兴。

骄阳太过火辣，只能走进凉棚去喝矿泉水。

晚饭后闲着没事，去逛位于国会山的免税店。

吃的，穿的，玩的，用的，货物琳琅满目，应有尽有。但我却兴味索然，感慨和两千年前苏格拉底逛雅典市场相类：呀，这世上竟有这么多我完全不需要的东西！

几家商场转下来，还是难禁诱惑，给自己买了件蓝底白花的沙滩 T 恤。

从免税店出来，沿麦克海滩走回旅馆。有人在海边垂钓，有人在海里裸泳，岸边有几个中年男人在边弹边唱。驻足听了一阵，狠拍了几个巴掌以示赞赏，引来几根高高竖起表示友好的拇指。

临离开塞班岛，乘坐越野吉普，去南部丛林和东海岸作深度游。

蓝洞，鸟岛，鳄鱼嘴，禁断礁，坦克沙滩，紫色教堂，圣母露蒂斯圣地……七八个景点一一看过去，并没有留下太深的印象。

唯一的兴奋点是登上了海岛的最高峰——踏破潮山。

当地人称这座山为世界最高峰。因为岛旁边就是地球最深的马里亚纳海沟，深得把喜马拉雅山放进去连个山尖尖也不会露出来。这座小山海拔 474 米，加上海沟，垂直高度超过 12000 米。

山顶上矗立着高大的耶稣像。远眺，能看到天宁岛的军用机场——载着原子弹轰炸日本的 B−29 飞机就是从那里起飞的。

山下有个岛上唯一的淡水湖，湖里充满了不散的冤魂。当年守岛的日军眼看败局已定，将几百名年轻的慰安妇全都推入湖里淹死，并且投入大量难以清除的毒药，企图让美军无水可饮站不住脚。

战争，是对人性原罪的彻底激发。直到如今，亦很少有人敢于踏访湖边，岛上也没有其他可供饮用的淡水。可恶的日本鬼子，可恶的战争！

入夜，做了个梦：我得到了一只宝葫芦，要什么有什么；我所想要的是：把全世界的战争武器全都扔进马里亚纳海沟……

作者简介：黎化，中国作家协会会员，一级作家，专业编剧，南京晓庄学院客座教授。中国作家协会重点创作工程签约作家。出版有《江海祭》(长篇小说)、《话说陈独秀》(人物传记)、《闯荡南非洲》(长篇报告文学)、《心灵叩访》(随笔)等文、史、哲著作十余部以及《瓦匠女人》等大小剧本二十多部，计800余万字。曾多次获曹禺戏剧奖、编剧奖和省、市“五个一”工程奖。其作品以思想深度和历史高度见长，中国作协和江苏省作协多次召开黎化作品研讨会，《文艺报》发表专版评论，称之为思想型作家。

邂逅水墨乌镇

李婍

早春时节，从寒冷的北方来到乌镇。

正月的江南，依旧是冷，这个季节，北方的冷让人皮肉僵硬，江南的冷一下子就冷到了骨子里。

冷是冷了些，草木却是带着绿意矗立在湿冷的风中，风倒是柔的，吹开了绿叶间星星点点的花蕾。

这便是乌镇了，它不似别处的风景区那样一目了然，而是如一幅古色古香的画卷，半卷半掩着，随着你的脚步徐徐展开，你走到哪儿，那画卷便展到哪儿，每一个巷子都深深地藏着，不走近它，看不到它的精致之处。

小镇古韵悠悠，像从唐诗宋词中走来，像从中国水墨画中走来。不知是乌镇站在水中，还是水站在乌镇中，总之乌镇和水是纠缠在一起的，一条条悠长狭窄的巷子尽头都是水，清澈的河道穿街而去，窄窄的河道和枕河而居的精致典雅民居相映成趣，古镇里随处可见旧时光的印记，旧的砖雕，旧的门楼，斑驳的墙壁，脚下磨蚀的青石板，行走在街道上，恍若隔世，总有一种轻烟如梦的穿越之感。

乌镇的美，美在它乌蒙蒙的旧，老屋老桥老树老街老巷，都是旧的，旧成乌黑的颜色，连同爬满墙壁侵上台阶的青苔，也旧的没了原有的样子，反倒旧出一种说不出的诗意。镇子的格局和风格也是旧的，想来晚清到民国的光阴下，这里就是这般模样了，只是那个时候青砖白墙雕栏画栋都是新的，似水流年中，过去的一切都在时光里老掉了，青的瓦，白的墙，都被岁月的画笔涂抹上一层深深浅浅的墨色，那随性的黝黑，粗犷中带着温雅，仿佛泼墨而成。但是，小桥流水以及民居细微处却是精致的工笔画，水在风中微波粼粼，青砖黛瓦上的砖雕巧夺天工，即使一户貌不惊人的普通民居，门窗上都有精致的雕花，这般极致的情调，唯有江南。

忽然感觉，早春来乌镇，来的正是时候。水是瘦的，树是瘦的，花花草草在寒风中尚未舒展开它们的明艳，一切绚丽铅华都被洗尽了，这个时节的乌镇，真的是名副其实的乌镇，单调的乌青色恰是水墨画的色彩，也恰是乌镇原汁原味最本真的色彩。此时，游人正少，清晨走在古老的东栅街头，乌篷船安安静静泊在岸边，阴雨绵绵多日终于迎来难得的晴，阳光却不似北方那样毫无保留地铺张着灿烂，光线从云层中缓缓散射出来，丝丝缕缕温柔含蓄，如同“犹抱琵琶半遮面”的江南女子。

选一家刚开门营业的小吃摊坐下来，面朝河道，看水，看桥，看对面的景。岸边看不到浣洗女子，临水的阁楼里应当是有风景的，只是隐在雕花窗中，那些窗中，说不定有人也正隔窗远眺，或许我们与背后的街身边的河，也是他们眼中的一道风景。不远处的铜匠铺里，满脸沧桑的老铜匠自顾敲打着手中的半成品，富有韵律地敲击打破清晨的宁静，却越发令人感觉到一种远离尘世喧嚣的空灵安静。不知为什么，市井的那一丝驳杂在这里也充满与生俱来的美感，置身这诗意的水墨画中，恍悟，地灵才会人杰，难怪这里走出了茅盾那样的文学巨匠，难怪这里有木心那样的文化怪才。

作者简介：李婍，河北衡水人，散文家，一级作家。中国作家协会会员，中国电视艺术家协会会员，中国散文学会会员，河北省作家协会理事，廊坊市作家协会副主席。已出版历史文化图书《莫问奴归处》《红楼女儿梦》《胭脂魅》《隔岸女人花》《对镜贴花黄》《爱的教育》《五代十国的那些后妃》《五代十国的那些皇帝》《赵四小姐——战火成全的爱情传奇》《月在花飞处》《萧红——黄金时代的婉约》《汉朝脸谱》。长篇小说《紫月亮》《舌尖上的战争》，散文集《人生旅途》《紫陌红尘》《夜在窗外》《五个人的天堂》等。作品《莫问奴归处》获第十二届河北省文艺振兴奖，《对镜贴花黄》被评为首届河北十佳图书。散文《七夕，中国式爱情》获第二届丰子恺优秀散文奖。

浪漫的薰衣草

沈裕慎

深邃的天空，苍凉的古堡，蜿蜒的山脉，无边的深紫色薰衣草，绽放的花朵，阵阵的幽香，牵手的恋人……这是法国普罗旺斯薰衣草在故乡大地上演绎的各种风情。这幅浪漫的画面，是不是出现在很多人的脑海里？是不是激起过很多人的向往？没有缘由，我喜欢紫色，心底里就是觉得它高贵，娴静，优雅，成熟。我没有机会去普罗旺斯，就去上海薰衣草公园游览吧，上海已建成的最大的唯一的薰衣草公园。

初夏是浪漫的季节，2019 年上海薰衣草节，令申城多了一抹浪漫的紫色，更添浪漫情致。5 月 20 日，上海薰衣草节在上海薰衣草公园隆重开幕，20 多万棵薰衣草，超过 15 万平方米的花海，迎风绽放，惊艳亮相，满眼是席卷时尚圈的紫色，令我流连。薰衣草公园不仅面积大，而且血统纯正。不是长得特别整齐、每一株都几乎一模一样的混种薰衣草，而是娇贵难养的薰衣草真身——狭叶薰衣草（Lagandula Angusti-folia）。薰衣草紫色优雅，香气甜美，令我仿若置身普罗旺斯，薰衣草公园秒变魔都浪漫新地标。

除了成片的薰衣草花海，现场还搭建了多处浪漫花田景观装置。听说表白成功只需一面玫瑰花墙？比走红毯还要浪漫的是走过空中花廊？比坐在宝马里还开心的是乘坐游园火车？你要的美好，现场为你搭好。此外，还有大小朋友都能玩在其中、乐在其中的花田迷宫。向左还是向右？前进还是后退？迷失在花田迷宫里，一点都不会着急。

薰衣草，实在是一种妙不可言的观赏性植物，属唇形科薰花草属，多年生的耐寒花卉。薰衣草虽然称之为草，实际上是一种紫蓝色的小花，花型似小麦穗，花期在 6 月至 8 月，单穗可长到一米。它带着甜甜的香气，芬芳怡人，不仅能用作香水等化妆品，还能做成天然的精油。此时此刻，我行走在紫色的花海中，沉浸于鸟语花香里。更令我高兴的是 ，上海从此多了一种颜色。

深深地吸口气，再深深地吸口气。上海薰衣草公园的空气中，弥漫着一股淡淡的香气，不论我走到哪，这股香气都围绕着我，让我沉浸在浪漫与美妙之中。是的，这是薰衣草散发出的香气。

薰衣草在静静地绽放着，虽不够茂密，但人是一如既往的多，虽没有想像中美丽浪漫，但游人还是一如既往地拍照，热情不减，六七十岁的老大爷、老大妈，嗨起来还真是不逊年轻人，这让我不禁感叹，对美的热爱是不分年龄的。差不多每种花都有花语，都有传说，差不多都和爱情有关。但是，我已过了为爱动情的年龄，那个曾经喜欢用文字编织心情的人，也已是个习惯一个人默默舔舐岁月伤痕的老人了。

薰衣草的花语是等待爱情。薰衣草的传说有很多，最让我为之感慨的是：采花的美丽姑娘，爱上了远方受伤的旅人，一个热情奔放的俊俏青年，痴情的姑娘为他疗伤，不顾家人的反对，要跟随青年去远方开满玫瑰花的故乡清晨，在青年牵起少女的手准备远行时，少女把村中老奶奶给的那把初开的薰衣草花束，掷在青年的身上，试探他是否真心。青年化成了一阵紫色的轻烟，忽聚忽散，山谷中山风低鸣，像是青年在呜咽：“我就是你想远行的心啊！”有些失去是注定的，有些缘分是永远不会有结果的。爱很易，珍惜难，与其相守一生！可这又何其难也！再绚烂的情感，能经得起时间的流洗而不淡忘？再纯粹的感情，能经得起世事的磨难，禁得起岁月的沧桑，经得起命运的捉弄？

没多久，少女也不见踪影，有人说，她是循着花香找寻心爱的青年去了，有人说，她也被青年幻化成一缕轻烟消失在山谷中……爱一个人，不一定要拥有，但拥有了一个人，就一定要珍惜，不要等到伤害的时候，才去乞求原谅，不要等到失去的时候再去挽回。所以，我觉得薰衣草的花语，不应该是等待爱情，应该是为爱追寻，为爱相信，是否真正懂得了对你的爱？

寻找心灵之约的意境，上海薰衣草公园，无疑是有着得天独厚的地理优势。这里离市区不远，也是苏浙游客喜欢去的地方。空气中弥漫着幽香。我看到的是，游客赏花之余，还可参加美食、市集、亲子、游乐等丰富多彩的活动。徜徉于薰衣草公园，游客们或端着镜头、或拿着手机，身影融入花海亦成画，亲子照、网红秀、仙女装……薰衣草节中各种造型的美照，霸屏了“阿拉”的朋友圈。目前已有30多万名游客到访薰衣草公园，一睹上海薰衣草的盛况，带来心中的愉悦。人见人爱喜煞人，最宜是情人。花海之中留合影，谁说不浪漫？！

我说薰衣草，紫得很漂亮，看得极有味。单独看，很悦目；成片看，有气派。上海薰衣草节，让我们相约紫色。相约紫色，明年再聚！

作者简介：沈裕慎，本名裕生，笔名袁亮、沈洞等，1942 年 11 月出生于上海安亭，江苏省昆山市花桥人，大专学历，中共党员，高级经济师。在全国各地的报纸、杂志上发表 100 多万字，并在多次征文中获奖。著《风荷忆情》等十多本散文随笔集。其中，由中国文联出版社出版的《心在山水间》散文集，被载入《2015 年上海文化年鉴》，由吉林人民出版社出版的《风荷忆味》随笔集，获 2018 年上海市作家协会会员年度散文集奖。散文作品曾入选《中国当代散文作品选》《当代游记散文大典》《中国散文大系》《全国作家散文精品集》及《中国当代作家代表作》等书籍，系上海百老德育讲师团成员、中国散文学会会员、上海市作家协会会员。现任《上海散文》杂志总编辑。

许溪河，一条古老而美丽的河

许道连

在皖南有个古村落，它携黄山，揽九华，临太平，望桃花。四顾环山，三溪并流，茂林修竹，千峰竞翠，白墙黛瓦，绵延数里。真山真水真诗意铺就画廊，古村古刹古风韵尽显万古风情，这便是查济。

有人说，村落的三条溪流宛如三个妙龄少女依偎在古村母亲的身旁。让我说，是川流不息的溪水河孕育了古村落。据史料记载，唐朝初年，时任宣州、池州刺史的查文熙在两处往返途经此地，常常被这里的山清水秀优美的景色所陶醉，晚年退出官位便从山东迁往这里定居，查氏人也相继而来安家落户，繁衍生息，逐渐兴盛。他们沿着三条溪流中间的许溪河，在两岸建造宅房、宗祠、庙堂，从而形成了“依山建房，临水结村，推窗见河，开门走桥”独特的村落格局，舒展出“十里查村九里烟，三溪汇流万户间，寺庙亭台塔影下，小桥流水杏花天”的迷人画卷。

许溪河，这条唯一以姓命名的溪水河，从远处的青山自北向南奔流而下，行至村中便回旋九十度，转为由西向东缓缓流淌。这条蜿蜒曲折的溪水小河，时宽时窄，河床内散落大小不同形状各异的山石。清澈明净的溪水或顺着石面，或穿行石缝涓涓流淌，绕过村落流向远方。

许溪河流经查济古村落，溪长桥多，各色石桥、长桥、拱桥、村桥将悠长的许溪河装点得格外多情妖娆。在这些石桥中最引人注目的当数聚德桥、财神桥、天申桥和红楼桥了。聚德桥位于查济古村下方的斜弯处，是一座精致厚实的双洞平石桥。长条形的青石侧面上刻有字迹，有些已模糊难辨。迎水面为“聚德桥”，背水面为“泾科益公造”。由聚德桥逆流而行，在一棵高大的古树下，有座单拱石桥兀立溪上，这便是财神桥。拱桥左侧有三级台阶，右侧地势较高和桥面平齐，整个桥面略成弧形。拱桥石缝中藤蔓横生，桥面上藤叶缠绕，犹如一位饱经风霜的佝偻老者。继续前行，在村头的中部，两座奇特的石拱桥并排而立，如连体的双胞胎兄弟，这是建于明代崇祯年间的天申桥。相传当地比较富足的兄弟俩为了向母亲表孝心，分别在门口河道上各建一座石拱桥，两桥之间有一条缝隙，用青石填平，形成一个整体。桥面平整光滑，宽阔轩昂，方便年迈的母亲进出。桥旁一老旧的建筑，门额上书“兄弟客栈”，我想应该是取此桥寓意而命名的吧。由天申桥上行，地势渐陡，平坦的河道逐渐倾斜，溪水湍急如奔。在河道的陡坡处，一座半圆形石拱桥巍然耸立。这便是查济有名的红楼桥。红楼桥右侧原是一栋临河的三层阁楼，为当时达官贵人饮酒作乐和文人墨客赏景赋诗的场所。后阁楼倾圮，而今所见二层楼阁，飞檐翘角。红楼桥上藤蔓披拂下垂，如依依柳枝，又似缕缕流苏；桥下有三五个村姑在浣衣洗物，河谷里弥散着说笑声和着溪流声，在宁静的早晨显得十分的悦耳悠扬。

沿许溪河溯流而行，一幢幢老屋扑面而来，让我目不暇接。溪河两岸一幢幢斑驳的老屋，随着盘旋屈曲的河道绵延而去。苍白灰暗的墙面，青石立柱的门框，飞檐翘角的马头墙，处处显示着村落的沧桑古老和悠久的历史。在许溪河畔两侧的街市上，分布着古祠宗堂。宝公祠坐落在溪边平坦之地，是一栋保存较为完好的三进祠堂，高大宏阔，气宇轩昂。祠堂内廊柱粗壮挺拔，汉白玉石础纹饰飞动，雕花雀替栩栩如生，镂刻梁托精致绝伦。而坐落在许溪河回旋拐弯处西侧民居巷弄中的德公厅屋，则是一栋比祠堂略小的厅屋，现仅存一座高耸的牌坊门楼。牌楼三层翘角，四根方形石柱，两面砖雕图案精美，中嵌“圣旨”“明羲官”等石匾神圣庄重。

高大壮观的洪公祠，背倚岑山，前临许溪河，大有衔山吞水之势。

许溪河岸两侧青石板铺就的路面在岁月的磨砺和风雨的侵蚀下，光滑锃亮，细腻圆润。河岸上林立着幢幢明清时期古民居高低错落，或庭院阔大，或门楼高耸；一处处旗幡招展的店铺、古玩、酒坊、客栈、茶肆，无不透露出古色古香的气息。

我走进一家豆腐店，喝碗传统手工制作的豆浆，吃上两个煮鸡蛋，感受一下简约淳朴的古村饮食文化，别有一番情趣。

我行走在粉墙黛瓦间，足音跫然的青石板小巷，来到了一幢古民居的门前。只见院门虚掩，轻轻地推开门扉，屋内进深和开间宽敞大气，古朴灵性的深深庭院，从天井洒进缕缕阳光，墙上开着镂空的花窗，房门上人物，鸟兽，山水，花卉精美的雕饰，有着浓厚的徽派文化底蕴的古建筑，十分慷慨地展示在游人面前。房屋的主人也习惯了游人们的观瞻，面带笑容坐在竹椅上悠闲的听着江南小曲。查济就是由一处处这样的民宅和宗祠组合成了一个古村落。而这些古宅老院都有一个个久远的故事，或缠绵，或悲壮，或凄凉，或温馨。

当我辗转走回许溪河畔，已有许多绘画爱好者和一些学生，或站在墙角下，或坐在溪水旁，支起画架选择不同视角写生作画。有画水墨画的，有画水彩画的，也有画油画的。用他们神来之笔画出一幅幅秀美画卷。此时的我按捺不住心中的新奇，在一学生写生处坐了下来，拿起画笔玩起了摆拍，此时的我便成了画景的人，也成了他人笔下的景。

起身回望那蜿蜒清澈的溪水，风雨斑驳的白墙，飞檐翘角的古民居，幽深曲折的青石板巷道，置身于一幅陈旧古老的水墨画中，携着淡淡的古韵，怀着如水的心境，如痴如醉。

美哉，许溪河！

美哉，查济村！

作者简介：许道连，中国散文学会会员，安徽省作家协会会员。散文和随笔散见于报纸、杂志和网络。多篇作品获奖并收录于文学书籍中。

迷失在丽江

袁瑞珍

当我的脚一踏上丽江的土地，整个人就有一种晕乎乎的感觉。

丽江我去过两次。

第一次去时，我以为这种感觉只是初到丽江的一种新奇感而已。而再次去时，我却依然如醉酒般沉迷在丽江独有的气韵中。

这种现象，令我颇为惊讶。

上次去丽江，是2002年的春季，到昆明开会时去的。

我们住在丽江大研古镇南面一个名叫四合酒店的客栈。从客栈的小天井望出去，虽只看得见不大的一片天，却能望到一缕阳光斜斜地照射在客房的原木窗棂上，能从雕檐画廊的房屋结构里品味到丽江的历史和风土人情，还有店主熟悉的四川口音和亲切随和的笑容。门前的小桥流水，随风摆动的丝丝垂柳和有些凹凸不平的石板小路，无不令人有穿越时光隧道回到从前而迷失自己的感觉。

这种感觉让我很舒服。因为，迷失并不一定是坏事，有时在你身心疲惫时，迷失可以为你找回片刻的安宁，可以让你浸润在一种自由的、放纵的想象空间里。在丽江，我随时随处就被这种叫“迷失”的东西搅和着，并畅快地享受着这种迷失所带给我的温暖、慵懒的感觉。

当我们穿行在古镇四方街上密如蛛网的小巷时，小巷中一串串花花绿绿的铺子让我迷失在手工制作的各种工艺品中。那些手工制作的各式皮包，牦牛骨制成的梳子，刻有诡异色彩的东巴文字的吊坠、风铃，鲜艳而富质感的披肩，雕刻精美的铁木大象，五彩缤纷的玉石首饰和在木头上雕刻的极富纳西族色彩的木雕画，都让我忘掉了世俗的一切。我掏出钱包，一件又一件地挑选着心仪的工艺品。当我驻足在一家制作木雕工艺品的店铺前时，立刻被一双正在制作一件外形像一个木勺的工匠的手所吸引。这双手极粗糙却极灵巧，那把很小的锉刀在他手中飞快地舞动着，木勺上就显现出凹凹凸凸的线条。这些线条被他涂上各种艳丽的色彩后，一件木雕工艺品就诞生了。这个大大的木勺上雕刻着一幅猎归图，一位勇猛的纳西族武士骑着一匹壮硕的白马，肩上扛着一只火红的狐狸，在暮色中如一股旋风疾驰而来。武士头上漆黑的长发随着白马的奔跑而飘逸着，头颅偏侧仰望着天空，一种粗狂、蛮荒的气息扑面而来。这让我既钦佩又冲动，竟然没与店主讨价还价就购买了这件作品。当我拿在手中细细看时，发现木雕背面没有作者的署名，只有用毛笔题写的“水木空间”的字样，这让我的疑问和想象空间在顷刻间膨胀。这个“水木空间”是谁？为什么作者不署上自己的真名？是雕刻这件作品的工匠，还是另外一个作者创作画面，由这个工匠完成雕刻，两人共同完成的作品？我突然笑了，为自己陷入这个莫名的猜测，也为自己的肤浅而笑了。丽江的东西是哪个个人的么？这个“水木空间”既不是工匠也不是哪个作者，它是丽江的，它属于勤劳的纳西族人，属于奇妙灿烂的东巴文化。而我再看这个木雕时，却突然发现，它的外形哪里像木勺，而分明是一个惊叹号呀！对，它就应该是一个惊叹号，因为东巴文化的气韵都浓缩在这个符号里了。我为自己的发现而兴奋，并陶醉在这突如其来的想象中。

我就这么信马由缰地想着，竟忘了时间，忘了和我一起的朋友——我和朋友走散了。我四处张望，看不到他们熟悉的面孔，只看到许多如我一样，泛着迷离目光，脸上荡漾着满不在乎的、将一切都置之度外，只享受着眼前这份闲适笑意的人群。我四处张望，寻找着他们的身影，但未找到，那就一个人先回客栈吧，可我怎么也找不到回客栈的路，我迷路了，迷失在小巷通往四面八方的那张网中！

突然想起曾听人说过，在丽江如果迷路了，只要顺着溪流的方向逆流而行，就一定能找到想去的地方。于是，随便找了条小溪，左顾右盼地悠然走着。

溪流纵横交错在大研古镇的大街小巷上，发源于象山的玉泉河水流入丽江后，便分成无数支流，像叶脉、似经络般密布在大研的土地上，像血液一样时时刻刻滋润着这座古城。古城的街道，主街傍河，小巷临渠，300 多座古石桥与溪水、绿树、繁花、古巷、古屋相映。溪水清澈得能见到水底青翠欲滴的水草，一群又一群红色的小鱼在溪水里逆流而上，莫非它们也如我般迷失了方向？或者也如我般迷失在古镇的万千风情之中？

第二次去丽江，是和家人一块去的。

下了飞机来到预订好的那家早已熟悉的四合酒店，已是华灯初上的时候。稍事休整后丈夫提议：“去酒吧街喝酒”，我和女儿欣然应允。

出了客栈，只见潮水般的游客摩肩接踵涌向酒吧街，人群中不时响起一串串欢快的笑声，笑声掷在青石板上，抛向缀满星星的夜空。

各家酒吧早已座无虚席，我们只好在一柳丝低垂、繁花倒映、木桥卧波，摆着一张张木制餐桌的小吃摊前坐了下来，点了牦牛肉、烤肉串、丽江粑粑等风味小吃。

杯中的啤酒清澈透明，在灯光的映照下发着橙黄色的光泽，沿河两岸，一串串大红灯笼在夜色中随风摇动。这时，夜空中飘过来一阵时断时续飘渺不定的乐声。这是一种我从未听过的音乐，清丽哀怨宛若天籁，顿时一种忧伤的情感在心间弥漫。我问店主，这是什么音乐这么好听，店主告诉我，这是纳西古乐，是丽江独有的音乐，可以去听听。

这是一个美妙的下午，因为纳西古乐，我再次迷失在丽江。

当一个个着素色纳西民族服装，留着长胡须的老艺人端坐舞台，用古老的乐器熟练地演奏起那凄清、柔美的纳西古乐时，我的灵魂就被带入了那飘飘渺渺、亦幻亦真的世界了。

曲声悠悠，古朴清丽的纳西古乐似行云流水般徐徐飘来，慢慢地浸润到我的心底。那一刻我脑海里一片静谧，没有了红尘杂念，惟有古乐的声音，惟有恬淡的心境。一曲苍凉浑厚的《淘沙》演奏完毕，我却还沉浸在无边空灵的境界中，久久不愿回到现实世界中。

“春花秋月何时了，往事知多少？小楼昨夜又东风，故国不堪回首月明中。雕栏玉砌应犹在，只是朱颜改。问君能有几多愁，恰似一江春水向东流。”当三个纳西族女青年在低沉哀怨的乐曲声中，用淳朴天然的音色唱着这忧伤的歌词时，我的思绪穿越千年时空，眼前幻化出南唐后主李煜，因宋兵攻破金陵被俘后幽囚于汴京开封的一座小楼中，在夜阑人静时，倚栏远望，对着那一片沉浸在银光中的大地，多少故国之思，亡国之恨、凄楚之情，涌上心头，一声深沉的浩叹，写下这首惊天地泣鬼神，流传千古的《虞美人》。看到后主于生日（七月七日）晚，在寓所命歌姬作乐，唱《虞美人》词，声闻于外，宋太宗闻之大怒，命秦王赵廷美赐牵机药，将他毒死时那一双充满悲愤的眼睛的情景。我的心随着乐曲而悲伤，泪眼婆娑中好似见到李后主飘然而至，正凝神屏息地倾听着他的绝命词《虞美人》，李后主脸上滑过一丝笑意，为词牌曲调在历经千年变迁后，依然被纳西族这个神奇的民族原汁原味地保留和传唱而感动。

我的脸上悄然露出笑容。当历史与乐声，思绪与感叹撞击的一瞬间，艺术便成为永恒。

我能不再次迷失在丽江吗?

作者简介：袁瑞珍，四川省夹江县人。中国散文学会会员，四川省、成都市作协会员，四川省诗歌学会会员，四川省散文作家联谊会副会长。创作的散文、诗歌等作品散见于国家及省市报纸杂志，有多篇散文、诗歌、报告文学等作品被收入《中国散文大系》等二十几种选本。散文作品获第二届“四川散文奖”等十多项文学奖，出版的《穿越生命》散文集获中国第八届冰心散文奖。

沙雅秋天的札记

于雷

对我而言，秋天是一个观察的好季节。然而，自己长期融入都市季节里生活，让内心无形之中缩小了观察的视野。

记得年少时在乡村生活，秋天的丰收景象让我心底产生出无尽的喜悦。如今受地域环境的影响，渐而对季节产生盲目。这些年，越来越觉得自己就是生活在都市一方角落里的井底之蛙。虽每日穿行于繁华的高楼街区，然视野的狭窄不得不导致身体思想的局限，这总是不好的。时值秋天，同在都市生活的一些人，往往对季节失去这些印象。他们偶尔会通过一地枯黄的落叶去感知秋天的临近，这样的感知实在是表象肤浅了。更有甚者，一些人也许已经丢掉了季节的某只鞋子，人过多的是成为了金钱下生存的奴隶，而对自然本质生活却与自身甘愿产生出一些距离。

我无法想象，人如果以这样的方式去脱离季节，生活将到底意味着什么？我其实不太喜欢被固定在世界某一个支点上，单线条的过一辈子，那样的生活将会被局限，既而转变为生命的局限。生命无论如何都是需要如线段一样无限延伸的，通过这样的延伸，我们的生命才会焕发出色彩。所幸，那天马行空，自由驰骋也不失为生活本真状态。

当我们在生活中去做一件事情，起关键因素的还是过程。然而，某些人往往到最后还是重视结果。如果是这样，那么拿生命的结果来说呢？答案只有：死亡。谁愿意这样去做呢？由此，生命还是在于过程美，忽视这样的过程，离死亡也就不远了。人生的意义，更应该咀嚼生命的每一个过程。

说了这么些啰嗦的话语，无非想阐明自己对生活的认知，就到此为止吧。我并不是一位太懂得生活的人，若是说多了也是一门空想，我不想成为空想家，只想作为生活中的一名善良诚实的普通人。哪怕走得再远，再艰难，只要带着思想同行，其他已经无足轻重。

10月初上，自己再次扮演了生活的旅行达人只身远行。那初秋的雨，带给大地的是一曲丰收的歌。八千里路云和月，是诗情，亦是浪漫的等待，等待着与新疆大地的再次相遇。说来，这已经是我第五次去往新疆，加上每一次选择的季节都是秋天，所以新疆的季节给我留下了深刻的印象。

在南疆阿拉尔歇息一晚，顺便缓解一下长途坐车引起的疲劳。第二天一早就与前来接待我的主人——农一师科技园区工作的陈虹女士，市电视台的制片人王亮先生以及市文联工作的刘杰龙先生、王超先生一起约好去往沙雅。

路上，与这些热情、豪爽、坦诚的兵团朋友们一起讨论了不少新疆话题。大家悠闲放松，彼此幽默诙谐畅聊，使得整个车厢都被其乐融融的氛围笼罩着。负责开车的王亮先生因为职业习惯，在车后箱里随时准备着一架采访摄影机，以储备旅途的影像素材。

车开出阿拉尔市区，眼前视野逐渐开阔。降下车窗，微微秋风，不知不觉吹向我的脸庞，亦是如此温柔。这一丝清爽的凉风啊，为我们散去温热。更有从风里散发出来的淡淡清香弥漫在空气中，让美的迷惑也成为了一种幸福。举头仰望，辽阔的蓝天，悠然的白云，层次分明，犹如欣赏着画家手中描绘出的水彩画。这一切，在新疆大地，是再寻常不过了。

此时，我的笔稍作停顿，再写下去岂不要与标题脱轨？那些个天马行空也好，自由驰骋也罢，也需要在一定的范围内进行。不是吗？

还是谈谈秋天吧！

我以为这样的季节是萧瑟的，凄凉的，伤感的，却不成想自己错了。当我在多少个梦里想象着秋天的那种绚烂，热烈与静美，与自己的实际生活范围，又拉开得很是遥远。我渴望着这样的梦融入现实，可惜，终归是梦，梦能这么轻易实现吗？还别说，今天来到南疆沙雅，没想到梦与现实，两者产生得是如此吻合。这般的梦啊，让我在南疆的热土之上终于做活了，内心表现出了由衷的欣慰。

在沙雅，秋天的朴实与华丽并不是迅疾转身，而是一种自然永恒的象征。放眼这块土地，视野是如此的辽阔。看啊，那一片片金色的胡杨如同电影里的长镜头，一点点布满视线，已经不需要赞美了。胡杨本身自然的色调在此渲染的是如此热烈均匀，同时给予这个季节的土地焕发出粗朴与极致色彩，让我获得从未有过的喜悦。

漫步于沙雅胡杨林，内心不存有丝毫浮躁气息。在这里，心自然而然地保持着平静，并与这宁静的世界，彼此和谐得多么完美。当我去欣赏胡杨，欣赏的或许不再是胡杨本身，而是它那种从内而外透射出的精气神，这样的精气神是需要我不断融入这生活中去的。

那天，与几位朋友穿行在沙雅的一片胡杨林里，我是以一种虔诚而专注的姿态去仰望着周围的一切生命。那些胡杨，无论怎样，是生而不死，是死而不倒，还是倒而不朽，它们在天地中间，自始至终都以高大的身躯巍然屹立。在我看来，它们就是一支永不消失的大兵团，并且继续创造着力量。

有人说：一棵胡杨就是一个兵团人，一个兵团人就是一个英雄。这由此让我想到了生活在这块土地上的兵团人民，他们朴实、坚强、深厚。我虽然不是兵团的一员，但今天我很荣幸能够站在这里，接受着兵团精神的洗礼。

作者简介：于雷，当代文艺青年，笔名雷雷，安徽省滁州市定远县人。安徽省作协会员，中国当代作家联盟签约作家，定远县作家协会理事、副秘书长，雨田斋主人，自诩“清静散人”。散文在多家纸媒和微刊发表，作品多次获得各级各类征文比赛奖。

却话云起时

薛媛

“叮咚”一声清脆的铃响，正闭目养神的我低头扫了一眼手机，是一位海外朋友发来的自拍。最先跃入眼帘的是朋友指间那枚古意盎然的戒指，宝光内蕴，一看就是来自异域的稀罕物。“出乎意料的收获。”朋友在配图文字里这样写道，“为了换取我们车里的一小瓶饮用水，卡拉哈里沙漠的一个牧民从手上摘下这枚古戒赠给我。当时，他赶着羊群穿越大漠，遇风沙耽搁了行程，随身带的水囊已经空了，他一昼夜都没沾过一滴水。就这样，他宁愿拿祖传宝戒相换……”正惊讶感慨间，身边咔嚓一声响，邻座的旅客用手机抓拍着什么。我循着他的视线望去，车窗外，蜿蜒着一条靛色的湖，在远山的映衬下，静美的好似一张明信片。这载着天地密讯的精灵——水，总是不离不弃，无声地陪伴在人类身旁。

当一个人孤单落寞时，常想去看海。坐在松软的沙滩上，望着无涯的海水。晴空下，海鸥翩然展翅，自由飞舞，风中送来大海特有的气息。恍然间，忆起初心：生命个体不就是人生海洋的一粟么？又何不放下执念、顺应自然？漫步于沙海，浪花浸润着脚踝，偶尔会捡拾到贝壳或是海螺这些令人惊喜的海宝。缱绻的海浪一次次拍打着礁石，不知那传说中的美人鱼何时会在飞波浪心中现身？在海天的经纬中，忧烦已随着海面上那忽而漾起、又逐渐消散的涟漪化褪而去，犹如逝去的光阴。这时的水，是一个通天接地的摇篮，能够令人卸下心灵的枷锁，与自然脉搏相应和，于自在无为中，得到神志的安适，获得心力的重生。

当你憧憬未来，期盼永恒的真情，一池历经数百年岁月洗礼的碧波就在古老的罗马静候有缘人的到来。许愿池边的游人从来络绎不绝。人们带着虔诚的祈愿流连在池畔，默默祝祷后，向池中抛出那枚寄寓着幸福理想的硬币。小巧的硬币在水面泛起轻柔的波晕，如同许愿池水的回声：“我读懂了你的心语，会将你的秘密永远珍存。愿你好梦成真！”相传这许愿池底曾汇集了数十个国家的硬币，一泓小小的碧水蕴藏了多少美好的期许。这时的水，化身为凝聚善愿的悲悯慈航，为人们助燃希望之光。

思绪翩跹间，高铁到站了，我临上车时买的那杯咖啡还未开封呢。这次旅行选定的农家乐位处潇湘之南，其客舍朴素且充满乡趣，庭院里桂花飘香，院落四周树荫繁茂，花果葱茏，是一个远离尘世喧嚣的恬然小居。堂屋靠墙的位置摆着一只颇具时尚气息的长包，在这布满木质家具的乡居里很是醒目。“这是我儿子在全国滑雪锦标赛中赢得的奖品。”农家乐的主人小心地打开这背包，从里面取出一副紫色滑雪板。“这次他去瑞士集训，说是会带当地特产的葡萄酒回家。要是你们赶上了，也一起尝尝雪国葡萄酒的滋味。”主人热情相邀。那是多么豪情畅意的一幕啊。我不禁想到：厚云密布的天穹下，雪如凝雨漫舞纷飞。那一个个身披铠甲的健儿挥着雪杖御风而行，任风雪呼啸过耳际，撇开一个又一个路障，感受“雪中飞”的速度与豪迈，向着远方的目标一往无前。这时的水以雪精灵的样貌降临人间，激发勇者挑战自我、突破极限的激情与魄力。

在我心中，雪不仅是唤起勇士豪情的神秘使者，也是空灵唯美的谜之存在。还记得在那个即将迎来世博会的跨年之夜，窗棂外飞雪飘舞。书房里，一缕檀香袅袅缭绕在《兰亭序》的书帖旁。我轻挥着手中的狼毫，行文走笔间墨纸留香。香、雪、墨这中华文化里不可或缺的元素交汇在这样一个奇妙的时空里，若有倪瓒那般的妙笔，可据此绘出一幅自然与人文交汇、意蕴隽永的水墨佳作吧？

未及品尝到那冰雪酿就的葡萄酒之味，三天的农家乐之行就已告了尾声。初秋的傍晚，我坐在农家乐小院的木桌旁，桌上放着一杯热气腾腾的云雾茶，那是乡间朋友送别客人的茶。茶香氤氲在大自然的芬芳里，令人醺然似醉。我沉浸在这几日复返自然的乡趣回味中，都市的记忆似乎已是一个遥远的世界了。

几团乌云恍兮惚兮间聚涌在骄阳的四围。不远处，金灿灿的麦田里，三五个农耕的好手奔忙在田埂间，要赶在落雨前收麦入仓。正凝望着眼前的农忙景象，不知不觉间，几滴秋雨落入我的茶盏里。茶盏旁那本已翻得起毛边的《镜花缘》也滴上了雨。我合上书，放回背包里，又将那余下的半杯茶轻洒在木桌旁的绿茵间……就让这原本来自天地间的水之精灵，重归自然吧。

两个月后的一天，我接到朋友的微信，在我洒下云雾茶水的那片草丛里，生出几朵不知名的小花，姹紫嫣婷、生意盎然的样子。他家的宠物猫小橘很喜去嗅呢。

作者简介：薛媛，辽宁人。散文作品曾获第二届“中华情”全国诗歌散文联赛银奖，入选《2017独家记忆年度优秀作品——散文》《中国当代经典散文选》《中国当代文学精品选》等选本。散文、微型小说、诗歌作品入选近20个全国选本。

向南行

张修东

“碧云天，黄花地，西风紧，北雁南飞。”

初冬时节，我们像一只只孤雁，聚雁成群，有了这样一次向南的旅行。

经过两个多小时的车程，我们一行 30 余人乘大巴赶往机场。十五时，奥凯 737–800 安全起飞。飞机一路向南。舱内，妻子与邻座刚认识的老乡谈得正欢。舱外，白雾茫茫，激起的云浪形成层层涟漪。机下，是波澜壮阔的云海，蓝的如海水平移登天，白的如整片的棉花地。极目远眺，树木和青山披上了素装，点缀着白雪皑皑的云构澄明。不远处，一座城堡大白山墙上有巨幅油画，整齐的楼房，可是我家乡的模样？我陷入了沉思！世界很大，大到你无从插脚，不知何处是家乡，世界又很小，小到处处都是家乡的影子，就像在飞驰的动车上，观影道旁的一尊尊建筑，一对对人马，一排排树木，从哪个方向看都像老家的模样。

进入南宁腹地，穿梭不停歇的汽车公交车出租车，热浪沸腾的马路街道，川流不息的摩托车电动车，四周等待红绿灯的闲散游客，步步紧挨略显拥挤的水果店、小吃店，着实填满了城市的空间，总觉得在这种场合，节奏慢了都不适应似的，反应慢了就要听到车子的催鸣，速度慢了就要与前行者拉大距离。向南行，进入了运转模式。

经凭祥友谊关短暂停留，在“南疆国门第一路”崇左稍事休息后，一路向南，我们踏上了异国领土。大巴车在不显宽敞、与铁路并行的柏油路上疾驰，北方不多见的椰树林、香蕉树林、甘蔗林、桉树林，绿意满怀，满眼皆绿，一闪而过，来不及打一个招呼，就被我们甩在脑后，碎成了一段一段的记忆。田垄之上，一群群农人在弯腰劳作，黄黄的那一片，水稻躺倒在地，没了生气；青青的那一片，仍在笔直站立着，大口喘息。路上的车子不多，更没有红灯，公路上没有见到人行道，于是车子马不停蹄运转着，一路南行。这时我发现，路旁的两个农妇模样的人，一个坐在凳子上，一个光脚蹲在地上，身后是几间破旧的小屋，身边摆放着几株甘蔗，是在等着自家的车子将甘蔗运走，还是等待着顾客的来临？我没法问，更不好擅自揣测。

沿铁路公路不远处，目之所及，是连绵不断的群山，我们走，它们也走，我们是一张张惊讶的面孔，而它们却泰然自若，一会儿变换一副面孔，迎接我们这些初来乍到的一群生面孔，我们切实感知了它的变化多端。山不高，也不远，但挺拔峻峭是它的特征，绿色覆盖是它的体貌，友好牵手是它的特点，高高低低，像一家兄弟；勾肩搭背，像一对恋人；互为观望，像一个家族。林海绿染，青山如黛，山势峻险，草木葳蕤，湾河纵横，水流潺潺，一派生机展现在眼前。实际上，再不美的地方，具备了：山的稳坐、水的流通、绿的陪伴，人间就有无限的活力。

喜欢南方，喜欢这境地，便是因为它：一路向南，靠近天然，贴近自然，接近原始，它空气潮湿，水分子丰富；树木高耸，氧吧明显；怪石嶙峋，装点神秘世间。啊，天天生活在这样无污染的空间，该有多好的心情。

按照预定行程，我们来到巴亭广场时，正巧赶上护卫兵的换岗仪式，谨严而严肃，得体而庄重，吸引了我们一行驻足观摩。主席府附近，古树参天，草地如茵，池水浮鱼，确实是一块宝地。缓步行进中，我们仔细听着导游的讲解，一个个密林战争的故事，一个个道听途说的传说，一个个伟人艰苦创业的传奇，一个个应运而生的产品信仰之心得到激荡，幻化成一颗颗爱国之心、骄傲之心在迸发。

我们走走停停，在歌声笑声手机咔嚓声里，将美景摄入镜头，将美人收录手机，将美好收藏心底。高拔的椰树颀长修整，像站立笔挺的哨兵，在接受我们的检阅；肥大健硕的蕉叶，一片叶子就能遮住好几张脸庞，稀罕它们，也就有了绿肥红瘦的剪影。人，在椰树、蕉树这些朋友面前，显得苍白矮小。

向南行，总有新鲜。下榻在海燕宾馆，早上四点多钟，一声熟悉的鸡鸣把我从梦中惊醒，我披衣下床，拉开窗帘，宾馆门口的椰树背影清晰可见，不远处的灯光不再昏暗，路上的行人缓步慢行——好个南方异国的清晨。

可能，一路向南的这次旅游，寄予希望，牵挂于怀的，应该是海上的游览。下龙湾海域，1994 年就被联合国教科文组织列入《世界遗产名录》。这样一来，时间不长的购物，倒显得画蛇添足了。坐上一艘大游船，路上建筑与我们渐行渐远，蔚蓝的大海就在眼前了。

这是一个鲜活的世界。我们的游船静止了，两旁的海水嗖嗖而过，似风像雾；海水清澈见底，瓦蓝瓦蓝的能倒映出游人的影子；快闪而过的座座山峰，造型独特，千姿百态，天然去雕琢，鬼斧添神工，茕茕孑立于海平面之上，恰似一个个守岛老人，沧桑而又清新。什么斗鸡石、驼峰山，什么独角兽、拇指山，什么牛角石、虎头山，栩栩如生，旁若无人般执勤水域，好像它们一直在水里嬉戏，一直在互为观赏，互相问候。我独自坐在二层一张长椅上，吹着海风，听着海涛，看着海面，闻着腥味，好似一个人独自驾船在海上游览，惬意而满足，兴奋而充实，浪漫而陶醉。

一会儿，我们换乘快艇，这是令人激奋的项目。马力在加大，放开嗓门，我们呼喊着，嘶吼着，尖叫着，着实放肆了一回。不等狂躁的心稍作休息，登上手摇的木船，喧嚣的心，有了片刻的停留；烦躁的世界，有了歇息的机会，欣赏高山倒影，木船斜映，蔚蓝海天的旖旎风光，大自然的馈赠，着实让人心旷神怡。

大海被群岛环绕，群岛点缀着大海，它们互为相拥着，一艘一艘的船儿好像画在海面上的应景物，一幅幅流动的画卷瞬间被美化了。

登上几百米的山洞，空旷的溶洞展现在面前，像极了我在煤矿井下看到的场景，抬眼望不到天际，环顾四周看不见边际，眼前一片狼藉，恰似溶洞昨天才经历了一场浩劫，沟壑纵横，怪石罗立，景象凄凉，不知道当时的水流有多大，究竟流水在石头上走了多长时间，才将这块块巨石冲得东倒西歪，没了正形。经历了千年亿年的滴水，凝固，流淌，凝结，才形成了这乳石乳沟，有的似动物哺乳羊儿吃草，有的像擎天一柱彩虹桥飞架，有的像人们武斗争夺食物，有的像在端坐四周合伙共进晚餐，高高的溶洞里，飞鸟独立，鹤立鸡群，元宝静坐，燕窝云集，洞穴深藏，单指苍穹，乌龟蹲守……大自然的奇妙处应有尽有，鸟尽弓藏的佳境初露端倪，我想，多少年前，如果是我和我的亲人，生活在这样的空间，会是自由散漫的——一早打猎归来，衣食住行不愁，团结和睦犹在，繁衍传宗接代，世无战事平静，也不会枉此一生的。

一首歌词这样写道：那一棵椰子树下，远远看到充满笑容的她，不知为何说不出话，她却轻轻地笑着对我说：走吧，走吧，一路向南！

向南行，不虚此行！

作者简介：张修东，山东济南市莱芜区人，中国散文学会、中国诗歌学会、中国散文家协会、山东省散文学会、河北省采风学会会员，中国煤矿文联作家协会理事。山东省第21届作家班学员。作品散见于《山东文学》《中国煤炭报》

《时代文学》《大众日报》《散文诗世界》《中国诗》《中国风》《当代小说》《当代散文》《当代文学》《散文时代》《阳光》《华夏散文》《中国散文家》《夜郎文学》《长江诗歌》《齐鲁诗歌》《企业家日报》《速读》《神州印象》《山东能源报》《今日文艺报》《当代汉诗》《小拇指》《文学月报》《诚信山东》《大西北诗人》等。

东坡赤壁游

顾乐生

九月中旬，我与两位企业家结伴从长沙驱车回安庆。一上高速，两位企业家就讨论起学习与能力的问题，言谈中带有一丝焦虑。我暗忖：当下，并不缺知识，缺的是什么呢？

须臾，车已进入湖北境内，到“赤壁”的出口在高速路边闪现，我笑问：“赤壁你们可去玩过？”

“没有，哪有时间？”

“赤壁之战以弱胜强，指挥者需要有多大的勇气和智慧啊！”

“那么我们去看看。”二位来了兴趣。

“已过了几十公里，算了。”我说，“不过前面还有一个‘文赤壁’。”

“文赤壁？”

“东坡赤壁。”

赤壁因大文豪苏东坡而名扬天下，慕名已久，于是，我们一行四人直奔黄岗“东坡赤壁”而去。

苏轼，字子瞻，号东坡居士，北宋大文学家、书画家，其诗清新豪健，词开豪放一派，书画亦对后世很有影响。宋神宗元丰二年（公元1079年），他因“乌台诗案”遭贬谪黄州（现湖北黄冈市），任团练副使。

在人生突遭厄运被流放黄州五年期间，苏轼没有颓废，而是面对人生和自然的无常，经过睿智思考，放开眼量，以古今事理排解郁闷，以旷达乐观的心态处世，以绝佳的心境创作诗词文章，迎来了他一生文学成就最丰饶的时期。特别是他在元丰五年（公元1082年）七月和十月两次游赤壁时留下的千古绝唱《念奴娇·赤壁怀古》《前赤壁赋》和《后赤壁赋》，影响后代近千年。

今天，我们抱着这样的文学情怀，来到东坡赤壁，追寻东坡当年的足迹，看看他曾生活过的地方，更想效法他站在赤壁矶头，望滔滔江水东去，发古人之幽思，调适自慰，增长人生的大智慧。

我们沿着黄州古城垣，过石桥、广场，进园门，山间是一片修竹茂林。在万绿丛中立有一尊汉白玉的苏东坡全身雕像，他头戴员外帽，长髯飘飘，洞穿世事的双眼正在远眺，一副仙风道骨的模样，难怪南宋著名诗人戴复古曾以“重仙”称誉苏轼，“坡仙”之称也随之传开。雕像右边有“苏东坡谪居黄州”微缩景观展，左边则是观景台。

站在观景台，北望，东坡赤壁全景就展现在眼前。红褐色的赤壁矶头壁立纵横，斑驳冲刷印痕犹存；山上楼阁丛聚，山下死水一潭，明嘉庆年间黄州知府郭凤仪凿刻的巨大白石龟仍昂首在矶头渚中；而苏轼笔下“乱石崩云，惊涛裂岸，卷起千堆雪”的壮观景象早已不见，长江改道远去，但留在赤色崖壁上清人钟谷书写的“赤壁”二字，则清晰可见。我既身处其间，仍能依稀领略到当年苏东坡在此写下“江山如画，一时多少豪杰”的情怀了。

拾级而上，登临东坡赤壁，亭台楼阁依山而建。经天泉，右去碑阁、东坡祠、栖霞楼、问鹤亭，转西行依次是留仙阁、二赋堂、坡仙亭、睡仙亭和矶头之上的放龟亭。

碑阁，清光绪十六年（公元1890年），黄冈知县杨寿昌因仰同乡前贤苏轼的书法，委托著名鉴赏家杨守敬择其诗、词、赞、牍手稿精品编成《景苏圆帖》六卷，并勒诸于石，全套126块分嵌在此阁四壁，弥足珍贵。

二赋堂始建于清康熙初年，堂内正中立有顶梁大型木壁，前壁为清代黄州教谕程之桢楷书的《前赤壁赋》，背面为民国书家李开　用魏碑体书写的《后赤壁赋》。其字大疏朗，与二赋内容气韵贯通，让人驻足良久。

《前赤壁赋》是苏东坡于元丰五年七月与友人游赤壁，乘兴放舟夜游时写下的，同月又作《念奴娇·赤壁怀古》；当年十月，续写了《后赤壁赋》。二赋一词都是把此地当作“周郎赤壁”来吊古兴怀的。

此时苏轼正身处逆境，思想压抑，精神苦闷，寻求解脱。正值七月既望，邀友月夜泛舟赤壁，时波平风清，水光接天，友人吹箫，坡仙“于是饮酒乐甚，扣舷而歌之”，羣羣然，一时有空灵羽化之感。

当他联想到月有盈虚，“逝者如斯”，不由得感叹道：“曹孟德‘固一世之雄也，而今安在哉？’”“盖将自其变者而观之，则天地曾不能以一瞬；自其不变者而观之，则物与我皆无尽也，而又何羡乎！”东坡本是诗客文豪，性情中人，夜游赤壁，由景及情，情景互动，一下子找到了自己独立自处的精神支柱，与友尽兴而归，并写下《前赤壁赋》。

《后赤壁赋》更是写得活泼流畅，出尘绝俗，潇洒神奇。十月之望的赤壁，秋风肃杀，草木瑟瑟，月光亦显清冷，可此时的苏东坡正携酒与鱼于赤壁之下，畅饮后，摄衣登崖，而后荡舟江上，览江月美景，横江问孤鹤，遇道士羽化飞升……完全是一位超凡脱俗、豁达开朗的赤子在抒发着浪漫情怀。

当我们转到坡仙亭，站在亭中，身临其境，读《念奴娇·赤壁怀古》时，不免心潮激荡。

“遥想公瑾当年，小乔初嫁了，雄姿英发。羽扇纶巾，谈笑间、樯橹灰飞烟灭。”谁不仰慕英姿勃发、年轻有为、丰姿潇洒、成竹在胸、稳操胜券的三国大英雄周瑜？苏东坡用他的非凡笔力把他心目中最向慕的三国青年将领周瑜塑造得栩栩如生，呼之欲出，这不正是他心中英雄情结的体现？

可是，当词人从“故园神游”跌入现实，就不免想到自己仕途蹭蹬，壮怀难酬，自笑多情，只有以旷达乐观的心态，对酒当歌，自解自慰了。

当我们沿一亭一台节节而下时，我问游伴：“有何感想？”

二位企业家几乎同时说：“人是要有点能力，但还要有良好的心态呵！”

回程的路上，我有感而发，写诗一首：

同游赤壁志今酬，缘聚黄州何所求？
哲理人生惠当下，雪堂词赋耀千秋。
东坡已逝千年过，改道长江天外流。
惆怅凭栏今古梦，人生梦醒乐悠悠。

作者简介：顾乐生，76岁，主任医师，安徽省科普作协委员、安徽省作协会员。业余爱好写作，著有《海石花》《舟行记》等散文集。

心灵之旅

姚兴科

田野里，翻滚的稻浪，饱满的果实，是大自然赐予在春风中播种，夏日里耕耘人的收获，是在秋天里馈赠给人们的厚礼。这个秋的某日我走向山城——双柏县妥甸，“登老虎山，游查姆湖，祝祖国好”，一抹馨香直抵饱蘸诗意的远方。

住在乡下，告别村庄，微风拂面，温情的气息挑逗着四肢百骸。查姆湖边的几棵柳树，已经柔成矜持的唇线和稳重的站姿，像一个个久经考验的卧底，千辛万苦抵达春天。查姆湖的水在凌晨某个片段苏醒，盈盈的眼，楚楚依人，湖边不再粗糙，细腻的表情掩袖欲语，潮动的喜悦收纳冬日的残言。一只大鸟掠过湖面，几声低语是精心的致意，还是沉默太久的唏嘘？湖边的树梢忍不住弹跳了一下，仿佛笑容憋屈了一个世纪，是该表达涨潮的时候了。柳枝的筋骨软成上善的水，怀了心思的样子，像笼着一层鹅黄的梦，在姹紫嫣红即将开启的序幕前，酝酿“半掩村桥半拂溪”的台词。因为心底有扎实的希望，相信未来青青，冠盖相映满小城。

我行走在叠水瀑布前，熟透的清澈啊，绽满笑靥。洁白的情愫在青山层岩间奔腾、跳跃、闪转，轰鸣掀动风帆，表情四溅，情绪激昂，一步三摇。喧哗的衣衫澎湃，垂落的悬崖，腾挪险峻断崖时空，击响万木鸟鸣，长垂不倦，气势磅礴，惊人魂魄。修炼成仙的鬼谷子王禅，以及他的弟子孙膑、庞涓已步入历史的深处，成为一道可想而不可及的风景。叠水瀑布清冽的碧波凝聚着山之精魂。悠然见双柏，查姆湖借一块山地为池，取一泓山泉为墨，写不尽世间百物，绘不完天下万象。查姆湖集日月之精华，聚天地之灵气，不涨不落，浸透悠悠灵气，醒转了蓝蓝的梦。

我漫步查姆浮雕前，浓烈的色彩燃烧的光焰在花丛林梢上跳跃，仿佛看见先祖用火把辟开古朴的岁月。龟裂的土地与干涩的瞳仁席卷阴暗和潮湿的枝叶，有温暖的手臂穿行，浩荡九天的神物民族的图腾，悲壮的传说在灵魂的巢穴、人生的航程间漂泊，没有结局。遥望四野的蓝色高空，窥视人间的几多欢愁，遥望荒原的第一束目光里摇摇晃晃地抖动，浩浩荡荡地啼哭涂抹黄金般厚重的色泽。古铜色的脊背、古铜色的山峦、古铜色的号子，穿梭在闪闪烁烁的江河，涌动亘古不变的情感，冲破岁月的锈蚀栅栏，流放朝圣的道路，在手里承受孤独的辉煌。生命的种子，疯狂地喷射广　无垠的田野，播下大片晴朗的希望。万物蠕动，生长崇高与卑劣，欲望的藤蔓在贪婪地蔓延，越过山水，淹没人类倔强的头颅，淹没家园。一声浑浊的呐喊，簇拥的火焰怆然落下，扼杀了尘土悲哀的道路，沐浴晨露的歌喉被阻断。黑夜下，苍白的人流披着梦幻的衣衫在查姆湖边鼠窜，爱情的日子急急忙忙地繁殖，诗歌的园地没有长满杂草。大地流淌成没有阳光的河。古老的精灵，岁月澹澹，阳光毛茸茸地爬上老黑山山顶，召唤沉睡的思绪，黑暗退去，生命的旗在天空灼烫地展开，灿烂的光焰在心灵的高地燃烧。

站在观景台，飘过白云像仙境的幕布，我知道生活不是发现的过程而是创造的过程。时光之外，卧佛不知，这一醉便是千年，醉卧十丈红尘的姿势，高深而遥远。情爱石前，海誓山盟，已沉没沧海桑田，上山龟背着那个古老的信念，依旧行走，信念不灭，精神不朽。查姆广场上琴声，笛声，老虎笙，豹子笙，花鼓舞四弦舞徘徊在岁月之上。首先，我必须充满敬畏，在苍茫天地间，那绵长的音乐如何被那些舞者更立体更酣畅淋漓地演绎？他们以洪荒之力完成一部舞蹈史诗，令每一位观赏者无不震撼顿悟，生命的力量，那些停不下来的舞者，他们澄净的光阴大幕上，把生命抵达灵魂的过程交于自然，也交于未来。停不下来的舞者，就像在大地上行走，万劫不复。即使贫穷，即使卑微，即使沧桑，即使悲怆，即使倒下了，他们的声音仍在轴上永恒地回响，音乐永远不会终结。舞者甩起的长袖，转过一朵绝世的容颜。我惊呆于所有超然的鸟声，都堕入了深渊，一片音乐从心脏里，从血液里升起，次第开放并堕落。快乐的舞，沿着我的发际布满了皮肤，舞者的节奏像心的跳动，闪耀的眼睛永不安宁的灵魂，花开花落，一首舞曲起伏如同大海。舞，我生命的王，赐予我一线光芒吧，让我不在流泪的那个时刻返回简单质朴爱情伊始的家园。

自从我第一眼看到秀丽的河山，便使我感慨万千，久久不能忘怀。秀丽的山水在我的脑海里留下了深刻的印象，永远不能磨灭。自从我开始接触汉语时，就感到中国的汉字是多么的神奇，中国的语言是多么优美、生动。在我心中任何一个国家的语言都无法与我国的语言相提并论。中国古老而又悠久的名胜古迹在我心中激起万千感慨，雄伟的长城，美丽的颐和园和超凡脱俗的敦煌壁画，都能体现出美丽、悠久的历史。然而，凡是到达了的地方，都属于昨天。哪怕那山再青，那水再秀，那风再温柔，流连便成了一种羁绊，绊住的不仅是双脚，还有未来。没见过大山的巍峨，真是遗憾；见了大山的巍峨没见过大海的浩翰，仍然是遗憾；见了大海的浩翰没见过大漠的广袤，依旧遗憾；见了大漠的广袤没见过森林的神秘，还是遗憾。我的祖国我的双柏有不绝的风景，我自然知道，大山有坎坷，大海有浪涛，大漠有风沙，森林有猛兽。即便这样，我依然喜欢。缠绵的秋季，桐叶里藏着秋声，芳馨如梦，飘零成泥。清如秋，纯如秋，风如火，枫如心。我会苦苦守住诺言，依然等待来年的秋。

作者简介：姚兴科，云南省楚雄州双柏县人。中国少数民族作家学会会员，云南省作家协会会员，西部散文学会会员。有作品发表于《延河》文学、《金沙江文艺》《长江诗歌》《彝族文学报》《中华文学》《文化艺术报》等报刊，作品集三部。

坐在窗前观大海

章科才

新年前夕的一个深夜，我们一家人乘越南航班去越南岘港市旅游。到了岘港市，入住纳洛德酒店十二楼已经是凌晨三点多钟。我一路劳累，甚感疲惫，倒在铺上，一觉醒来已是早晨八点多钟（越南的时间比中国晚一个小时），起床拉开窗帘，感到一阵惊喜。

透过玻璃，映入眼帘的是：绿色椰子树在漫长的海岸亭亭玉立，蔚蓝色的茫茫大海边，铺满黄色柔软细腻的沙粒，滚动着的浪涛不停地向岸边奔去，追逐嬉戏的银色浪花欢快地跳跃，仿佛在迎接即将到来的新年。蓝色海洋，绿色椰树，黄色沙滩，银色浪花，在晨光中，绘成了一副绚丽的海景画卷。原来，我们住的酒店外面是全球最美六大海滩之一——美溪沙滩。

我见过大海，观赏过大海，然而，坐在窗前观大海还是第一次。

海面升腾的薄雾，隐约可见的小岛，上空飘游的淡墨色云层，犹如一幅上天绘制的、无边无际的浅色墨画，将天空与大海连在一起。不甘寂寞的蓝色波涛，从墨画下方，不停地向岸边滚动。临近海边时，一会儿变成一排排银色宽带，整齐地走向岸边；一会儿汇聚成宽敞的银色坝子，任随浪花欢快跳跃。当远方传出充满诗意的、有节奏的浪涛声在海面回荡时，银色的浪花欢快地涌向沙滩，缠绵过后，留下一片湿淋淋的、细润的黄色沙地。

天空布满灰色的云层，在太阳游弋的天边，云层又如一张白色的纸遮住了太阳的脸，但遮不住太阳的万丈光芒。透出的阳光映衬着刚醒来的、好似不停地眨着眼睛的海面，大海更显碧蓝。云层散去，太阳终于懒洋洋地游走在东方海角，金色的光线在大海中画出一片红润，像一道艳丽的天梯将太阳和大海紧密相连。大海上空弥漫的雾消失了，蓝色的海面波光粼粼，细微的浪头欢快地笑着，慢慢地爬向岸边再次与沙滩相拥。

我坐在窗前，遥望碧波荡漾的大海。没有听见海风的呼啸，没有看见喧嚣着、滚动着、卷起几尺高的浪涛，眼里的大海风平浪静，细微的波浪好似池塘里微风吹过掀起的涟漪。海面上，几艘小船在浪中飘移，又像几个帆船运动员在池塘里嬉戏。

居高临下观赏广袤无垠的大海，没有波涛汹涌、浪涛怒吼的感觉。然而，我早饭后站在海边看见的大海：海风嘶鸣，奔腾汹涌；呼啸着咆哮着的浪涛，以排山之势向前突飞猛进；浪花飞绽，好似雪花飞舞；一层高过一层的浪涛，宛如裸露的岩石山岭。我望着浪涛起伏吼声阵阵的大海，犹如听见古战场上金戈铁马震天撼地的厮杀声。海面风浪稍微平缓，后浪推着前浪，又像延绵起伏的层层梯田。此时，我仿佛穿越时光隧道，回到知青时代，置身于梯田中插秧打谷。

我坐在窗前与站在海边所见的海面大相径庭，认识差异让我沉默、深思，我终于大彻大悟：不要因为自己所处位置高，就认为认识水平一定高于低处之人。其实，站在高处俯视事物，眼睛看到的与实际相差甚远，只有站在低处，用平视的眼光看事物，看到的才更真切，才不会误导自己脱离实际陷入困境。

作者简介：章科才，四川省泸州市机关退休人员，市作协会员。时有作品刊载省市报刊。散文、影视评论，获全国、省征文奖若干次，著有中短篇小说集《海峡情深》。

和我在成都的街头走一走

谢艳君

让我掉下眼泪的，不止昨夜的酒
让我依依不舍的，不止你的温柔
余路还要走多久，你攥着我的手
让我感到为难的，是挣扎的自由
分别总是在九月，回忆是思念的愁
深秋嫩绿的垂柳，亲吻着我额头
在那座阴雨的小城里，我从未忘记你
成都 带不走的，只有你
和我在成都的街头走一走
直到所有的灯都熄灭了也不停留
你会挽着我的衣袖，我会把手揣进裤兜
走到玉林路的尽头，坐在小酒馆的门口

首听《成都》，是在一个夜晚。一间卡厅和几个闺蜜在一起，随便点了一溜歌唱下去，当《成都》出现在屏幕上，赵雷唱了第一句：让我掉下眼泪的，不止昨夜的酒……我们都不会唱，本来要按下一曲的，我说不要过，听一下。

初听，歌者亦诉亦唱，吉它、贝斯鼓、键盘、口琴，一起漫生出一种不经意，却触碰到听者记忆的远方，心，只需这样不经意地轻叩，就被俘获。

旋律轻松舒缓，歌词简单无华。闭上眼睛，仿佛自己就走在成都的街头，丝丝缕缕的微雨织着浓浓的夜色，橘色的路灯，照出一些无奈一些不舍，一些悸动一些纠结。

赵雷平静地弹吉他，不用花哨技巧，行云流水般自然地轻唱。一曲民谣，要的就是这种朴灿的底色和细节，组成了带着维度的画面感。

无论你什么时候听到《成都》，思绪，总会停在生命里的那个深秋，想起自己走过的一个只适合无言告白的季节。

分别总是在九月，回忆是思念的愁。

九月的风，掠过长空，深色的云朵，化羽的也不过是一场轻烟细雨，不够湿透成都，不会滂沱玉林路。其实我知道，秋天的水，说瘦就会瘦，水中的鱼儿，依着浅浅一汪，无人知晓它已落泪千行。

余生还要走多久，不知道。但我真的想攥着你的手，走在这街头。

吉他和贝斯鼓的节奏回敲着走过的脚步，落叶，淡黄色的，在风里或起舞或低徊。

中年后的再次相遇，我们放弃了对年少谁是谁非的评价，却也不敢对前方、对未来有过多的企盼。日子过得久了，会将过程当作结局。一路走来的生活，也许没有如莲一般与生俱来的仁慈，却早已烙上红尘中无从选择的宿命。回眸处，灯火阑珊，我和你，不再年少。

季节的更替，从不和谁商量。在初冬的路口，在第一场雪的飘飞里，在冰凌浅覆的早春，在广玉兰馥郁的五月，唯以诗的锦瑟与你共赏繁华三千如何散落成画上云烟。不等杏花微雨，紫燕呢喃，一场迷雾，就幻化了你的诺言。而即便，山川河流已将过往苍茫湮没，我们谁都是记忆的高手，深记来时的飞花与雪舞，却再也不能原路返回。让我们感到为难的，是挣扎的自由。

你说：雨，太温情，你，太温柔，我都喜欢，纵我回归不了昨日月归山林的平静，却除了选择终是挥手一别后的寂寞，再无选项。

我说：我懂，曾在坐飞机时隔着舷窗看风景，云海连绵厚重，美如画廊，真想此景永不破灭，而又何尝不知飞机终是要降落的，且很快。

美，适合瞬间的生与灭，适合无限接近后的远距离。

和我在成都的街头走一走，直到所有的灯都熄灭了也不停留。

成都的街头，安静地收留着我们的脚步。往事，一点点萦绕在心头。想起有句话说，一生只爱一个人，一生只犯一种错。年少的那个九月，我沉醉在满田野的第一遍稻香，自行车的铃声却清脆成了生命里的绝响。你，没有向我说出你藏在心底的字眼。我，也不敢向迎面而来的你张口哪怕一句轻唤。我们的路，还未开始同行就走到了岔路口。

今夜，我挽着你的手，你也曾轻吻我的额头。为什么不在第一枚落叶飘飞前将我忘记，为什么要让我看尽一城烟火后悲欢难抑？玉林路，干净安然如许，幽青的念之藤蔓滋生在岁月风蚀后我心的重门后。

再听，赵雷自然的弹唱，口琴悠然横过夜色深深，那种人欲离不敢言的挣扎却表露无遗。雨丝沾濡我的长发，你轻抚，你深色的风衣，在风中鼓涨。

慢慢地走下去，走过整条玉林路。无法挽留的是时光，不用回首的是过往。今夜，我们的遇见，我们的执手，其实无关任何欲望。我还是很害怕自己会像夏荷一样徇香而落。我的泪，你替我擦干。

歌曲的尾深部分是几句童音，好萌！将整首歌的格调定在一种毫无杂念的纯粹纯净。我心底不由升腾起只属于我们的最青涩的青梅过往。

你问，我们穿过情侣装吗？我说，当然，蓝白搭配的校服啊。我问，我们合过影吗？你说，当然，毕业照啊！

我们不约而同地笑，笑到傻，笑到泪流。灯光逐次熄灭，我们还在夜色中游荡。街头没有谁了，除了我们。每一家店面都关门了，包括路尽头的小酒馆。

或许，我们的青春孕育了无数个流光溢彩的夜晚。每一个醒来的晨，都将是向岁月的一次回望，而晓光里，写着无改的祝福和新的向往。

今夜，成都的街，深秋的风，旧石板的路，铺呈出一段只有你我的诗酒年华。我们不喝酒，已微醺。

再后来，我只将心事交给长夜，因为你给我留下了背影。

我们是彼此终究没能拥有的人，我愿，一直是你记忆中最美的样子。

再后来，再听《成都》。不错，我与你，有过一次如雪陌灼焰的相遇，但秋夜冷冽，我们都将缘份托付给了别离。

音乐还在循环，吉他贝斯鼓键盘口琴，赵雷，亦歌亦诉……

海子说：你来人间一趟，你要看看太阳，和你的心上人，一起走在街上。

告诉你，我没有去过成都，没有走过玉林路。深秋时候，你，可否陪我在如水的月夜走一走，走到小酒馆的门口？

作者简介：谢艳君，笔名南飞雨燕，湖南醴陵人，醴陵市作协会员，青年作家网签约作家。

新安江，流动的水墨

陶静

“水至清，风至凉，雾至奇。”那碧水柔波的新安江，如诗，如画，如歌，如梦，牵扯着我柔情似水的爱恋。在流动的时光里，舞弄我湿漉漉的浪漫情怀。

不必撑着油纸伞，也不必徘徊在铺满鹅卵石的小巷。阳光正好，微风不燥，我在深港望穿秋水。新安江，从相遇的那一刻起，你在江南，我从北方来，你烟波浩渺，我收获了一份初见，尝试到了你的温柔，于是，我也温柔如水，从外表到内心。

“清溪清我心，水色异诸水。借问新安江，见底何如此。人在明镜中，鸟度屏风里。”一个徽州，一个宣纸上的地方，新安江就在那里，一条古青溪，一条古徽港，一条“东方多瑙河”。

我不知道这个初夏有多热，我只知道，我已站在轮船的甲板上，被水滋润，被清风洗涤，被空灵之气扑面。“人生痴绝处，无梦到徽州。”我终于遇见了新安江的氤氲与娇娆，遇见了徽州的又一抹绝色。那层次鲜明的“高山林，中山茶，低山果，水中鱼”，宛如一幅水墨长卷徐徐打开。

轮船在不急不慢地游动，移步即景。两岸，奇峰高耸，层峦叠嶂，茂密苍翠。晨雾是这里的一绝，雾气袅袅，千姿百态。妖娆了山，妖娆了树，朦胧了江面，朦胧了时光。一排排整齐的茶树，稀稀零零的采茶人。那雾已不满足在高山徘徊，又在轻吻中山茶，难怪香茗更醉人。山间路边，房前屋后，挂满各种果子的树随处可见，那果子色彩鲜艳，颗粒饱满，爽心悦目，让人垂涎。村民们用竹筐装着，在路边摆放山楂，桑椹，梨，还有说不上名字的果子，我和同伴被之吸引，不由地购买了一些，尝之香甜如仙果，果真出于无污染之地。

在梦里，有一个地方让我倾倒，是那烟雨朦胧的新安江吗？怎么是泊舟烟渚，击楫中流；是流动的水墨新安江吗？怎么是徽州人家，映照沧桑。古韵徽州，水墨新安，宛若天成，一份留存心底的美好，一份原始的真纯，一份久违的静谧。怪不得农夫山泉有点甜，那就是新安江水的内涵。

峭拔嵯峨的两岸，粉墙黛瓦的古村落，掩映其间，交相辉映。不知是水上的青山村落，还是水中的青山村落，都在流动的水墨里。依然是“远山青含黛，近水粉映黄。蜿蜒山间路，黑白马头墙。忘情佳绝地，他乡也故乡”。是否此景只应天上有，人间哪能几回闻？湖光，山色，村落，民居，似在娓娓道来她们在旧时光中的故事，又似在缓缓掀开她们迷人的芳颜，我的心随着水波起伏不定。

江南之美，美在山水之间的烟雨，朦胧、闲适、恬静。中国似的水墨，美在墨韵，美在意境。而在这里，在新安江，就是那种水墨丹青的墨韵之美，意境之美。新安江的一年四季，鸟飞鱼跃，树影婆娑。几个村落，几条渔船，几缕清风，几片花草，别有一番韵味，这就是写意之境界了。新安江，我来或者不来，你都静静地美丽在那里，不远不近。我想用我心读你，你依然会有如女子般的风景呈现给我，此时，我只愿小隐隐于江而已。

看着山，顺着水，赏着景，会给你一个不一样的视角，此起彼伏。江面开阔，柔柔碧水似玛瑙。轮船驶过泛起涟涟水波，浪花翻滚，在江面上形成波光粼粼的光带，随着我的目光，消失在远方。这里是古徽商的黄金通道，这里是连接江浙的纽带，独特的徽州文化，独特的古村落，还有江边漳塘镇那棵千年巨粗的樟树，站在留候祠旁，一直望着流动的江水，目光从未移开过。

清代黄景仁想象新安江里滩多，总是一滩复一滩。如果一滩高一丈，那么，三百六十滩加在一起呢？新安江会在天上吗？而李白又醉于新安江，于是大胆地有了“借问新安江，见底何如此”。一个天上，一个见底，这就是新安江美的高度。可是浮游的鱼儿，并不离弃这里，只需江底光滑圆润的卵石，亦是“洞彻随深浅，皎境无冬春。千仞写乔树，百丈见游鳞”。

靠岸，下船，沿着蜿蜒的山边小径，汇集一处，坐看“九姓渔风”表演，见识水中鱼的美妙鲜活，是一种大开眼界的享受，又是一种似曾相识的感觉。新安江是渔民的家，渔船就是他们的小屋？还有那站在船上飞舞双翅的鸬鹚，一个猛扑下去，便衔了一条活蹦乱跳的鱼。渔民们更是得心应手，技巧娴熟，踩着小舟穿梭于江面，一会儿便满载而归。稀之又稀，技巧高超的独木舟捕鱼，那是新安江上的一奇，是后辈眼中的捕神，深受尊敬和爱戴，是“九姓渔风”的一代代传承。

那般诗意，那般洒脱。一句诗词，一滴江水，唤起我心中深藏的情愫。等你，在新安江诗词深处。当年刘长卿几回诗意，于是辗转有了“新安江上子帆远”“相见新安江”“新安江水远相随”；杨万里是“敢望新安江水清”；张伯玉一次又一次诗兴，是“新安江碧郡楼危”“却到新安江”“新安江上景”。我不是诗人，但我用我的文字叩拜圣贤，虔诚地学习诗人的模样，吟诵新安江，那副流动的水墨。

鸟从船上飞过，发一声叽喳，散一缕竹香，叫一声啁啾，洒一片阳光。新安江，是一个可以让你发呆的地方，望着流动的青山、绿树、村落、碧水，你什么都可以想，什么都可以不想。我在船头，前瞻也是景，顾盼也是景。恍惚间，我把自己站成了一道风景，那江面之清风，也疯狂地在后面与我相拥，把头发胡乱甩向耳后，是一种肆意地潇洒。蓦然回首，一架相机的镜头正对准我，相机拿开，我的目光与拍照者的目光邂逅，不知道此时的我是不是有一点“回眸一笑百媚生”样子。

从深度起航，一直向前，一直向着美景深度。新安江就那么悠悠地流着，水波不兴，波澜不惊，回头是岸。我把阳光抱在怀里，踩在脚下，一道道都是亮闪闪的。左边右边，用彩笔当空飞舞，用色板随意涂鸦，是流动的水墨，是江南的油彩，是天界随意飘落的一张画笺。

新安江，你从远古流到现在，不知道是哪个朝代的江南风、江南雨、江南曲；又或是古之徽俗、徽建、徽戏，自有千年古韵。不知道是秋水伊人，还是江水伊人，只是把满江的秋波，都藏在那惊鸿一瞥、莞尔一笑的柔波里了。我只顾若痴若醉地欣赏我的，只叫自己不知道此时是在唐诗里，还是在宋词里，是在剧中，还是在画中。往事琐碎、记忆片段就在江中。江南好，能不忆江南?

清溪新安，天下一绝，我已搜索枯肠，字穷词匮。只剩下山一程、水一程地漂泊。走进新安江，是我最美好的遇见，遇见新安江，心生“得此一隅，夫复何求”之慨叹。

新安江，流动的水墨，流动的希望，在蜿蜒中延伸。

作者简介：陶静，安徽省淮南市人，大学文化，淮南市作家协会会员，恣意钟情文字的脉络，用墨香滋养心中的清幽。作品见于《西部散文选刊》（原创版）、《新安晚报》、《淮南日报》、《淮河早报》等多家报纸杂志。作品《城市记忆》

荣获《西部散文选刊》（原创版）2017年度优秀作品三等奖。作品《下雨的时候》荣获《西部散文选刊》（原创版）2019年“我爱祖国，人间至情”大型征文活动三等奖。作品《我在颍州西湖等你》荣获《西部散文选刊》（原创版）“我和我的祖国——不忘初心使命，建设秀美颍州”大型主题征文活动三等奖。著有散文集《飞花漫漫》。散文集《飞花漫漫》荣获第二届国际东方散文奖优秀奖。

古镇萌春

牛士中

“怪道磬中风露声，磬山灵气时时生”，置身闻名遐迩的磬云山麓，奇异的感觉，别样的情怀，在遥远的时空里，在潜滋暗长的生命季节轮回中悄然而生。

时值深冬，磬云山缥缈在冬日的雾气中。远处蜿蜒的山，近处深褐色的树，不远不近水墨山水般氤氲着的田畴村野，都在雾的朦胧中漂浮着，喘息着，漫洇着一个灵秀清幽的意境。

我在雾的迷蒙中，穿梭在灵璧县渔沟镇大街上，两旁排列着的、随意堆放着的灵璧石，以各种姿态冲击着我的眼睛，也诱惑着我迫不及待地奔向此行的目的地——钓台村钓鱼台文化园。

钓鱼台文化园里已是人声鼎沸。

宿州市民间文艺家协会的领导、艺术家，灵璧县灵璧石协会的朋友，还有灵璧、砀山、泗县等地民间文艺家协会的会员，渔沟镇当地群众，汇聚一园，久别的朋友互相问好，大家熟悉着今天的活动流程，热烈交流着，积极准备着。

此情此景，让我的胸中涌动着一泓暖流。我想象着他们怎样压抑着内心的激情，小心翼翼地开车爬动在寒冬清晨的浓雾里，又是怎样询问路人抑或导航找到今天开展活动的钓鱼台文化园。他们当中有书法家，有画家，有作家，有表演艺术家，他们不辞辛苦，找到了市县民间文艺家协会这个文化舞台，又不吝才情，在市县民间文艺家协会这个宽广的文化舞台上挥洒曼妙艺术，尽己所能丰富着一个时代一个古老民族的文化生活，回应着盛世芸芸众生平凡的精神渴望。

缕缕冬日冷风迎面吹来，脸颊瞬间冰凉。大家脸上洋溢着快乐洒脱的笑意，通红的冰冷在笑意中霎时消失。大家在钓鱼台文化园中徜徉，观赏着那一座座精心摆放的灵璧石。

钓鱼台文化园占地数亩，灵璧石摆放颇具匠心。它们大小错落，高低参差，千姿百态，各现鬼斧神工。目光所及，如盘旋升腾的龙，如啸巡山林的虎，如奋蹄扬鬃的马，如昂首啼叫的鸡……又如险峰奇山，如幽谷秘洞，如钟如罄，如砚如盘……令人眼花缭乱。穿行其中，宛然穿行在灵璧石高雅的庙堂乐音里，穿行在灵璧石赏玩清供的深远时空里，穿行在灵璧石悠久的文化记忆里，远离尘世烟火，如此近距离亲密依偎着大自然，依偎着一个纯净新奇的心灵秘境。

灵璧石高居庙堂，扬播高雅肃重之音，古已有之。《尚书·禹贡》中就有“泗滨浮磬”之记载，灵璧石清越端正之品性在讲究天圆地方、神祇崇拜的远古便充满神秘的仪式感。唐人张仲素更是用《泗滨浮磬赋》之名，借助奔腾豪放的赋体，“以‘美石见质，琢之成器’为韵”，高呼“理代之音既作，移风之义斯起。若不闻大韶大 ，庸讵知夫石之为美”。唐人亦有“夫和之至者乐，音之清者磬，天地之位辨，君臣之分定。苟失是，邪以害直，忠若于佞，故君子之所以理躬，奸声不留于听”之忠义良言。更不要说白居易“泗滨浮石裁为磬，古乐疏音少人听”，把灵璧石磬上升到国家兴亡的高度，竭力呼号。鉴于此，北宋初仁宗等皇帝，元世祖忽必烈，明太祖朱元璋均设立国家专门音乐机构，赋予灵璧磬石以国家皇权尊荣。

而在士大夫阶层，豪绅乡贤之家，灵璧石作为相较于梅兰竹菊之好的另一种选择，跨越朝代，成为他们案畔的清供雅设，留下一段段佳话，飘溢出一篇篇金玉诗文。

唐代苏味道言“声应天地雨，影触岱宗云”，北宋苏轼言“南山多磬石，清滑如流脂”，米芾言“研山铭，五色水，浮昆仑。潭在顶，出黑云。挂龙怪，烁电痕。下震霆，泽厚坤。极变化，阖道门”……众多的文人雅士，官宦富贵，以自己的物质能力和精神想象力，演绎着灵璧石的辉煌和浪漫。

自古以来，灵璧石农借此天地厚赐，土中刨食，安身立命。然而，唯有当代，他们才拥有如此自由的运作环境和如此高超的赏玩价值眼光，将灵璧石文化拓展为盛世艳丽风景，无形中充当起一座座石馆、寻常百姓、文人雅士、商贾仕宦和国家内外活动相融的坚韧桥梁。

钓鱼台文化园作为渔沟镇众多灵璧石文化馆之一，正是灵璧石文化园林发扬光大的一个缩影。

在几座嶙峋巨石的一旁，一座富丽堂皇的戏台闯入我的眼帘。阵阵铿锵鼓鸣，声声悠扬笛音，在耳畔回响。我忽然记起，今天行程中一项重头戏，那就是观赏由民协会员自创、自导、自演的大型古装泗州戏《乾隆与天下第一石》。

我走近戏台，不由地沉浸在这恍若隔世的灵璧石传奇世界。演员千里一瞬，变换时空，成就着灵璧石故事。

那或激越或婉转或昂扬或幽深的唱腔，那幽谷般回环曲折别有洞天的情节，那一笑一颦中绽放的连连精彩，让我跟随灵璧石见证了乾隆皇帝下江南一次又一次途经灵璧的执着，见证了乾隆皇帝见到灵璧石时的震惊、豁然和相见恨晚，更见证了乾隆皇帝因石邂逅的俗世情缘。

戏台上精彩的表演赢得了台下观众雷鸣般掌声。那掌声，那光影，隐含着民协会员创作的艰辛和成功的喜悦。

戏剧在悠长的琴声中缓缓落下帷幕，那有关灵璧石的故事依然在人们的眼际心头回环荡漾。

浓雾渐渐变淡，阳光从云层中慵懒地飘来。大家眼前霎时靓丽起来。

市县民间文艺家们在铺着红毡的长台上，挥洒自如。那红艳喜庆的纸上，一副副春联，一幅幅年画，或浓或淡，或粗或细，或明或暗，肆意彰显着艺术家们的个性才情和盛世胸怀，丰富着乡村文化生活，烘托着越发浓郁的年味。

民间文艺家们开始了现场展示。那在清后期宿州知州高其佩手下发扬光大的指画，没想到在民间文艺家的手掌下，竟然瞬间成神奇；那硕大的宛若灵璧奇石的书法“石”字，凝聚的又何止是一块石头，那是灵璧石文化的厚重，是民间文艺家深入民间的朴素真诚，亦是一个千古未有之时代灿烂的底色，更是渔沟这座灵璧石小镇蓬勃旺盛的生机。

也许，时光翻过一页，民间文艺家们像冬日浓雾一样在冉冉升起的阳光中散向他处，可是，这沉淀着灵璧石文化的戏台，这洋溢着春情的对联，这闪现着民间文艺家才情奔流的记忆，将同磬云山一样，定格在渔沟镇一方土地的深处。

我深深感受到这片土地汹涌着的激情，感受到这片土地寒冬覆盖下的勃勃春意。民间文艺家们唯有在这样一个充满生机的时代，才迎来施展才华的舞台，才迎来自由挥洒的空间。这方水土养育的这方人们，也正是在这样一个时代，才拥有如此自由的文化传承天地，拥有如此丰裕的经济生活。也正是这样一个时代，整个社会才充满蓬勃的热情，充满实现自我和社会价值的昂扬精神。他们和这土地下的春意一样，充满勃勃生机。

盛世如阳光，文化如雨露春风，滋润出一个姹紫嫣红的朗朗乾坤。经济强健一个民族一个国度的躯体，文化健硕他的思想和灵魂。一个民族一个国度的春天正绽放在他时空行走的路上。

寒冬已悄然隐退，古镇春色正萌。

我沐浴着古镇涌动的春意，那万紫千红、千娇百媚的春天，正在磬云山那畔含笑招手，耳畔春鸟和鸣，眼际春色璀璨……

作者简介：牛士中，文学学士，法学硕士，媒体撰稿人，文化学者。中国散文家协会会员，安徽省民间艺术家协会会员，安徽省散文随笔协会会员。在《华东理工大学学报》（社科版）、《农村经济与科技》、《中国劳动保障报》、《江淮时报》《新安晚报》、《华东理工大学周报》等报刊及网媒上发表散文、随笔、诗歌、论文及文化研究文章二百多篇首。

情感湿地

我要爱、要生活，

把眼前的一世当作一百世一样。

怀念恩师陈忠实

冯积岐

一

四月二十八日，宝鸡市作协主席景斌邀请我去宝鸡参加《宝鸡文学》六十年首发式，景斌是我多年好友，与他商量我和徐岳老师可否一同参加，经允许后，我就和徐岳老师一同前往。在路上，我们俩人议论的是陈忠实老师的健康，议论的是折磨他的疾病。我和徐老师都曾去医院看望过，都目睹了忠实老师忍受着极大痛苦的样子，都感叹他那惊人的意志力，都担心能否捱过难熬的日子。四月二十八日夜晚，我突然失眠，连续吃了两次安眠药，而且吃过量了，可是，到凌晨四时还未入睡。清早起来，给妻打电话，妻也说，她失眠了，三点才睡着，七点半又猛的醒来了。农村人有句话说，人不知道心知道。果然，我刚走进徐岳老师房间，莫伸就告诉我，陈老师走了。我一听，立时木然了，眼泪几乎止不住，赶紧拧身回到自己的房间，流了一会儿眼泪，方才下楼去吃早餐。我的动作变得迟钝而机械，思维仿佛停留在一个点上：这是真的吗？不一会儿，全国各地的朋友打电话问我：这是真的吗？真的，恩师真的走了。两天来，我的眼泪止不住地流。四月二十九日，我去陈老师家吊唁，当我和妻子共同抱住陈老师的老伴王翠英失声痛哭时，我的心在颤抖。我给朋友们发短信说，你们是不可能理解我和陈忠实老师之间的感情的。他的善良、真诚、正直、敢说敢怒甚至敢骂的真性情，只有他的朋友们，他的弟子们，他的同行者才会感同身受。他的人格的光芒照亮了中国文学。不要说他的名字镶嵌在中国文学的殿堂，从个人的情感上来说，他的名字永远在我和我们一家人的心里。时间，将把一些人的名字无情地埋藏；时间，将把陈忠实的名字越擦越亮。

二

我和陈忠实老师初识于 1985 年。那一年，省作协召开创作座谈会，我应邀出席了那次会议，作为一个年轻的农民，我是第二次走进省作协参加这样的会议。面对那些大作家，我瑟瑟缩缩，坐在会场的角落里，不敢说一句话。轮到陈忠实老师发言，他谈到了作品的立意和主题的开掘，话语虽然不多，但对于一个业余作者来说，是十分受用的。陈老师给我印象最深的是那犀利但不失温和的目光，是那爽朗而又坦然的笑声。

1988 年 4 月，我再次走进陕西省作家协会的大门，受聘于徐岳老师主编的《中外纪实文学》杂志当编辑，那时候，陈老师住在白鹿原下他的故乡西蒋村正在写《白鹿原》，我们很少见面。那年夏天，陈老师戴着一顶颜色灰白的草帽，走进作协院子，我们只是相互打了个招呼。后来，我才知道，他除非有什么重要会议，平日里不到作协来。有一年冬天，徐岳老师邀请陈忠实老师去乡下给一个村支书写一篇文章。陈老师从乡下回来后，来到了编辑部，给徐岳老师说，事情没弄成。徐老师问他是咋回事。陈老师抽了两口雪茄，爽朗地一笑：我在人家的房子里等了半早晨，人家睡着不起来，把人冻得不行，我就走了。陈老师短短地叹息了一声，说，现在的村支书“牛逼”的很，他随之点上了雪茄，没再说什么。他并没有恼怒村支书的无礼。到了 1994 年夏天，我已经在省作协干了七年临时。由于徐岳和陈忠实两位老师的帮助，作协党组决定给我解决进入体制问题。我记得，那是夏收之后没多久，那天的太阳很大，陈老师领着我去省政府人事厅，面见厅长。到了省政府院子，只见一个人在水泥地面上把晒好的麦子收拢，正在扬场。我随口问陈老师：你会不会扬场？陈老师一笑：看这小伙，咱是农民，啥农活儿不会？扬场、犁地、撒种子，样样活儿打不住手。在后来的日子里，我和陈老师闲聊，他告诉我，他和我一样，吃了好多苦。天还没亮透，他就拉着架子车去大雁塔那边买酒糟，回去喂猪。一架子车酒糟几百斤重，他一个人拉着要走五六十里路，才能到西蒋村。他在公社里当半脱产副书记的时候，和农民一块儿砌水渠，他站在泥地里，把七八十斤重的石头端上端下，一干就是好多天。我做过十几年的农民，对陈老师人生历程中的每一个细节都有深切的感受。

到了省人事厅，见到了厅长邓理。邓厅长招呼陈老师坐下。陈老师坐也没坐，他说，找厅长有一件事，这小伙叫冯积岐，小说写得不错，是个人才，就是公职问题没解决，材料已经报到省厅，你能不能给解决？邓厅长把我的名字记在了他的台历上，说，陈主席放心。陈老师没再多说一句，和我一起下了楼。八月，省人事厅发文，将我特招为省作协干部。

后来，我当了专业作家，办公室和陈老师在同一栋楼同一层。每逢周六和周日，一栋楼上，只有我和陈老师依旧照常“上班”，每年的“五一”和国庆节长假或者正月初一到初七，只有我和陈老师守在办公室，不是读书就是写作。于是，我们聊天的机会也多了。下班前，我总是要到陈老师的办公室去坐一坐。每一次到他的房间，他不要我接水泡茶，他把茶水泡好，递到我跟前，吩咐我抽烟。有一次，我进去的时候，他正在看一本《小说选刊》杂志。我说，你还有时间读当代作家的作品？陈老师说，读一读就知道现在的年轻人在写什么？我和陈老师谈起了一篇被评论界抬得很高的中篇小说，我对这篇小说提出了异议，陈老师说，小说我看了，是写干部弄虚作假的，就这种题材，20 世纪 50 年代的那些“右派”作家早已写透了，现在还在写，能写出啥新意来？陈老师谈起了作品的思想性。他说，不论啥题材，只要思想深邃，就会出新意，思想苍白，你玩的花样再多，也不顶啥。对陕西的作家和作品陈老师都有独到的、很有洞察力的见解，绝不人云亦云。和陈老师每一次交谈，都对我有启发。

1992 年，我动笔写第一部长篇小说之前，到陈老师家里去，想讨一些“秘法”，我知道，他刚写完《白鹿原》。陈老师说，写长篇之前，要准备充分，这就看你准备的啥，你准备的砖瓦水泥，就盖大瓦房；你准备的是土坯，就盖土厦房。陈老师的说法和许多大师的说法是一样的；有什么样的生活体验和生命体验，就写什么样的作品。陈老师的话语虽不多，但使我茅塞顿开。我不再犹豫，开始写我的第一部长篇《沉默的季节》。

2007 年元月，我的长篇小说《村子》出版，我给陈老师送了一本。那天，我出了作协，去大差市邮局发稿。刚走到建国路口，电话响了，我没听清是谁，就问了一声：谁呀？电话中传来了陈老师干脆爽快的声音：我，忠实。我说，陈老师有啥事？陈老师说，没有啥事，我正在读你的《村子》读到第 100 页，忍不住，给你打个电话，写得好，真好，确实好。我说，谢谢陈老师夸奖。陈老师只说了一句，好好写，就挂了电话。过了不久，陈老师又和我谈起了《村子》，谈起了那天打电话的事，他说，他从来没有给任何人打过这样的电话。他说，你写的那一段生活我也经历过，我也想写，我没有写，你写出来了。作为一个文学大家，他的谦恭使我感动，他对一个学生的赞赏，使我感受到了一个大作家的坦诚、直爽和对艺术作品的真知灼见，我不是爱听好话的浅薄之人，我感动的是，陈老师对我的作品的理解，对一个晚辈作家的理解。他那如炬的目光能穿透厚重的雾霾，看清人和事的真相。2012 年，陈老师在接受《陕西日报》记者采访时，再一次说，就冯积岐创作成就来说，没有取得应有的声誉和地位。只有像陈老师这样的具有博大胸襟的大家才会给他的弟子鼓与呼。

一个人要使别人畏怯、害怕你并不难，可是，一个人要使别人尊敬你却不容易。陈忠实老师的为人和为文使我十分尊敬。他的人格和他的作品一样，在中国文坛树立了一座丰碑。

作者简介：冯积岐，男，1953 年生于陕西省岐山县，毕业于西北大学中文系，中国作家协会会员。陕西省作家协会副主席，《中外纪实文学》杂志编辑、编辑室主任，《延河》杂志小说编辑室主任。

花开的声音

顾坚

我家住六层顶楼，平时也无多少人来往，在家做事或看书，听到门铃响便知爱人回来了；若是敲门，准是儿子——门铃高，10岁的他还够不着。

可最近我却判断失误好几回。原来不经意间，儿子又悄悄地长高了许多，高到可以踮脚奋臂用手指触上按钮了，于是有时他便不屑用手敲门，而宁愿多费些劲儿，像大人那样用铃声宣告——开门，我回来了！

每次把按门铃的儿子放进屋内，替他摘下背上的书包，我欢喜之中又有些怅然——以后怕是很难听见那率性无忌的“咚咚”叩门声了。

回想这十年，儿子给我们的日子带来了多少生气和乐趣！婴孩一张大床是他操练生活的第一只舢板，他在上面学会了翻身、爬行和站立；会走路了，他整天忙碌地奔波在书房和客厅之间，把自己修炼成一个制造麻烦布置狼藉的高手；以后上学了，他更像一块贪得无厌的小海绵，每天把那么多的“学问”和趣闻带回家，哄得父母心花怒放……家有孩童真是好啊，就像屋里悬挂了一只小太阳，淳朴的童真是福，烂漫的笑声为风，让家的角角落落都长着一种叫作“happy”的植物，一派葱茏！

可是，孩子长得那么快，快得竟可以用手按门铃了，快得让父母心里充满了快乐的忧伤！一次夜里妻枕着我的臂幽幽地说，孩子养大了就飞了，真不知道那时候我们待在这么大的房子里怎么过！说得我心里也空落落的。但是，生命就是如此，浪花滚滚永向东，收不住脚的。只是光阴——太快了。我想起小时候外婆的屋后小河堤上长着一片芦竹，春雨潇潇中那些嫩毛毛的芦杆儿铆足劲儿直蹿，昨天还齐着心口呢，今天就长到了鼻尖，我大惑，问外婆它啥时长高的呀，外婆慈爱地摸着我的小脑袋，笑着说：它夜里偷着长哩，伸个懒腰就长高一寸哩！多年以后我仍记得这句话，我疑心外婆是读过诗的，否则她怎么信口就说出这么精妙的句子来，可她却不识字！我现在明白了，那是一种望竹成长的欣喜让她极自然地抖出了这么一串语言的珍珠！是啊，同样，面对孩子的成长我们有什么理由感伤和惴惴不安呢，还有什么比他长成一棵参天挺拔的良木更让人希冀和欣慰的呢？

这两天我终于听懂了儿子按门铃的声音：他按得有些快，有些迫不及待，这和他母亲迥异。清脆的“叮咚”声在空旷的客厅里回响，有时我把它听成另一种声音——一朵花悄悄开放的声音。

再见红菱

从老城区苏唱街的扬州浴室出来，走到蒋家桥时，看到有人在街上卖熟菱。是红菱，个大，煮熟了只只淡紫，很中看。“几文一斤？”忍不住问了声价钱。“两块五！”

于是称了二斤。

秋深了，菱角是吃一回算一回了。人到中年，我更喜欢品尝时令的东西。这能让我虽然身处繁华的都市，却能清晰地感知季节的交替，节气的更迭。这可以时常提醒我时光如流水，容不得浪费，要倍加珍惜。另外，而且，凡是河湖里出产的东西，如菱、藕、茭白、鸡头米等，我都能吃出别样的情绪和温馨的回忆，因为我的故乡在兴化水乡——我的青少年时代是在水乡度过的。

回到家里，泡上一杯龙井，坐在阳台的圆桌上剥菱。忽然就想起了红菱。这里的红菱是一个水乡女孩的名字。

我十六岁上半年，还在读初二，在邻居友珍婶妈的撺掇下，心血来潮的父母竟然想跟我订一门姻亲。那姑娘十七岁，读初三。两家分别在两个公社，相距十八里地。婶妈把那姑娘夸得像林黛玉：“瓜子脸，大眼睛，一口糯米牙，辫子乌朵朵的，长得拖到腰眼；又会做事……”我父母心花怒放，一放暑假马上打发我去相亲。我那时还是个半大小子，家长要我去我就去，并没有当什么大不了的事。

想不到去了两个人竟很投缘。姑娘叫红荷，确实很秀美。女孩子懂事早，又长我一岁，性情又好，像姐姐似的把我领到东领到西，晚上还一块儿到大桥上乘凉。

红荷有个小她三岁的妹妹叫红菱，天真娇憨，看到姐姐对我好，吃饭时把好吃的省给我吃，开心得直乐。以后想起来，这个“小姨子”对未来的“姐夫”也是相当满意的。我和红荷在一块的时候，她像牛皮糖似的黏在旁边，用芭蕉扇子卖力地给我俩带风，乖巧至极。我回去的时候，姐妹俩把我送出七里路之外……

由于某种原因，最后这桩姻亲却不了了之……

去年我应家乡作协邀请，回去参加一个作品研讨会，散会以后，在宾馆的休息厅突然被一个风姿绰约的中年女子唤出了姓名，而我却不认识她。有人告诉我，她就是这家宾馆的老板李红菱女士。我一下子醒悟过来，惊讶得一时不知说什么好。

红菱见当年差点成为她姐夫的我现在居然成了一个作家，也是又惊又喜，马上打电话给她在本城开房产中介公司的姐姐红荷……

今年红菱的儿子考取了扬州大学广陵学院。开学时，红菱夫妇开着小车送儿子来报到。我亲自赶到学校帮忙，心里洋溢着莫名的快乐。我对红菱的儿子说："增军，以后有啥不方便的话，直接给叔叔打电话，啊！"

红菱抢在儿子前面回答："当然——这次你想溜也不行！"

她脸上粲然的笑，如同明媚的阳光。

作者简介：顾坚，1964年出生于江苏兴化。中国作协会员，著名畅销书作家，泰州市作协副主席。北京鲁迅文学院第十一期学员。著有长篇小说《元红》《青果》《情窦开》（"青春三部曲"）和《爱是心中的蔷薇》等。《元红》被评论界誉为"继《平凡的世界》之后的经典力作"，获江苏省第七届"五个一工程"奖；《青果》获第八届茅盾文学奖提名，首届施耐庵文学奖，泰州市政府文艺奖金奖、"五个一工程"奖；《情窦开》获泰州市"五个一工程"奖。今年四月出版的《爱是心中的蔷薇》，在第六届江苏书展销售中名列前茅。

冬青树

黄秀峰

认识张寿信，让我一步一步对他多了钦佩。这一切，源自张寿信与常人不同的人生阅历与心态。

2019 年警官院校阅警式期间，同为媒体人身份的我们交流得格外多，对彼此有了欣赏与喜爱。

10 月 1 我奔赴河北宽城采访之余，第一次走进了北京密云，走进了这位来自鲁北地区在北京打拼了近二十年的张寿信和他的一家人。

张寿信，中等身材，精简的短发，胖乎乎略微发福的中等身材，一双媒体人敏锐的眼眸中透出精明与机敏，一副敦实憨厚的脸庞让人格外的喜欢接近。

鲁北地区作为黄泛区，自古以来就是比较贫瘠经济欠发达的地区，而在鲁北地区位于滨州、孟村交界处的庆云县，在 20 世纪还是一个经济建设比较落后的地方。张寿信就是庆云县土生土长的农民。

改革开放之初，家境不是很富裕的张寿信就远离家乡闯关东到了吉林打拼。与许许多多的人一样，中学文化的张寿信凭借着山东人的真诚与吃苦精神在吉林的很多地方做起了生意。

在村子里，由于家境不是太好，张寿信与大多数那个时代的庄户人家一样，可谓一穷二白，正是这种家境，才有了让村里人对他刮目相看的开始。

一个人不能选择自己的出身，正如一个人不能选择自己的父母。唯一能选择的就是用自己的双手与思想改变自己的命运。从偏僻的农村走出去，从一个货郎到一个拥有几家加油站的企业老板，从一个超市的老板到中央大学的法律专业函授高材生，从偏僻的乡村到繁华的京城，张寿信每走一步都是一次蜕变。如果用化蛹为蝶来比喻他的人生经历中每一次的超越与提升的话，他在坚守着自己坚定不移的信念，以一个奋斗者最扎实的步履丈量着自己人生的每一步。

从懵懂少年初出乡关走进黑土地，从一个日用百货的流动从业者到拥有自己超市的纳税人，从众乡亲吃惊的目光中走出，从卑微的现实中走出，让一个又一个目不暇接的人生串起最炫丽的光环，我们看到的是一个与社会抗争，与命运抗争的倔强的山东汉子的奋斗之路。这其中人世间五味杂陈的滋味与悲喜烦忧，只有他自己知道。

我眼中的张寿信，不是一个单纯追逐财富的人。固然，是他用双手与智慧创造了足够自己两个孩子打理生活的财富，但是，他更是一个有着美好梦想的人。中学学历的他不甘沉沦，不顾一些人不解的评论，完成了法律专业大专的学习，用最超前的法律知识充实着自己，让自己成为一个活跃在媒体前沿的新闻工作者。中国新媒体法制频道编辑，中国舆情监测中心山东省常务副主任，人民日报社市场报网络版魅力中国行栏目组编辑，中国交通在线德州新闻中心主任，中国新媒体信息网采编，公安部中国警事新闻中心通讯员，中国百姓舆论网山东站站长……这一切，其中的每一个头衔都足以让我们望而却步，都可以说是一种光环，然而他都通过自己的努力做到了，并且做得让我们吃惊。

张寿信是一个知道感恩的人。他用自己的方式积极投身于社会公益事业。2019 年 10 月的世界志愿者运动会在北京举行，他与来自世界各地的志愿者在一起，积极投身参与，并对志愿者运动会举办盛况适时给予报道。

作为媒体人，他弘扬社会正气，更身体力行地用行动和参与让更多的人投身于社会公益事业。

说起公益，他言谈中时不时地会蹦出一个又一个在公益事业领域的耳熟能详的名字。新疆小白杨哨所的卡登，足迹踏遍新疆山山水水同心圆爱心团队中著名的慈善家、志愿者运动会主席、来自湖南在首都北京成功举办世界志愿者运动会的著名慈善家刘慧，来自河南在北京志愿者爱心人士群体中口碑极好的徐兰，新疆塔城寻找宝宝团队中的同心圆志愿者古丽，在杭州几乎家喻户晓的雷芳团队志愿者杜树民……或许，张寿信是一个不为人知的普通爱心志愿者，但是，透过他的身影与行动，透过他熟悉的这一个个志愿者爱心活动中的佼佼者，更能感受到社会上千千万万爱心人士所肩负的社会责任与担当。正是这些充溢着正能量与奉献情怀的爱心人士的真爱付出，才让我们这个伟大的国度里充满着温暖的真情与无私的大爱。

在不久前参加中朝友谊美好未来慈善会为“罕见病”患者张默默举行的慈善义捐活动中，来自辽宁的爱心人士陈梅珠导演对我说：张兄弟虽然其貌不扬，他热心公益投身公益的这种情怀，不是每个人都能做得到的，我打心底钦佩这样的人。

众所周知，作为爱心志愿者，不仅没有报酬，还要付出时间精力与资金，没有任何的名利，也没有任何的荣誉，很多时候要忍受着身边家人与朋友的不解与非议。我作为一名多年来参与志愿者社会公益活动的参与者，深知作为一名志愿者所付出的辛苦，也更能体会到张寿信积极投身社会公益就是身体力行地用行动回馈社会，感恩社会的一种最行之有效的行动。

没有华丽的词藻，也没有慷慨激昂的陈词。这是作为于 20 世纪 60 年代末出生的这个特定年龄段的群体亦或个人，对我们这个社会所独有的使命情怀。

突然之间，我想起了一种城乡处处可见的常绿乔木——冬青。

冬青，常绿乔木，国家重点保护植物，适应各种气候环境，对土壤条件要求很低，除了具有绿化作用之外，它的皮与果实都可以入药，浑身是宝。

如今的张寿信，正是做事业的好时候。他对生活的要求很低，给社会奉献的却很多。他总是说：我的人生事业才刚刚起步，我的人生信条就是要不断地超越自己，超越梦想。

张寿信正如一棵生命力旺盛的冬青树，他在以自己的方式完美着自己，奉献着社会。我似乎看见，在张寿信的身后，有一棵又一棵的冬青树正茁壮成长起来，汇聚成一道常绿的风景，在祖国的大地上蔓延开来……

作者简介：黄秀峰，山东宁阳人。《中国警察论坛》杂志社社长、《中国草根》杂志社社长、大型纪实文学《沃土》杂志主编、资深媒体人、知名文学评论家。

近看卞毓方

吕华青

七月，全国各地的散文作家相聚贵阳，参加第三届华夏散文奖颁奖盛典。贵阳的相聚有着太多的精彩，给我印象最深的，莫过于卞毓方先生了。

第一次见到卞毓方先生，是他在颁奖盛典上讲话。他中等身材，穿着短袖红色体恤衫，眨着一双不大的眼睛，讲一口带有浓浓苏北乡音的普通话。卞先生是著名的社会活动家、教授、作家。我曾读过他的《长歌当啸》《历史是明天的心跳》和《蔡伦在历史时空的一幅肖像》等书籍与作品，他的文字深刻揭示社会与生活的哲理，天马行空，给人一种说不清道不明的内心震撼。他的话语如同他的文字，条理清晰，思想深刻，不愧为当代独树一帜的大家。

和许多作家一样，我一直想找机会，与卞先生合个影，留作纪念。

采风的路上，在贵阳郊外的菊林书院门口，卞先生站在那里，我想上前打个招呼，又有些犹豫。我想起著名作家贾平凹老师的话。他说："卞先生来西安，敬重他而去见他，他骨多肉少，面不生动。"贾老师说："这样的人可以当领导，可以谋密事，可以托孤，但不可以做情人，不可以吆三喝四着去吃酒肉……"看得出贾平凹老师是极尊重卞先生的，话语中流露着动人的情感。不过，贾老师的语言，还是给我留下卞先生难以相求的余悸。想了想，我鼓足勇气，上前与卞先生打了招呼，并做起自我介绍。

"上海人？你是住在共和新路的吧？"卞先生一开口，让我深感意外。冷静一想，先生一定是看了参会作家的花名册而得知的。那么多人，为什么会记住上海的一条普通马路呢？

很多人都围了过来，我知道，大家都等着和卞先生合影。站在菊林书院的门口，我和卞先生一起，走进了相机的镜头。捧着相机回放的照片，欣喜之余也有些遗憾，卞先生带着一副宽大的墨镜，那墨镜完全遮住了他的眼睛。

我总想弄明白，先生为什么会记住上海的那条马路的？

漫步在菊林书院的石阶路上，先生与我聊起他与上海的情缘。他告诉我，他是江苏人，几个舅舅和亲人都住在上海闸北的普善路一带。我介绍说，为了加速城市的发展，原来的闸北区已与静安区合并为静安区了。先生似乎对那一带很熟悉，一连谈到普善路周边的大统路、中兴路。我告诉他，那些道路已经全都扩建了，面貌焕然一新。先生望着脚下的石阶路面，静静地听着，面无表情，仿佛在记忆着什么，只是偶尔发出一声轻微的赞叹。

很早就听说，社会上有“南余（秋雨）北卞（毓方）”的流传。我不知道卞先生怎样看待这种百姓的推崇，但寥寥数字，却真实地反映了人们对文学大家的爱戴。

在藤甲部落的一条小路上，卞先生与我谈起学习中的一些感想。卞先生说，自己对学习一直都是很努力的，高中、大学阶段得到老师很多的鼓励。他说，基础很重要。他小时候，从 4 岁到 8 岁，曾在故乡的一家私塾读书，日日捧着书本，不知疲倦地念着、背着。很多古诗词，都是那个时候记下来的，直到现在都不曾遗忘。先生讲着讲着，随口熟练地快速背诵起一段段古诗词。他说，天长日久，有些古文接触少了，但只要让我看上一遍，即可背诵下来……我洗耳恭听，感叹先生厚实的文学功底。

在去石头寨采风的日子里，先生头顶白色遮阳帽，身着白色运动衫，下身穿一条淡黄发白的裤子，脚蹬一双深红色运动鞋，显得精神抖擞。先生告诉我，他每天都会抽空进行一些运动，喜欢参与体育锻炼。我们还谈起了旅游。他说，自己对旅游不是很感兴趣，因为工作原因，有些地方不得不去。每到一地，最希望的是有一个安静的休息场所。至今，还有西藏、内蒙古等一些地方没有去过。

与卞先生接触的时间不长，却深深领教了一个文坛大家的随和与亲切。虽然与先生合了影，但那副墨镜遮挡了他智慧的双眼，我总觉得心愿还没有完成。

我说：“卞老师，我们再照张相吧。”

“好啊。”他说。

我们并排站在一起。我几次看着先生的墨镜，他似乎没有发觉什么。我不得不开口了：“老师，我想提一个不礼貌的请求。”

他问：“什么事？”

我虽然觉得有些不好意思，还是吞吞吐吐地说了：“您可以摘下墨镜吗？”

他爽朗地答道：“好的。”

我站在先生的右边，先生用左手摘下墨镜，拿在手中。

让我感到不安的是，在强烈的阳光照耀下，先生摘下了墨镜，而我鼻梁上的眼镜镜片却变成了黑色。那是一副防紫外线的自然变色镜片，我是深度近视眼，不能不戴眼镜。卞先生一定是看在眼里的。我没有及时向先生说明，心里一直有些后悔。

作者简介：吕华青，上海人，中国散文学会会员、中国自然资源作家协会会员。作品散见海内外报刊和中央电视台、上海广播电台。收入《中国最美的散文》《中国新诗百年精选》等多种文集。2018 年获中国散文年会一等奖、华夏散文奖最佳创作奖。2019 年获中国散文年会十佳散文奖。有作品收入教材，译至国外。

生命的底色

老土

2019 年 5 月 18 日，马志耘老师邀请我去青岛参加青岛鲁熙晟生态纺织科技有限公司的新产品推介会。由此，我很荣幸地见到了主办方青岛鲁熙晟生态纺织科技有限公司的董事长曹景超。受邀参加这次活动的还有广西金梦奇影视公司的董事长张清义先生，他也专程从广西北海乘飞机赶了过来。张清义、马志耘两位老师，是我在参加《热血染红桃林地》这部知青题材的影视剧的相关活动中结识并一见如故的忘年之交，现在，我们之间无话不谈。

曹景超董事长比我年轻几岁，闲谈中说到他来自鲁西南的菏泽，这让我不由得从骨子里倍觉亲近了。

此时已是农历的八月初七，空气中亦有了淡淡的凉意，时而有秋虫的鸣叫声透过窗户钻入耳孔。

曹景超出生在一个中医家庭。老父亲原本要让他来传承衣钵的，无奈曹景超跟着老父亲学了一年中医，毫无兴趣，老父亲也只好叹叹气作罢。就这样，曹景超走出了鲁西南，从此故乡成了他的驿站；青岛成了他的新家。

青岛之行，是曹景超人生轨迹的转折点。他不仅自己走出了鲁西南，作为家中的长子，他还先后把自己的两个妹妹从老家带到了青岛，一起随他来的，还有家里一帮为寻找梦想而来青岛打拼的兄弟爷们。

曹景超来青岛时，十五岁。

一个懵懂少年，闯海之难，可想而知。建筑工、摆地摊、炸油条、卖青菜倒水果、填海造田工程承揽……说实话，那个时候的曹景超，为了生存，什么样的脏活累活都干过。无论说起其中的哪一种经历，都够写成个故事的。做为一个也曾经历了不少坎坷的从农村走出来的孩子，我深深理解一个农村孩子只身一人闯荡沿海开放的城市青岛，在举目无亲的异乡开拓出一片自己的天地，需要经历多少酸甜苦辣，遭遇多少人情冷暖，那种滋味，没经历过，一般人是想象不到的。

在经历了不少艰难碰过不少壁之后，曹景超在青岛渐渐站稳了脚跟，拥有了自己的楼房，买了汽车，这在当时的青岛，绝对是身份的象征。那时，有很多荷泽老乡到青岛来淘金，寻找机会，在这人数众多的荷泽军团中，曹景超是第一个用自己的汗水实现拥有“绿卡”的人。

鲁西南人的淳朴敦厚，骨子里流淌出的那份浓浓的乡土情谊，让在青岛站住了脚跟并拥有了一定优势的曹景超感觉到，一人富不算富，要让与他同患难共打拼的兄弟爷们与自己一样，在这青岛富起来、站住脚，与自己一样拥有青岛市的“绿卡”。

在20世纪的八九十年代，青岛，被誉为改革开放前沿的桥头堡，想在这里拥有“城里人”的身份，想想是可以，真想做到，那艰难程度不是一般人可以想象的。但，曹景超做到了。他在自己成功以后，又把自己从家乡带出来一起打拼的兄弟爷们三十多人一一妥善安置，帮助他们在美丽的青岛安家落户，买上了新房。给这帮兄弟爷们解决了“户口”，从鲁西南的乡下人变成了令人羡慕不已的“城里人”。

回望这一段人生过往，曹景超没有高谈阔论，他一字一顿地给我说，当时就觉得兄弟爷们与我一起出来，应该与我一样，我要为他们负责，让他们像我一样改变自己的生存处境，真正通过劳动找寻一份幸福感与荣誉感……

在与曹景超谈话的过程中，他的思维与言语，让我感觉到这位来自荷泽的董事长，在他华丽转身的背后，他依然是一位淳乡厚土养育的汉子，他用自己的行动给我们诠释着厚道，诠释着感恩，也诠释着淡泊名利……同时，他不仅不是个固执不化的掌舵人，还是一个在思维方式上比较超前的人。

当同龄的人还在传统观念中打转儿的时候，曹景超已经抽身出来，瞄准了健康养生行业，并且极具先见之明地注册了属于自己的公司，做起了以健康养生为主的事业。从此，在他的口头禅中，关于资源整合、跨界、血糖、血脂、亚健康、竹纤维……一类的词汇总在他的交流中流淌。

在与我交谈的时候，他总是很谦虚地说，自己是个“粗人”，但，言谈举止中他所透出的谦逊总让我对他格外关注：在他的身上，没有一丝一毫的炫富的痕迹。或许，这就是它能够在青岛有这么多的朋友信赖的原因。

不仅仅是因为他固有的淳朴，也不单单是他血脉之中流传至今的善良，他的谦逊与低调，是一种交融在他身体灵魄之中的生命的底色。这种底色不需要刻意地装点，正如牡丹花固有的那份雍容与大度，亦或，一如江河奔流过程中所固有的那份包容之心。都说时下的人多了浮躁与骄气，透过他，我感受到了他身上流淌着的那份坦诚与淳朴之气，这份气质，让人倍觉亲切。

——好久没有与这位称我为兄长的兄弟打电话了，此时，我应该给他打个电话，问问他近来是否一切安好？

他是个孝子，年过古稀的老母亲因为眷恋故土老屋与熟悉的街坊，不喜欢大都市的喧嚣，独自一人在老家自得其乐地生活着。作为这个家庭中唯一的男丁，常回家看看年迈的老母亲成了曹景超的习惯。

或许，此时的他，为着家乡的老母亲能过上一个祥和团圆的中秋佳节，正驱车奔赴在回家乡的路上……

作者简介：黄秀峰，笔名老土，山东宁阳人。《中国警察论坛》杂志社社长、《中国草根》杂志社社长、大型纪实文学《沃土》杂志主编、资深媒体人、知名文学评论家。

卖红薯的母亲

范诚

几天前我回到湘西吉首出差，返回长沙时，想到附近农贸市场看看，买点本地土特产品。在拥挤的人流中，突然听到有人在大声叫我。我走过去一看，是伯母！原来她站在市场边上，正在卖红薯。

我感到很惊讶，说您老人家还卖红薯呀。老人嗔怪我说，调长沙了，也不来我家里玩了。接着说，种多了，吃不完，烂掉可惜，所以挑来卖掉。然后，俯下身去，用一个塑料编织袋，很麻利地装了半袋子红薯，要送我带回长沙去。我本想拒绝，可看到老人那真诚的目光，不好意思地接受了。

我提着红薯，不禁感慨万分。这老伯母，真是本色不改呀。她可是一位领导干部的母亲！

我想起了 30 多年前的往事。

20 世纪 80 年代中期，我刚分到湘西工作时，举目无亲。于是，通过介绍，去拜访一些老乡。

一个星期天的下午，我去湘西州民政局下属一家单位看望一位老乡宛伯。刚好老伯、伯母都在家，见到我格外的热情。特别是伯母，又是倒茶，又是递水果，对我看了又看，显出十分惊讶的样子。

老乡之间一交流，就熟悉了。我才知道，宛伯是解放初随部队到湘西工作的，已经 30 多年了。但乡音未改，交谈中常带出家乡的方言俚语，显得很有趣。伯母是本地人，出生于边城茶峒，在吉首一家工厂工作。虽然只去过我们老家一两次，但对我们家乡的情况十分熟悉，对家乡来人十分热情。

伯母看着我，回头对宛伯说，阿诚好像我家老大。宛伯说，确实像。接着伯母告诉我，她家大儿子只比我大一岁，大学毕业选调到基层锻炼去了，已经担任乡党委书记。其模样、个子和我差不多，有几分相像。

寒暄一阵，本来要走的，伯父、伯母非留我吃饭不可。接着伯母进厨房忙碌去了。

一会儿，搞了一桌菜，吃得酒醉饭饱。离别时，伯母特别叮嘱我，你在这边没有亲人，就把我这当你的家一样，闲时常来坐坐。说得我心里热呼呼的。

过了一段，宛伯的大儿子回来了，伯母打电话把我叫去，让我们互相认识。一看，脸型、个子真的同我有几分相像，加上意气相投，后来我们成了最好的朋友。

几年后，他到一个县里担任了领导职务。一次回州里开会时，不幸在路上遇到车祸，受了重伤。他在担架上给我来电，要我接他母亲去，他想见见母亲。

我当即安排车子，去接她母亲。伯母十分关心儿子的伤情，见到我时，问这问那，急出了眼泪。我一边安慰她，一边叫司机开车，向那边赶去。

没想到伯母坐不得车，车尚未出吉首城，便开始晕车。出了城，便开始呕吐。我们只得停下车来，让她休息一会。伯母呕吐一会，又爬上车来，叫我们快开车。如此多次，我体会到伯母的急迫心情，儿女是母亲的心头肉，何况儿子受了重伤？晕车这么厉害，还要司机快点开车。自己再苦再难受都要忍受，希望尽早见到儿子。我渐渐为这种无私的博大的母爱所感动……

后来伯母退了休，闲不住，就在大院子里开垦荒地种红薯小菜等。他们单位院子大，荒地多，渐渐地开出了一大片，种的菜自家根本吃不完，就挑到附近学校门口去卖。

那时候我女儿已上小学，有时我去接女儿，便经常遇到伯母。每次见到我，伯母都要给我捆几把菜，要么是南瓜，要么是红薯，要么是时鲜小菜。有时觉得不好意思，我便有意推辞。伯母却坚持要送，并说，这是我亲自种的，不施农药化肥的，尽管放心啦。我只得收下，而后十分感慨。

其时伯母的儿子已经当了县长、县委书记，没想到母亲却在大街上卖红薯卖小菜。若是农村，种田卖菜还讲得过去。城市里的人，儿子当了县领导，母亲却站在街头卖菜的，全国可能也找不到几个，真是一个“怪人”。

有一两次，又遇到伯母卖菜，我便劝她，七十出头的人了，年岁大了，莫卖菜了。伯母快言快语，种那么多，我不卖，在地里烂掉？多可惜！我就说，少种点。伯母不同意，不种，我一天干什么，我又不打牌，坐久了要生病的！我又委婉地说，你儿子当县长了，别人看到不好意思之类。没想到伯母理直气壮，“他当他的县长，我卖我的红薯小菜，只要他记得有个母亲在卖红薯就可以了！”我笑了，无言以对。

后来同他说起其母亲，他说，自小母亲对他管教甚严，他是家中老大，所以经常挨打。朋友小时候特顽皮，有一次爬到附近一株大树上掏喜雀窝，因为树高而险，树下围满了看热闹的人。有人喊来了他的母亲，母亲一看，怕儿子不小心掉下来，便急忙喊了一声。没想到，儿子听到母亲的声音，心一慌，手足无措，便掉下树来，晕死过去。是母亲，一声一声把儿子喊醒来的……母亲自小教他们兄弟姐妹爱劳动、爱学习，所以才养成他们刻苦耐劳的品性。朋友在多个领导岗位上工作口碑甚好，后来担任了湘西州人大副主任，看来是得益于母亲的教诲。

我把红薯提上车，就给朋友打电话，说见到了伯母在卖红薯。朋友一点也不觉得意外，说他也曾劝过母亲，温饱已经不成问题了，就不要卖红薯小菜了。可老人家没有别的爱好，每天照常打理，经常去卖。后来觉得，母亲在马路上卖红薯，自己心里总有敬畏之心。看到别人卖红薯小菜，总想起母亲，心里就多了一份敬畏和责任。

从卖红薯的母亲身上，我似乎发现一个普遍现象，那就是每一个有所作为的人，必定有一个好的母亲。母亲对儿女的爱不在乎给予多少，更在于言传身教！

作者简介：范诚，中国作家协会会员，湖南广播电视台高级记者。作品刊发于《人民日报·大地》《芙蓉》《海外文摘》《散文选刊》《湖南文学》《创作与评论》《西部散文选刊》《芳草》等各种报刊并多次获奖。已出版散文集《　山走笔》《本色凤凰》《阅读湘西》《　山乡土》《走玩湘西》《凤凰：那些人，那些事》等。

雪里访青年

陈才生

冬至将近，寒气袭人，突然想到了白青年。

我和他去年相识，仅见过两面，皆擦肩而过，未有深谈。倒是电话中时常交流，话题除了文学，还是文学。这位家居深山的农民作家，常年下地，写作全靠农闲。尽管如此，依然有作品不断问世，或于纸媒，或于网刊，勤奋与高产，令人赞叹。故每有他电话，总想多聊几句。转眼岁末，城里人已穿上厚厚的羽绒袄，躲进了暖气屋，我忽然有种说不出的感觉，特别想去他家看看。山里的冬天一定很冷，哪怕只是见上一面，坐在石墩上，站在屋檐下，沐着冬阳，哈着白气，说几句寒暄的话。

正值周末，天刚擦亮，空中便飘起雪花，纷纷扬扬，成团成簇，白茫茫雾蒙蒙笼罩了整个世界。我约了林州于报生兄，分头驱车朝同一个方向驶去，那里是高山深谷，是白青年的家。

两个小时后，已翻过分水岭，越过露水河，至阳耳庄西南，迎面望峰峦耸峙，直插云霄。报生兄说："山名将军岭，岭下就是白家庄。"

此时，鹅毛大雪已散，雪片凝成了雪粒，针鼻儿大小，又圆又硬，扑打着车窗，噼噼啪啪。刚转上村西小桥，就看到青年兄穿件皮革外衣，和妻子一道，笑盈盈地站在雪中，在桥的另一端。

青年兄夫妇的背后，有道红石高墙格外醒目，坚实，牢固，厚重，挺拔。他介绍说："这就是红旗渠，"又指指岸上，"那座最旧的房子，就是我家。"顺着他的手指，能看到一坡青瓦和斑驳的后墙，"房子建于何时，连我父亲都不记得了。"他笑着说。

一座极普通的四合院。房子为土木结构，蓝砖镶门镶窗。门是木板门，低矮；窗是细木窗，窄小。屋内略显昏暗，依稀可见地面的青砖，在岁月打磨下有点光滑。"我爷爷那辈家景还行，从这地面就可以想见，"青年兄指着摆在正位的木桌圈椅说，“这是我奶奶当年的嫁妆，她娘家在阳耳庄，家景应该也不错。”

到他这辈，就显得命运多舛。他九岁时遇上饥荒，母亲上山捋杏叶，爬树坠亡。23岁时，哥哥上山割柴，又坠崖而去。当时，公社相中他的文才，要录用，传信人未及时转达，造成误会，加上父亲病重无人照管，他错过人生中最重要的一次上班机会。前两年，他的《红旗渠劳模任羊成》一书出版，发行之日，噩耗传来，儿子在浙江打工遇害，死因不明。报生兄说："青年很坚强，如此连串打击，他都没有倒下。相反，几十年来笔耕不辍，可谓穷且益坚，矢志不渝。”是啊，也许正是写作，给他带来心灵的慰藉，让他看到了生活的光明，陪伴他一步步走到今天。

青年兄大我两岁，个子不高，黝黑精瘦，热情爽快，憨厚健谈。他高兴地告诉我，自己的书获得市五个一工程奖，“已来电话，要走了银行卡号，就等着领证书了！”微笑中，他眼里闪着光芒。

这真是个好消息。他写此书耗时数年，可谓呕心沥血。为搜集资料，他开着农用三轮四处调查，跑任村，跑东岗，跑石板岩，走访了数以百计的当事人。在写作中，常常三更起床，甚至通宵达旦，连地里的庄稼都撂在一边。嫂子说："有两年，玉米淋湿了他顾不上收，魂儿都掉进书里去了。”

青年兄有此心志，并非心血来潮。他父亲曾是乡里干部，1939年的老党员，解放后，为解决林县的吃水问题，与杨贵书记翻山越岭寻找水源，同吃同住，情同兄弟。红旗渠动工后，父亲请杨书记给孩子起名，此时，正值青年洞施工，书记思忖片刻说："就叫青年！”可以说，他是在修渠的号子声中长大的，那腰缠长索飞跃于绝壁之间的除险队员，那挥舞铁锤，紧握钢钎在山腰鏖战的男女身影，那惊天动地的开山炮声，那激越豪迈的太行壮歌，已深深浸透在他的血液中了。他要用手中笔，把所见所闻记录下来，为后人留下一个见证，一段史诗，一群雕像，一卷感天动地、催人奋发的壮美篇章。

套句时髦话，他身上有着红旗渠的基因。

堂屋五间，外间占了大半。除了木床、煤炉，便是简易的沙发、凳子、粮囤、筐篮，墙上挂着褪色的奖状，桌上摆着一台老式电脑。报生兄指着里间一个发黄的立柜说："里面有青年的手稿，三尺多高，那纸，大小不一，颜色各异，大多是工地上作废的出料单。”

漫步村外，飞雪时断时续，青年兄谈笑风生。他津津乐道的，大都与水利相关。绿水河四季常流，红旗渠穿村而过，东南不远有十孔桥，桥南数里为太行平湖，村西紧傍空心坝，坝上数里是著名的马家岩水库。白家庄俨然水网的中枢。露水河谷，石滩平阔，两岸阡陌纵横，田亩成片。自十孔桥向里，景致忽变。但见峭壁如削，危石叠摞，涧深路陡，长天一线。这里是南谷洞水库的泄洪道，每至雨季，飞瀑狂泻，涛声震天，湍急浪涌，空谷传响。青年兄笑说：“电影《归来仍是少年》中抢险的几个场面，都在此拍摄。那段时间，崖上沟下红旗招展，人流如潮，热闹极了。”

长久浸润着山乡文化，青年兄有说不完的故事。那夜间出没闪着灵光“叫三声，出朝廷”的金鸡，那树洞经火灾后能自动愈合的千年古槐，那刀枪不入能喷出白雾驱逐日寇的庙中神柏，还有十孔桥西北的山凹里，那人死后成精于夜半窜到村里吃人的鬼王……这些民间传说，经他道出，神乎其神，令人时而向往，时而好奇，时而感到神秘，时而毛骨悚然……但他却讲得一本正经，有鼻有眼，并煞有其事地强调：“这是真的，村里许多人都经见过！”我和报生兄乐得哈哈大笑。

告别时，已是下午，天空依然飘着小雪，如细沙拂面，潮而不寒。热情好客的嫂子，跳入院中地窖，捧出刚刚收获的白菜、萝卜、红薯，青年兄一边装袋一边略带歉意地笑着说：“这东西不金贵，但保证没上化肥，除了浇水，用的全是羊粪！”说着，不顾我们的阻拦，放入独轮车送出门外，一直送到村口的小桥。

小桥对面，是带远山，那是常根虎一炮崩塌半架山的地方。山的上方还是山，但见层峦叠嶂，雪雾迷茫，那便是传说中的金鸡山了。真希望那闪着灵光于夜间游走的金鸡还在，在未来的日子，给青年兄带来平安，带来快乐，带来如意和吉祥。

作者简介：陈才生，林州人，安阳师范学院文学院教授，中国阅读学研究会副会长，河南省作家协会会员。主要著作有《女性作者写作的奥秘》《李敖这个人》《李敖思想研究》《李敖评传》《才女之路》《用生命种诗的人——王学忠评传》《地摊上的诗行——王学忠诗歌研究》《红粉三千，我只爱一点点——李敖情爱纪》《我的江湖越来越小——李敖师友纪》等。

浮生半日　片刻欣然

——在导师家里做客

姬学友

9 月 20—21 日，我在中国美术馆附近的康铭大厦参加由北京鲁迅博物馆主办的“鲁迅文化遗产与当代中国”国际学术研讨会。此前，已经和同门师兄荣挺进电话约好，利用这一段时间，找机会一起去看看我们的硕士导师朱金顺教授和师母龚肇兰先生。会议的日程安排高效紧凑，只有 9 月 21 日上午相对松闲。其实也不是松闲，而是这段时间没有我的发言，便于随时溜号，因为前半段是其他小组的讨论，后半段是研讨会的闭幕式。因此，未等小组讨论结束，我便悄然离会，打的直奔北京师范大学，与挺进兄在阳光洒满的丽泽四楼碰面。

10 点之后的师大校园，虽无茂林修竹，却也天朗气清，惠风和畅。两位老人见到我们，很是高兴，热情招呼我们落座。在我们和朱老师聊天时，一旁的师母很专注地翻阅我送她的《秋水》杂志，里面刊有我的一篇《师母印象》，主要写我读了她的散文集《跋涉和徜徉》之后的真实感受。师母看过表扬说，文章写得不错，由此引起了朱老师的话头。朱老师告诉我，他至今仍然收到不少连续赠阅的刊物，拿到以后，往往是你师母先读，你的文章她基本上都看过。我当时听了，心下一热：看来不只是朱老师，连师母也在背后默默地关注着我这个从前的老学生的微末成绩。一想到 80 岁高龄的师母，竟以病弱之躯，一个字一个字读完我的那些冗长乏味的所谓论文，沉潜已久的专业自豪感就油然而生。我甚至想，就算我的那些卑之无甚高论的文字不为俗人所知，不被资料复印，没有影响因子，但只要师母看了，认可了，就是对我的最高褒奖和最大激励，就说明吾道不孤，说明它有价值。

不知不觉聊到 11 点，两位老人提议，一起到师大教授餐厅吃中饭。朱老师还说：挺进事忙，吃过饭就直接回单位好了，学友没事，可以多聊一会儿。恭敬不如从命，我在挺进兄上班走后，又陪两位老师回到楼上。我知道二老生活极有规律，什么时候散步，什么时候休息，什么时候吃饭等，都是定好了的。所以坐了一会儿，便想告辞，没想到朱老师谈兴不减，师母也未见倦意，于是又畅聊了近一个小时。上午挺进兄来的时候，带了两本朱老师早年辑录的《鲁迅演讲资料钩沉》，说一本送我，一本自留，让我任选一本请朱老师签名。这两本书版本不大一样，一本是 1979 年 2 月北京师范大学中文系现代文学教研室自己刊印的内部教材，一本是 1980 年 4 月湖南人民出版社出版的公开出版物。我选了后者，因为前者我有，是朱老师很久以前送我的。朱老师为我签名后，拿出厚厚的一叠论文手稿给我看，题为《新文学考据杂谈》，这是应《中国现代文学研究丛刊》编辑部之约而撰写的长篇力作，要发在第 9 期头条的。我捧读之余，爱不释手，竟然起了留存的贪念。朱老师笑着说：这个可给不了你，因为已经归中国现代文学馆了，是作为著名学者的学术代表作珍藏的。大概是不想让我过于遗憾吧，朱老师把他为韦泱先生所著《书丛人影》一书写的几页序言手稿馈赠与我，说是留作纪念，让我很是欢喜，颇有不虚此行的幸福感。

辞别朱老师回到驻地，我再一次拿出朱老师的序言手稿认真拜读。我阅读现代作家和学者的手稿，已经养成了一种个人偏好和习惯，就是手稿本身的字迹必须中看和入眼。只要合于这个标准，就特别愿意阅读，读起来也是一种精神享受和心理愉悦。俗话有形容某人机智善辩、伶牙俐齿的，说谁谁谁骂人不打草稿，但这样的人我至今也未见过。幸运的是，我见过写文章不打草稿的人，就是我的导师朱金顺教授。朱老师年已八旬，不用电脑，不会上网，也不用手机，所以至今还保留着老派学者在稿纸上爬格子的习惯。平心而论，朱老师的字肯定到不了书法的程度，但也不是任笔为体、率意为之的。而是结构整饬停匀，疏密得当，老到而不失自然，随性而合乎规矩，一望而知，有一种含蓄蕴藉的学者风骨和书卷气息。朱老师写文章，一般是在对所写内容烂熟于心、所需材料准备充分、所有思路胸有成竹之后，才得之于心，应之于手，从容开笔的。所以他的稿子不论长短，总是一丝不苟，井然有序，干干净净，清清爽爽，少有涂改之处，令人赏心悦目。我想，这样的文章，这样的手稿，即使是再习惯于无纸化办公的报刊编辑，只要他还有那么一点点人文情怀，也会格外宝爱的吧。

作者简介：姬学友，安阳师范学院教授，鲁迅与中国文化研究所所长，中国当代文学专业学术带头人，北京师范大学文学博士，河南省高校省级骨干教师，河南省高校哲学社会科学优秀学者，中国鲁迅研究会理事。2012—2013 学年度为北京鲁迅博物馆高级访问学者。业余习字。2013 年 11 月在北京和安阳两地举办过个人书法展览。

六奶奶

徐国忠

六奶奶行将就木。

人们接二连三前来探望。

六奶奶 18 岁那年和六爷爷结婚的。结婚那年六爷爷已经 36 岁，36 岁说个 18 岁的媳妇，这是何等的好事！然而，六奶奶却叫六爷爷极其扫兴。“洞房花烛夜”就“砸”了。早晨起来，六奶奶把自己湿了一片的裤头，咣地扔到炕上，对正在喝粥的公公说道：“看你现眼的儿子干的现眼事！”把个老公公臊得抬不起头来，慌乱中碗中的粥洒了一半。六爷爷的脸也臊得通红，像六奶奶的红嫁衣。

后来慢慢捋顺了，六爷爷又走不出家门了，六爷爷走到哪里，六奶奶就跟到哪里。六爷爷当上生产队长，偶尔一次和妇女队长说事，一下叫六奶奶碰到了，当时六奶奶就翻脸了，一直把六爷爷骂回家。

六爷爷也是有血性的人，进家把大门一插，把六奶奶扑倒就打，谁喊也不叫进来。六奶奶也是有骨头，怎么打也不喊叫，就和你干，只要打不死。后来，结局还是非常惋惜而又惨烈的，六爷爷捂着裆一顿苦苦哀求，主动向六奶奶保证，以后不再捅六奶奶一个手指头。六奶奶说：“我取死你！”

晚上，俩人在一个被窝里时，六爷爷就劝慰六奶奶说：“你这样干，不想要孩子了。这样会把人致残的。”

接下来五年里，六奶奶生下三个孩子。这五年尽管两个人也打，但动手的时候不多，即使动手，六爷爷也是早早夹着裆，没叫六奶奶得手。

六奶奶天生就是好战，她和婆婆打，和妯娌打，和邻居侄媳妇们打，没有一个打不到的。

和婆婆打，那是持久战，婆媳关系陷入永无改善的地步。和妯娌打，那是歼灭战，一战将妯娌打服，再也不敢应战。和邻居打，有时单打独斗，有时领着孩子打包围战，管叫对方落荒而逃。

六奶奶的好战性格也影响了孩子们，儿子大福长到 11 岁时就能在外挑战和迎战。有一次，大福打服了一个 12 岁的小同伴小青，小青的爸爸碰到不干了，伸手打了大福。大福回家告状搬兵，六奶奶骂着街就出来了，在大路上截住小青的爸爸，跳起脚来去扇嘴巴子，小青的爸爸用手挡，但顾上顾不了下，六奶奶一把抄上他的下面，当时拿下。回头，小青的爸爸在家养了至少半个月没到生产队干活。六爷爷工上偷着给人家拨了 150 个工分。了事。

最不应该的是，儿子娶媳妇后，六奶奶领着两个女儿共同欺负人家。只要婆媳闹矛盾，娘仨一起上，直到把人家打回娘家。所以后来，人家儿媳妇提出一个条件，要想不离婚，除非分家单过，从此井水不犯河水，家庭战事由此不再频发。

六奶奶的两个女儿出嫁以后，六奶奶已身单力薄。虽然也有把女儿喊来助战的时候，但，明显是远水不解近渴；大多数情况下，等女儿们赶到，要么是战火已熄，要么是媳妇转战娘家，是邻居的则大门紧锁，免战牌高挂。儿媳妇和邻居们觉悟起来的勇敢和大胆出手，终于叫六奶奶永远地败下阵来。

六爷爷担任生产队长，因为和社员们这个那个的常年生气，在 69 岁时就得癌症去世了。

怕六奶奶借机闹事，大队书记和两个村干部找到六奶奶说：“六爷活着为生产队操心了，棺材大队和小队上担了，也代表社员表达一下心意。”不想，六奶奶听了，差一点上来脾气，大声说道：“什么？小看我们孤儿寡母的发送不起吗？！红白喜事历来是私事，和公家无关。”一句话说得村书记和两个村干部面面相觑，谁也没想到六奶奶还有这样的一面。

完全没了丈夫女儿的支撑，六奶奶与生俱来的肝火旺盛和好战斗狠也在渐渐消逝。

和六爷爷差 18 岁的六奶奶此时才 51 岁，看惯了六奶奶风风火火样子的男人们以安慰为名多来串门，但时间不长都叫六奶奶给“崩”出去了，六奶奶明确告诉他们：“老和尚串门，少来！”逢清明节和中元节等，六奶奶都要提前给六爷爷备好烧纸，并督促儿子按时去上坟。

1982 年生产队解散，各家各户分田单干，人们都下地忙起来。人们看到，六奶奶再也没和人打过架。六奶奶先后得两个孙子，儿媳妇不叫她抱，她放下一辈子的尊严，低三下四，在后面追着喊着给人家哄孩子。

当六奶奶独自跨过 73 岁的坎时，时光已进入 2000 年，她又迎来病痛的坎，六奶奶得的病是晕眩症，从此，一蹶不振，很少出门，一病就是五六年。

其间，令人们最不可思议的是，六奶奶愣是把闲着的三间房叫小青娶媳妇做了新房，而且一住就是四年，分文不取。大家都知道，他们两家有仇啊。

六奶奶一生最大的爱好就是“悄悄串门”。一旦从窗下听到屋里人议论她，说她坏话，说她爱打架，她会一脚进门，开口就骂，还嘴就打。

六奶奶老了，又聋又瞎，再也听不到别人议论她了，也再也分辨不好对面说话的人。

不再有人理会这个一生“风风火火”的媳妇女人老太太。

为了给人好感，六奶奶每当出门，便放到嘴里一块糖，见到小孩子就吸溜嘴，馋小孩子，小孩子要，她就咬开，吐出一半，填到小孩嘴里。

从此，抱小孩的媳妇们见到她就跑。

六奶奶终于熬不住病痛，在人们的探望中去世了，棺材前面的牌位上写的是80岁。

六奶奶的白事是大三天。事上忙前忙后的人和来吊唁的客人不少，一点也不显冷清。年轻时，被六奶奶一把没攥死的小青爸爸，给当的总管。小青披麻戴孝，说和六奶奶的儿子大福是磕头的把兄弟。

作者简介：徐国忠，沧县广播电视台干部，“60后”，爱好文学，并尝试文学创作，近几年不时有小说和散文见之于沧州《无名文学》、《沧州日报》和《沧州晚报》等报刊。

一场跨越前世今生的爱恋

——从《霸王别姬》到《吸血鬼惊情四百年》

周岑岑

“力拔山兮气盖世，时不利兮骓不逝。骓不逝兮可奈何，虞兮虞兮奈若何。”

“汉兵已略地，四面楚歌声。大王意气尽，贱妾何聊生！”

公元前202年，那是一个没有月亮的寒冷冬夜。

刘邦率领的汉军已经把项羽团团包围，瑟瑟的北风从汉军的营地里吹来了揪人肺腑的悠悠楚歌。一股英雄末路的悲凉感袭上项羽的心头。他环视疲惫、饥馑的士兵，目光中掠过一丝不易察觉的奇怪神情。虽然只是一瞬间，还是被身边细心的虞姬捕捉到了。

绝望，她从这个铮铮铁骨的男人脸上看到了从未有过的绝望。于是，这个最近一段时间一直在心中酝酿的念头越发地成熟了。她平静地从霸王的腰间摘下精致、锋利的宝剑，请求霸王再看一遍她的剑舞，项羽同意了。虞姬就在大帐中边唱边舞，她的歌声依旧清丽，她的舞姿依旧曼妙。英雄心头一热，思绪飘回岁月沧桑的如烟往事。虽然传说中他具有神力的目光能够穿透千里沙场的滚滚征尘，但是在那个特别的晚上，英雄却没能看懂身边爱人深沉而刚烈的心。当他清醒过来的时候，一切都已经难以挽回——虞姬用最壮烈的方式结束了她柔弱的生命。

一代英豪的心崩裂了，他把头愤怒地朝向天空。他不懂为什么自己英雄一世，竟然救不了心爱的人！乌骓马在哀鸣，霸王的眼睛滴下了血。终于，他没有再渡过那条小小乌江。在一个残阳如血的黄昏，他用那把曾经送走了心爱女人的宝剑自刎在她喋血的土地上。他记得曾经和爱人有过的生死约定，他不要一个人在乱世中苟活性命。

他的灵魂呼啸地掠过每一寸土地，悲伤地寻找着那个孤独而美丽的灵魂。“虞兮虞兮奈若何”，他的歌唱遍了千山万水，可爱人依然与他隔着千重山，万重水。他焦灼地寻找了一千六百多年……

公元 15 世纪末，在特兰西法尼亚住着一对夫妇——大将军德古拉骁勇善战、闻名遐迩，妻子温柔而美丽，一对天成的璧人在城堡中过着令人羡慕的幸福生活。然而，短暂的甜蜜之后，席卷欧洲大陆的战火冲破了德古拉与妻子的“童话王国”。土耳其的军队在攻陷了君士坦丁堡之后，以不可阻挡的气势向特兰西法尼亚压来。为了保护他的人民和领土不受侵犯，德古拉忍痛辞别爱妻，披挂上阵，带领着人数不多的将士冲向敌人的阵营。当如血的残阳染红尸横遍野的战场，英勇的德古拉击退了土耳其的军队。然而，凶险的敌人却向城堡里散布一个致命的谣言——德古拉战死沙场。当将军骑着快马返回到他一心牵挂的家后，从护城河中打捞上来的莉莎的身体已经变得冰冷。

此刻将军的心彻底地碎了，他仰望天空，愤怒地嘶吼。那一刻，他的眼前蓦地出现一条河，一条熟悉又陌生的河。河边那个悲哀、绝望的佩剑勇士和他的战马，好像已经被上帝遗弃。将军忽然忆起来了：那个勇士就是前世的自己！一千多年的斗转星移，换来的却是依旧肠断心碎。一颗激扬的灵魂震怒了，他高举起手中的剑。不，他不要重返天国，不要在一个没有激情的世界里再度徜徉一千年空灵的悲哀。他要砍碎这不公平的命运对他一次又一次的捉弄，他要获得一种全新的重生。

他变成了吸血鬼。在凶残恐怖的报复中等待着苦难的爱人重生再世，等待着续接那未尽的前缘。他的等待经历了漫长的四百年，在吞噬灵魂的岁月中，他盼来了懵懂地走在伦敦街头的女子，她叫做米娜。但是，这个当年和他生死与共的爱人如今已经成为他人的未婚妻。时间的利剑可以把刻骨铭心的真情斩成几段，却斩不断超越生死的隔世约定。

终于，在他的一次次呼唤下，米娜也重拾了记忆，四百年前，自己曾经在一座城堡中和一个男人有过生生世世的约定。更在两千年前的那一世，自己的夫君，自己一直仰慕、爱恋、誓死追随的盖世英雄，同样还是这个男人，一直都是这个男人！她恍惚了，忧伤地彷徨在前世今生的迷惘之间。终于，她决定听从内心的召唤——跟随前世的爱人一起去过吮吸鲜活生命的日子。

德古拉望着爱人圣洁、善良的眼睛，真切地体会到那份贵抵千金的情深义重。他满足了，苍白的脸上露出了幸福的微笑。他把手中的宝剑交给了米娜，这把剑在两千年前曾经送走了虞姬，而今天，他要用它刺穿自己遭逢了两世人间苦难的心……

一百年后的东亚。

在一座万仞大山的脚下有一条清亮亮的河，河面不算宽阔，但河水却是深不见底。河的一边，一条青石板铺就的小路在黑色的土地上蜿蜒。河的对岸，是绿草如茵、鲜花似锦的人间仙境。平常的日子很少有人渡河，偶尔有了，都会去渡口停靠的船里找船家。据说，那里面住着一对隐世的神仙眷侣，男人有着非凡的力气，女子有着惊人的美貌。船家夫妇用船渡人的时候，划的不是桨，而是一把精致的宝剑。他们的船头总是立着一匹雄健俊美的马，船到对岸，马就会发出一声欢快的嘶鸣，像清风掠过天际。没有人知道这两个人的名字和来历，只知道他们经年守望的那条河叫作“忘川”。

作者简介：周岑岑，安徽淮南人。中国西部散文学会会员，作品散见于《西部散文选刊（原创版）》《青海湖》《日月》《作家天地》《重庆法制报》《中国发布网》《中国作家在线网》《丝路新散文》《安徽网》《淮南发布》等全国各级报刊、网站，有作品收录在《中国当代散文精选300篇》《亲情絮语——全国诗文大赛获奖作品集》《精短散文佳篇选粹2018》等各类文集中，曾多次获得全国各类大型征文一、二等奖。

父亲的歌

郑友贵

父亲离开人世已三年多了。

可我却常想起壮年、老年的父亲，他用那厚实粗糙的双手，捧起那金黄鼓胀的玉米、谷子，唱起故乡那高亢嘹亮独特的歌，品味着劳动和收获的喜悦。那歌声常在我心中响起、回荡……

父亲爱唱歌，这是我童年难忘的记忆。他唱的不是高雅的歌，也非流行歌曲，当然更不是一时风行的卡拉OK，他唱的是故乡——川江之岸的山歌："吆—嗬—嗬，高粱结子高又高，红红的脸蛋在半中腰……"没有二胡、笛子任何乐器伴奏，可那洪亮激情的音符，越过高山、田野，传得很远很远。

20世纪70年代，农村仍是吃集体"大锅饭"，越吃农民越穷，下地干活打不起精神，常常打"青桩"（站着耍），摆龙门阵。作为生产队长，父亲常为农友唱一曲山歌，为他们打起一些精神。插秧时他唱，施肥时他唱，薅秧时他唱，收割时他唱。春夏秋冬，风雨阴晴，只要大伙说一声："来一盘！"他并不推辞，马上投入地一边干活一边唱起来。其实父亲和农友一样，常常也是填不饱肚子的，他真情地为农友唱，唱出了他的坚韧、豁达。困境，不能压抑他对美好生活的向往，母亲常说他："穷开心！"

后来，农村搞了土地联产承包，人们在自己的家园精耕细作。但同样需要精神食粮。父亲引以自豪的是，不少人家在播种、插秧、收获时还请他唱上一段"四季歌"。在家乡附近一带形成了一种看法，请我父亲去唱歌，是其家道兴旺的标志。但这时那歌声也远不是从前那种无奈的气氛了。那每一高低起伏的声律中，饱含了对新生活的无限希望和欣喜之情，更高亢热烈。

父亲生长在农村，也曾是忘我肯干的铁路工人。三年困难时期，为了一家老小不被饿死，他回到农村种地。父亲的歌声伴我走到山城重庆求学的校园，也随我到首都北京，还与我同行到东海、南海之滨；我倾心过泰戈尔、普希金，崇拜过徐志摩、朱自清，也常哼唱中外名歌和流行歌曲。如今生活在繁华的城市，但我对父亲那朴素的没有任何掩饰的山歌一往情深。那歌声，仿佛一缕缕灿烂阳光深入我心，而我却如泥土里的一粒种子，在这温暖阳光下萌芽、生长，摇曳在原野，愿以自己微小的绿色为人间添一丝新意。也许有人要说这山歌太普通，不足为奇，然而我想说，正是它普通，如同故乡小河、红土、山泉、庄稼，朴实、自然，充满生命活力，融入我灵魂……

我常在矿山的陋室或在城市的喧嚣中，独自伴着月光、灯光，或在电脑前敲打，或在稿纸上走笔。而父亲已长眠在故乡山坡上。我用心、用真诚和深情，歌唱大山、河流、矿灯和普通人的悲欢，写一些平凡的人和事，让平凡和自然使其生命盎然。此时，我耳边常常响起父亲那山歌，那歌于我并不亚于世界著名歌唱家帕瓦罗蒂甚至更美妙，那歌声把我拉回童年，让我又亲近故乡山水，回归纯净……

作者简介：郑友贵，作品散见于《青年作家》《四川日报》《文艺报》《中国文化报》《东方散文》《中国散文家》《散文诗》《三峡诗刊》《中国工人》《香港文艺报》等报刊。作品选入《中国散文诗年选 2019》《中国诗歌年选 2019》《中国散文家代表作选》等，获过国家、省、市级征文奖，出版有诗集《目光如初》(中国文联出版社)、散文《一路行走》等。作者创作观：真正的文学，拒绝同质化和陈词滥调，有灵魂、有思想、深情、有呼吸，总有一种让人直面苦难，燃起生活和爱与美的信念与奋斗力量。

米娜

张杰

公司领导决定从湖南的大专院校招聘一批外语系少数语种的学生来加强公司翻译部门的力量，米娜就是那批新招员工中的一员。

记得米娜到公司上班的第一天，留着个蘑菇头。这种发型在新来的几个女孩子中特别醒目。她个子不高，瘦瘦小小的，属于小巧玲珑型的女孩子。一副弱不禁风的样子，让我不由地想起，先前有个男孩子刚来公司几天，就天天在电话里哭诉非洲安哥拉这个国家的种种不好，比如治安，比如气候条件等，后来那个男孩就回国了。

“米娜过不久也会闹着要回国的。”大家都这样固执地认为。

然而，米娜却坚持了下来，在那些艰苦的日子里，这是不争的事实。

后来，米娜去了一个名叫希比亚教堂的工地。那个工地坐落在一处偏僻的山上，距另外一个非洲国家纳米比亚近在咫尺，说是维拉省省长幼小时读书的母校。她是自己自告奋勇要求去的，这对于一个刚出校门初入社会的学生而言，需要多大的勇气。然而，米娜她却做到了。我知道米娜总想给自己一片自由的天空，而不是那令人窒息的训责和斥骂。

米娜带了她那把心爱的吉他，仿佛带了副受伤的隐形的翅膀。一个女孩子家住在教堂临时为她搭建的住房里，那是个深深的庭院。教堂好似深山幽林里的一扇窗户，透过那扇窗户，米娜生硬的葡语和着寂寥的时光远远地泻满那座长满荆棘的山头。四周高山云树，烟岚漾风，轻燕蝶飞，夜色清冷的月晚，远处的石林断崖胜景在轻灵一声飞鸟的鸣叫中，打破了周遭一片沉寂，与这沉寂的教堂来一个热情相拥的香吻，把米娜沉睡的梦幻镶嵌在孤寂的山巅上。

山里没有水，靠洒水车每个月底在卢班戈市里抽上一罐水送上山来；山里没有电，靠 65kW 的柴油发电机发上施工和生活用电，为了节省柴油，夜晚很早就停了发电机；山里没有手机信号和网络，打电话要步行半个小时，从布满碎石和砂砾的山路或者偶尔搭乘黑人的摩托车，在另外一处山头的硕大的面包树下才能接听和拨打电话。米娜在那座山上，住在那座教堂里，像个教堂的修女，直到工程快要结束才回到原先的公司总部院内。

国际经济情势急剧恶化，为减轻企业负担，公司开始削减人员了。老翻译理所当然要留下来，这群新招的学生翻译自然成了被辞退的对象，米娜也在内。

米娜走的那天，日光和煦，可米娜的心境和这天气并不谐和。我清楚地知道，这几天米娜脸上的笑容是那么的牵强。我把我中学毕业时老师送我的那句话送给了她："不要叫人打倒你，也不要叫事情打倒你！"米娜双眸盈着泪，向我点着头，徐徐地对我说："我还会来安哥拉的。"

米娜拖着厚重的行李箱，乘上卢班戈开往卢安达的黑人大巴，坐在右边窗户位置。她的眼光穿过车窗厚实的玻璃，像一架相机抢拍着公司院落的每一处景致。那双纤纤素手高过头顶，在回应着送行同事们挥动的手语。车身缓缓地启动了，她感激地向前来相送的同事一一作别，就如作别昨日西天的云彩！轻轻的晚风吹拂着道边一颗颗硕大挺拔的面包树，清漾着一排排亦明亦暗的街灯。被纤细的云丝柔柔地簇拥着一碧的穹天，掠过一缕缕淡雅的月光。我只期望这些淡雅的月光能开启回国同事们布满阴霾的心窗。

公司里走了一批青春活泼的学生翻译，院内又恢复了先前死一般的沉寂。只是米娜的那把吉他已经易主，躺在一家纨绔子弟的殿堂里，琴弦已断裂。我只是想：我何时才能听到你弹唱一首呢？

第二年四月，米娜在微信里告诉我："已经在安哥拉首都卢安达工作了，一切挺好的，谢谢老张！"此时的米娜已经长大了，她用实际行动告诉了我：没有叫人打倒她，也没有叫事情打倒她！

院内断瓦颓垣流淌着昔日天之蓝海之蓝的残香，如今余韵已经在弥漫的苍穹中飘摇升腾而殆耗散尽。空空的瓶腔不再往复昔日当权者觥筹交错，酣歌靡音，放浪形骸的杯响，虚掩的只是微薄的背影。办公楼外墙面涂料经风吹日晒，艳丽繁华已经褪尽，墙角隐隐的裂纹不规则地向墙基扩散开来，墙面抹灰面粘结层也开始一点点斑驳，一片片不规则地脱落。老鸦在布满断枝败叶的虬茎上，点缀成一串串黑点，空中回旋着它们"哇，哇"的粗劣嘶哑声。

人去楼空，往昔依依，只是我的心早已走远。旧日的院墙内，耷拉着几具行尸走肉的躯体，佝偻着几杆苟延残喘的背影，落幕的残阳无精打地照射在布满瓦砾的墙角。缤纷的落英徐徐在微风中飘荡，唯有星星点点的微尘在覆有足迹的印痕里不规则地画着圈。

我实在无语，如果要我说点什么，我只想对米娜说：“多年以后，你会感谢现在这么拼命、这么努力的你！相信你到了我这个年龄段，你也会对那些刚出校门初入社会的学生多一点关护，就如当初我对待你那样！”

作者简介：张杰，笔名月满柳琴，江苏南通人，江苏省散文学会会员、中华文艺学会会员。

父亲的柿子树

王顺中

因为母亲突然生病，直到上周有空，我才匆匆赶回老家。

还未踏近门前，母亲拴在后院的两条土狗，就在竹林深处狂吠起来。

看着已经坍塌的鸡笼旁边，那棵已经好几年都没生出一片绿叶的柿子树，像一个老态龙钟的老人，没精打采地呆立在铺满黄叶的院子里，一阵莫名的酸涩不禁涌上心头。

想当年，因为禁不住饥饿、嘴馋的煎熬，我没有多想，就跟着村里的那群野孩子，偷偷翻过一道并不太高的土墙，爬上邻家那棵被青涩的果实压弯了枝丫的柿子树。

我们饱餐一顿后，被柿树主人追骂到家门口，迎接我们的，是刚刚下地干活回来的父亲——那张饱经沧桑而显得异常严肃的脸。

“下次还敢偷吃不？”“啊！不敢了，再也不敢了！”在与父亲手里的竹篾片多次亲密接触后，我终于在邻家婶婶再三拉扯下，拖着青一块紫一块的双腿，一步一挨地爬上了搭在母亲脚边的土床头。

“看你下手那么狠，孩子也是饿急了，不然也不会……”“就是饿死了，也不能偷嘴……”偷偷的抽噎声里，我分明听见，母亲胆怯的辩解声被父亲那倔强、果断、不乏威严的怒吼声彻底打断了，而且明显没有一点点回旋的余地。

在我终于有幸背起姐姐淘汰下来的、打着补丁的花书包，走进村口祠堂改成的学校的那年冬天，父亲居然在某天上午，扛着一捆树苗，从梁园街上回来了。他专门等到几个孩子全都放学回来，这才扛起家中的大锹，将刚从镇上买来的树苗依次发到我们手中。

经过将近一个中午的紧张忙碌，那些梨树、桃树、枣树、桑树和柿树的小树苗，在全家人的一起努力下，终于在我家房前屋后安了家。

然而，一切并未像父亲当时许诺的那样美好。第二年春天，那棵刚生出第一片绿叶的梨子树，居然被我放养的老母猪屁股一歪，给毁了。那棵据说会结出满树紫红桑椹的小桑树，不仅没有长出桑果，反而顶着一片片油光锃亮的大叶片，在一阵春雨中，扑倒在地。在那些果树陆续倒下后，我们只好把最为美好、也是唯一的希望，寄托在那棵像父亲的身板一样健壮的柿子树上。

我们睁大渴求的眼睛，紧紧盯着眼前这棵可爱的柿子树，巴望着奇迹早日发生。我们恨不得能为它施展魔法，让这棵一直寄托着父亲和他那群馋嘴的孩子无限希望的柿子树，能在一夜之间突然开花结果，硕果累累，甚至满园飘香……

功夫不负有心人。在我们姐弟五个日夜企盼和精心呵护下，这棵争气的柿子树，居然在第三年春天，真的开花结果啦！当年秋天，我们姐弟五人居然能不无得瑟地坐在老屋门前，津津有味地吃上了自家树上结出的红柿子，而且每人两个红柿子呀！从此以后，不管年成如何，家庭环境有啥变化，我们都不用眼巴巴地看着邻家的孩子不无夸张地吮吸着他们手里的红彤彤的大柿子了。因为每当这时，我们不仅能拿出更多鲜美的柿子，还能像父亲欣赏我们那样，欣赏我们手里的宝贝——我们亲手创造的艺术，我们用心苦苦经营的美好生活。

后来，我们陆续长大了。姐弟五人像我们的同龄人那样，先后离开父母，离开老家，来到陌生的城市。

起初，我们还能像刚刚出嫁的女儿，不时回家看看。但是随着孩子的长大，工作、家庭的繁累，回家的次数也就越来越少了。但是，一直留守家园的父母，像那棵渐趋年迈的柿子树，依旧屹立在我视野的尽头。那棵柿子树，仍旧一如既往地开花、结果，秋天那满树火红辣眼的柿子，却再也无人问津……

柿子树日复一日地衰老了。某一天，年迈的父亲终于抄起斧头，在母亲再三劝阻无效后，抡起家伙，狠命地向那棵“繁花落尽子满枝”的柿子树砍去。“咔嚓”，在斧头落地，柿子树露出森森白骨的瞬间，父亲愣住了。因为他吃惊地看到，在被他狠命砍下的那根树叉上，五颗硕大的柿子，鲜血淋漓地染红了他脚下的地面……

不久以后的一个秋风飒飒的夜晚，父亲病倒了。而最为不幸的是，老父亲因为不听劝阻、不愿医治最终驾鹤西去。

在父亲去世的第二年春天，那棵受伤的柿子树没有发芽；第三年春天，那棵年迈的柿子树依旧没有抽青。甚至，直到今天，终于见到了我——或许曾经因为它那鲜红汁液的哺育，才能最终长大成人的孩子……

看来，父亲曾亲手栽种的柿子树是死了，是否还能活转过来，真的不知道。

作者简介：王顺中，安徽合肥人，青海师范大学研究生毕业，文学硕士，副高职称，合肥市作协会员，安徽省作协会员，安徽评论家协会会员，《民俗大观》杂志编辑，《小说时代》文学理论编辑，《作文周刊》读写辅导员。在国内部分报纸杂志上发表小说、散文、诗歌和学术论文约八十万字。先后出版过诗歌散文集《岁月的印记》，文学评论集《家乡的果实》和《无花果》，专著《考场作文应对策略》，以及长篇小说《静静的落雁湾》。

一场等不及的生死之约

林友侨

2006 年 8 月中旬的一天晚上，家里电话响了。我拿起电话，是一个女人的声音，自称是我的同学傅木龙的妻子，说木龙有事找我。我一听觉得奇怪，也预感不妙，接着传来木龙低沉的声音。他告诉我，他得了肝癌，已是晚期，时日不多了。

这简直是晴天霹雳！我连连问："怎么回事，怎么一直没听你说起，有没有去医院治疗……"木龙有气无力地说："治不好的，怕同学们担心，就都没说了。"木龙说，他走了，最放心不下的是三个女儿，大的十二岁，小的才八岁。他说，友侨你在报社当记者，认识的人多，社会接触面广，将来孩子读书、就业有什么困难和需要，希望你能看顾。我含泪答应。这是临终"托孤"啊，这是一个知心朋友的信任啊，我能说什么呢？！

木龙接着问我，能不能抽空回家乡见一面，他很想见见我。我说好，今天是星期五，我明天有一个重要采访，已安排好的不能不去，我们就约定下周六，也就是八天后在红湖中学见面，如何？木龙欣喜地说：好，我在母校等你。

可就在我和木龙通电话两天后的星期天晚上，木龙驾鹤西去。家中电话再次响起时，一个男子的声音，自称是木龙的哥哥，含悲说："木龙走了。走前，家人要接他回老家祖屋住，也好叶落归根、魂归故里，但木龙一直不肯，坚持要在学校等你回来，说约好在学校见面的，说回了村里怕你回来找不到他。最后到了弥留状态，家人哄他说，友侨来过咱村，能找到的，才勉强同意回村去住。回村当晚就走了，撑不下去了……"

听到这里，我已忍悲失声、泪流如注！木龙，我的老同学，我们不是已经约好了吗？就差这么几天，你怎么就撑不下去了呢？你才三十九岁，正值壮年啊！

坐在回家乡奔丧的客车上，八百里路路漫漫，五个小时时恍惚，我的心中、眼中、脑海里，全是木龙的音容笑貌，和与他相识、相知的点点滴滴。

我初中一年级第一学期是在西陂小学临时寄读的，第二学期转学到了红湖农场中学，成了初一（1）班的插班生。班主任叫曾婉珠，是个教育有方的女老师，教数学。不知出于什么考虑，她安排我与班中成绩最好的两个同学同桌。那时学校的课桌由两桌相连，同桌的同学是四人，而不是两人。我的左右同桌，一个是班长魏少文，一个是学习委员傅木龙。少文不但学习成绩好，还打得一手好乒乓球，对于一个没见过乒乓球的农村学生来说，少文的球技简直神乎其神，让我佩服得很。木龙则比较深沉，不爱说话，锐利的眼睛，虎虎的脑袋，给人一种威武感，让人一时难以亲近。他学习很用功，有一股不服输的狠劲，尤其作文写得好，这恰好是我的弱项。

我们就这样慢慢地熟悉，渐渐地了解，放下彼此的戒备，交流开始多了起来。我因大兄在农场公路边开了一间店铺，放学的时间都用来帮大兄看铺、做买卖，还要自己做饭，常常上学迟到、完不成作业，就常找他们问这问那。我数学有点天分，读书时几乎没有我解不了的数学题，他们遇到难题，也常与我商量。有一次，木龙开玩笑说，你快成我们班的小陈景润了。

一年之后，我就申请转学回到了所在镇的中学继续读初二第二学期。此举本意是想离开成为“生意仔”的环境，专心读书，补回一年来落下的学业。没想到几个月后，星期天放学回家，为了改善住校伙食，冒雨下河捕虾，受凉得了一场急病，不得不休学在家调理。从此离开校园，早早结束了求学生涯。

再次与木龙联系，是在我经历了打工、流浪，离家出走想闯少林寺学武，碰得头破血流，差点客死他乡之后。联想自己家境如此贫寒，拜师学武是不成了，一支笔、一张白纸总还买得起，于是打定主意，决心以文为生。其时我才十七岁，正是不知天高地厚的年龄，文学创作的道路有多艰难，根本不知道，更没去考虑。年少的我只认定一条，用十年时间去做同一件事，一定能够成功，我深信“十年磨一剑”不是童话！

木龙听了我的决定，二话不说，送给了我一本厚厚的《写作基础知识》。他这时已考上了县师范学校，而且是学校文学社社长，对写作之难，该是有体会的吧。但他没给我泼冷水，而是以实际行动，给我无声的鼓励。他所赠的这本书，是我系统读过的第一本写作知识书。可以说，是这本书，指引了我的文学之路。

后来，带着不灭的文学梦，我应征入伍远赴海南，在椰风阵阵，海浪声声中，目睹了海南立省建特区，十万人才过海冲浪的盛况。在陌生的环境和滚滚热浪中，我的阅历多了，视野开阔了，业余写作历经六七年的彷徨，终于突破，开始在《海南日报》《海口晚报》《海南农垦报》等报刊发表作品。

每次发稿后，我都会第一时间寄样报给木龙，他也会第一时间回信，表示祝贺，并畅谈自己的读后感受。他曾这样坦率地对我说："你是我们同学中文学天分很普通的一个，也是同学中在文学创作上走得最远的一个，这是你勤奋和坚持的结果，很多有天分的人因为没有长期坚持，所以半途而废，尝不到成功的果实。"我认同他的分析，虽然我并没走多远，更谈不上成功。

到了 2004 年，也就是木龙走的前两年，我将陆续发表的散文随笔结集出版。木龙得知后很高兴，叫我多带几本回去送给他，他要推荐给他的学生读，他要留给他的女儿看，他要在县教育系统的语文同行中介绍我。他是那样有想法，他是那样的热心，他热爱学生，热爱汉语教育，热情地推介我这个老同学，真诚地以同学的进步为傲。就这么年轻有为的一个人，老天爷却把他带走了，带到天国去了，毫无商量的余地，是天妒英才呢，还是天上正缺他这样古道热肠的人？苍天啊，你能告诉我吗？

木龙飞天，老母断肠，幼女悲怆……葬礼上，哀乐呜咽，泪如雨洒，说不尽的悲伤。而我，在伤感之余，更有一种彻骨的心痛。我心痛木龙，责怪自己，为什么没有早点回来看望他，而要一个病入膏肓的人苦苦等待，望穿秋水，终未得见，抱憾而去，把一场同学约会，变成了生死之约，从此阴阳相隔，生死两茫茫。

木龙没等到约定时间就走了，是木龙失约，"有负"于我；我没践行赴约，酿成了终生遗憾和永远的痛，是我之过。这个沉痛的教训让我明白：人这一生，有些事，不能等，有些约，等不了也等不及。

作者简介：林友侨，笔名荞歌，广东汕尾人，现居文化名城佛山，中国散文学会会员、广东省作家协会会员。作品散见于《人民日报》《羊城晚报》《海南日报》《散文选刊》《西部散文选刊》《速读》《佛山文艺》《东方散文》等报刊。

凝望，是最沉重的嘱托

何文杰

早就想为父亲写一篇文字，却每每无疾而终，总感觉内心淤积着太多的情感，一时竟无从下笔。

——题记

又一次从梦中惊醒。十八年了，父亲临终前那凝望的眼神始终在我眼前萦绕。无数次在梦中相见，父亲还是穿着那件打着补丁的老款中山装，还是用他那慈祥的目光望着我，用他那布满裂纹的手抚摸着我的头，像对待幼时的我一样。

俗话说“日有所思，夜有所梦”，我却没有体会到这种神奇。父亲总是没有预兆地出现在我的梦里，但他又仿佛知道我的一切，在我最无助最煎熬的时候，他就会出现在我的面前。梦中的父亲不曾说过话，嘴角含着一丝微笑，目光温柔又充满痛惜，就那样深深地、深深地望着我。然而，当我伸出手想抱住他的时候，他却倏忽而去。我黯然神伤、泪如泉涌。那一刻，我才深深知道父亲其实并没有离开我，只是待在一个我看不到的地方。

这一生我自认无愧于任何人，唯一有愧的就是父亲。

我是农村长大的孩子。那个时候，教书和当兵是最让人艳羡的职业。所以，本村同龄人要么想方设法进城教书，从此成为公家人，要么穿上军装，将来也能端上公家饭碗。

然而，当时的父亲，在我看来，既没本事还特别偏心。他四处筹钱，借来高利贷为他的大儿子操办婚事，就是不愿拿出几千块为他的小儿子买个教师编制，气恼之余，我有一个月拒绝和他说话。

进城教书无望，我只能把唯一的希望放在当兵上。一切还算顺利，很快通过了体检政审，但就在领兵前一天，得到通知，我被人顶掉了。那一刻，我内心更加剧了对父亲的怨恨。回到家，我把门摔得砰砰响，而父亲则像个做错事的孩子，小心翼翼。我在家睡了整整一个星期，其间，父亲每天把吃喝端到我床头，像是以此求得我的谅解。然当时气昏了头的我就是不肯低头。一个星期后，我没跟任何人打招呼，只身背着行李去了南京。直到身无分文又无一技之长的我在这里处处碰壁、狼狈不堪后，才似乎对自己当初负气离家的举动有了些许愧疚。

时至今日，已为人父且备尝各种生活艰辛的我，完全理解了父亲曾经的艰难与无奈，故每念此，总会不由自主地涌起一种深深的痛悔与自责感。要知道，二十多年前几千块钱对于一个农村贫困家庭来说，无疑是天文数字啊。而我，那时候的愚蠢倔犟，对父亲造成了多大的伤害!

然而，最不能让我原谅自己的还是关于父亲的离世。我总觉得那场飞来横祸是因了我，于是，这也成为我此生最大的伤痛。

那是 2000 年农历 12 月 24 日，夜里两点多父亲就起床了。他把头天在街上买的东西整理成几份，让我带给在温州的兄弟姐妹。似乎是不放心，父亲坐在我的床头一遍遍地唠叨着，这个给大哥、大姐，那个给二哥、秋香……所有在温州的兄弟姐妹谁都没有落下。这还不算，他还把要捎带的东西早早装在袋子里，再放到架车上。忙完这一切，父亲又开始给我烧水煮鸡蛋，煮好后，父亲剥了一个递给我，然后坐在我的床头说："都怪爸爸没本事，害得你兄弟姐妹几个常年在外打工。"看着父亲瘦弱的面孔和不再英姿挺拔的身体，想着那个曾经发起脾气九头牛都拉不回来的父亲，而今却蜷缩衰老的像个小老头，而且竟然用这样自责的态度面对他的小儿子，心中不由得一阵酸涩疼痛。我把鸡蛋一口塞进嘴里，一把拉过被子蒙住头任泪水恣意流淌。那一刻，我在心里暗暗发誓：一定要好好干，早点混出个人样，让父亲也享享清福。然而，谁也不曾想到，父亲就在送我去温州乘车的路上发生了不幸。于是，一切都成为泡影。

我是眼睁睁地看着父亲的身体被送粮车碾过，手上刚买回的几袋方便面沾着血迹散落在路边……当时我发了疯似地哭着喊着，跪在路上试图拦住过往车辆求他们送父亲去医院。在送往医院的路上，父亲凝望着我的眼睛，用微弱的气息安慰我说没事，并再三交待我一定要好好照顾母亲和孩子，把兄弟姐妹团结在一起。同时，又把自己欠人家多少钱，借人家多少粮食，包括借人家工具，欠邻家喂猪的半块豆饼等反复嘱咐与我。傻傻的我当时真以为父亲会好起来，谁知父亲推进抢救室后再也没有出来，途中的那番话竟成了父亲最后的遗言!

父亲没有上过学，也不识字，却是十里八村的父老乡亲们至今提起就伸大拇指的人。有时候回去求人办事，村里长辈介绍我时总是会先说，这是佩华家的小仔子，然后就会有人说看佩华的面子也得给办了。那个时候我会很自豪，因为在村里“佩华”就是好人、老实人的代名词，而我是佩华的小仔子。乡亲们常说的一句话就是，你们这一家人不容易啊。

父亲的“傻”在当地是出了名的。记忆中，父亲帮过的人不计其数，无论认不认识，也无论自家条件允不允许，从来都是随叫随到，不计回报。

有两件事至今令我记忆犹新。

那是1987年夏天，发洪水，整个村庄成了泽国。三个外乡人路过，村人都不肯收留，父亲却毫不犹豫地收留了他们。那个时候自然灾害多，口粮紧，吃饭就是个大问题，而且我们家本来人口就多，兄妹五个都是长身体的时候，平白无故多了三张嘴，吃饭时候父亲给他们的是白面馒头，给我们的是红薯稀饭；晚上睡觉的时候，父亲让我们睡用麦秸铺的地铺，让外乡人睡床。大雨整整下了一星期，家里食物吃完了，父亲便冒着大雨邻家挨家挨户地借，被邻居们笑话。说心里话，那个时候内心充满了对父亲的怨恨。

还有件事发生在1989年冬天。那年鹅毛大雪整整下了三天。天气刺骨的寒。村里有魏姓大户，兄弟八家，加小弟兄几乎占了未楼庄一半人口。因为是年关的原因吧，省城合肥魏姓老大的媳妇来村里代魏老大探亲和上坟祭祖。回去时这么大一个家门，竟没有人送她去镇上（当时必须到双涧镇上才能坐到回合肥的车）。从村里到双涧镇有十五华里路，父亲在门口扫雪时看见了，二话没说，牵着毛驴套上板车，深一脚，浅一脚，牵着毛驴，在一尺多的大雪里把魏老大的媳妇送到镇上。老人当时坐在毛驴车上边哭边说，这么大个家族没想到最终靠一个外姓人送。

像这种“傻”在父亲身上数不胜数。他对待后庄几位孤寡老人像亲人一样，他把门口的土路扫得比柏油路还干净，鸭子下的蛋自己舍不得吃，全部送给村里因病常年卧床的魏六老太。正是因为父亲的这些“傻”，在父亲出殡的当天，方圆十里的乡亲都赶来送他最后一程。记得当时，天一直下着大雨，似与人同悲。现在想想，这也是父亲一生积德行善的回报吧？

幼时不懂父亲，总觉得父亲不如母亲那样体贴入微。长大后才真正理解：父亲对子女的爱是悲壮的，孤独的。他像一把伞，为之遮蔽风雨；又像太阳，即使大雪纷飞的日子，你也能感受到他的温暖。父亲的爱是从不居功自傲，他为子女可以卑微到尘埃里。父爱是我前行路上坚定的依靠，是激励我挺直做人的脊梁。

父爱难酬，父爱如山。

作者简介：何文杰，安徽蒙城人。安徽省亳州市作家协会会员、温州市亳州商会秘书长、温州市安徽商会理事兼文宣部部长、温州市古玩商会书画委员会成员、《徽商在温州》主编，温州市徽韵温情志愿者协会发起人之一。在各类纸媒及微刊平台发表文学作品、新闻稿件数百篇。除文字外，还爱好书法、摄影及公益事业。创办清风文艺（书法）工作室，从事企业文化策划，名人自传编辑，书画艺术交流等。在全国各级文学书法作品大赛中多次获奖，被中国江都书画院聘为艺术指导，被山东新世纪书画院吸收为院士。先后荣获当代诗星、优秀书法家、温州市十佳新居民等荣誉称号。事迹作品先后入编《中国诗典》《中国当代书法人才大典》《当代诗人作家大辞典》《当代中华艺术家金鉴名录》等三十余部文学作品集中。

春草又绿了

王志明

春草又绿了。当我的生命之轮悄至不惑之年，我的母亲已阅世事沧桑米寿春秋。

耄耋之年的父母因身体的诸多不便，辗转于儿女几家。我不迷信，亦不相信宿命，然近来却频频做梦。梦里不是掉牙，就是凶事。按农村的说法这都不是什么好兆头。梦醒时分，我总是自我慰藉：日有所思，夜有其梦吧。

梦真是人类的心灵感应吗？月前的那场梦至今令我心有余悸、无法释怀。梦里远房三妈无疾而终，惊醒时夜已三更。听着窗外风嘶车鸣，不禁头涔涔泪潸潸了。“梦里他人是亲人”的谶语，像一把枷锁禁锢的我喘不过气来。

日子如流水般滑过。是巧合还是注定，远房三妈无疾而终的谶语竟印证在门里三婶的身上。在悼念三婶之际，我深深感悟“树欲静而风不止，子欲养而亲不待”的悲哀。我庆幸家慈虽小病不断，但闲暇之余仍能聆听她的絮叨，那是件多么幸福、惬意的事！

那年那月的那一夜，仿佛是昨天，又仿佛早已烙印在尘封的往事里。夜正静寂，我的手机却突然响起。拿起手机，看到号码，我的心倏地提到嗓子眼。手机里传来大姐焦灼的话语：“妈，晚饭还好好的，现在怎么心里难过，说不出话来。”“快给妈喝点红糖水，要不赶快给她押点速效救心丸！”我的脑子像炸了营，恨不得长了翅膀似的飞到母亲身旁。

母亲的脸色苍白，眉头紧锁。握着母亲枯树皮般的手，我喊了一声妈。母亲微睁双眼，直勾勾地盯着我的右食指，眼里溢出一星泪滴。我不知道母亲是怎样在第一时间发现了我的指伤。在她生命垂危的时刻，她的眼里、心中却依然是放心不下的小儿子。

泪眼婆娑中幻出母亲的面庞。

母亲幼年曾过过几天富家小姐的生活，但好景不长，因为时局动荡，外祖父实业破产，不得不随外祖母回到乡下种田。正是由于那段艰难的风雨岁月，磨砺出母亲吃苦耐劳的性格。七十年前，母亲嫁给做教书匠的父亲。七十年来两人相濡以沫，无论是祖父家被划成地主，还是拿公分挣口粮，亦或是包产到户分责任田，母亲总是不甘人后，不落褒贬。

一九七六年的春天，当牵牛花开遍田野的时候。我在她的万千期待中呱呱坠地。当她得知是个“带把儿”时，竟顾不上剪脐带紧紧地把我搂在怀里。其实那时她已有了五女一男。

没有过多的喜兴，母亲不得不忙活开来。父亲在外地教书，大姐已嫁，三姐四哥正上小学，五姐七岁，六姐四岁，只有二姐帮衬着挣工分糊口。为了多挣工分，当其他妇女挑摘棉花、拾稻穗这些轻巧活时，她把自己当作了“劳动力”，春种推车犁田，秋收打谷扬场，仿佛身上有股使不完劲儿。难以想象劳作间歇她还要一路小跑回家照看三个孩子。

那个时代物质匮乏，却淬炼出人性向善，和对未来生活的无限向往。当看见希望的曙光——包产到户分责任田了，父亲也由合肥调回家乡。她并没有因为“一农一干，快乐无限”的生活而丢失劳动人民的本色。相反，她友好村邻，和睦乡里。尤其是对子女教育，时时叮嘱要勤劳、要节俭，不能忘做人的根本。

小学四年级那一天，当我极不情愿地穿着母亲给我精心缝补的衣服做贼似的畏缩在座位上时，令我终生受益的一幕发生了。同学向我投来羡慕的眼光，语文老师也说我的衣服不仅干净利索，还透着别致的俏皮。那一刻，我在悻悻然的同时，对母亲的心灵手巧充满了感动。类似于这种零星的经历伴着我的童年，像一颗颗种子在我的心灵深处生根发芽。

荠菜、豆苗等野菜应该是我童年记忆中最难以割舍的记忆。每每春天来临，三月的淅沥的小雨过后，母亲总带着我们姐弟几个来到田间陌头搜寻。一会功夫，总能剜摘满满一篮子。洗净后，母亲或凉拌或蒸炒，尤其是荠菜，剁碎加上豆腐和调料包饺子，想想都满嘴溢香。

吃着念着，榆树就伴着煦风结出嫩绿的榆钱来。蒸榆钱饭可是母亲的绝活。洗净晾干，九成榆钱儿拌和一成粗粮面，锅盖一上热气就熟了。把切碎的水嫩的葱蒜放在碗里，浇上咸咸辣辣的佐料，然后用筷子夹着，蘸着吃，真是别样的吃法，难舍的口味。吃罢榆钱，槐花儿、毛毛虫又赶着趟儿来了，这时母亲又变着法儿侍弄着给我们吃。

“半边莲”这种野草，存于我记忆深处，可能是因为母亲教会我的那首民谚。

小时候的我体弱多病，母亲总是背着我四处求医。母亲不会唱摇篮曲，可当我因病痛难以忍受时，母亲一定会无韵无调地唱起那首民谚："半边莲，烧茶甜，烧一锅不够喝，烧两锅接着喝。"那时我总会吵着闹着要喝这种传说中的仙茗。母亲便手把手地教我在草丛中寻觅这种根茎是草、花蕊如兰、紫韵若隐若现的野茶。寻觅的兴趣，茶香的诱惑，以及玩闹的热情冲淡了痛感。曲曲折折的田间小径，浅浅窄窄的陌旁沟渠，到处洋溢着我的快乐，母亲的慰藉。

"半边莲"到底是一种怎样的野草，至今我依然没搞明白，也许我根本不想。它默默地生长，悄悄地绽放，寂寥地凋零。亦如母亲般的草根人生，日出而作，日落而息，生儿育女，生生不息。

一九九三年的那个春夏之交，那天下着蒙蒙的细雨，多情的小雨仿佛正在诠释着"自在飞花轻似梦，无边丝雨细如愁"的诗境。我的心一如这无边的愁绪，剪不断，理还乱。我蜷缩着身子漫无目的地蹒跚在乡间泥泞的小路上。"预选表"这几个字像磁石一般在我的脑海挥之不去，我无颜面对含辛茹苦、给予我极大期望的老母。我竟然连"预选表"都没有拿到，连参加中考的机会都没有，我真没用。我信念的大厦轰然倒塌。"回家吧！瞧你那点的出息！"母亲不知何时早已站在村口那棵老槐树下。她应该是从家门和我同岁的侄儿口中知道了这一切。"去复读吧，但学费必须你割牛草喂牛换钱。"

人生节节草，有苦也有甜。有人先甜后苦，有人先苦后甜。母亲大半生辛苦，想来后福不浅。二零零五年，已至而立之年的我终于步入婚姻的殿堂，跨过古稀之年的老母喜极而泣。随着父亲退休工资的不断增长，母亲却变得越发节俭。这笔钱省下留给大孙子上学，那笔钱还要给小孙子过生日。儿女劝她："该享清福了，别瞎操心了。"她却说："我的福长着呢！"

"福泽绵长"，母亲的病幸好抢救及时，有惊无险。仰躺在病床上的母亲面色蜡黄，嘴唇干裂，浊浑的眼球在眼眶里微动着。此刻，我的心像麻花般地纠结着。

如今，母亲已病愈出院。而我的心却依然忐忑。我知道生老病死自然规律，然而我却无法冰释我的恋母情结。我只祈求母亲的生命之烛能亮得久一些，亮得再久一些。

作者简介：王志明，安徽淮南人。热爱文学，认为诗歌是心灵的绿地。《那年的清明》《春草又绿了》等多篇诗歌、散文发表于淮河早报。散文《堂哥和他的娘亲》入选《散文选刊》下半月 2019 年第 11 期。

和母亲一起乡下过大年

王新

母亲九十多岁高龄了，还自己一人住着，身体硬朗，大哥的家离母亲的院子不远，平时，母亲的生活都是大哥照应着，我也不时地回来，看望母亲。

这是一个有些偏僻而又美丽的小山村，村子不大，灰白色的房子错落有致地散落着，人们在这里日出而作、日落而息，过着悠然自得的农耕生活。村子后面，不远处，是黛青色的山，巍然挺立着，晨曦中，有时会有乳白色的雾气浮在半山腰上，久久不愿散去，山上的树木便沉浸在里面，若隐若现，宛如仙境一般。村前，一条小河哗哗作响，蜿蜒流过，这里，是儿时和小伙伴们一起玩耍的地方，捕鱼捞虾，捉迷藏，做游戏，一个天然的游乐场。这就是我的家，生我养我的家乡。

母亲在，家就在，回家乡，看望母亲，成了我时时刻刻萦绕心头的大事，成了我一生不舍的牵挂。

已是腊月二十三，要过新年了。

一家人决定回乡下，再陪老人一起过大年。

腊月二十八，带着大包小包，一早回到了老家，母亲很高兴，早早地就在为我们准备好吃的，孩子们也很兴奋，对他们来说，乡下充满了新鲜感，并且随处都有好玩的。

年三十了，一边准备年夜饭，一边打扫院子，开始贴春联，先把母亲的屋门上贴好，女儿也拿了一个“身体健康”的春联，说：“我要把这个贴在奶奶的床头上，让奶奶的身体健健康康的！”母亲听了，笑着说，“好啊，托孙女的福喽！”

很快，崭新的春联贴在了门上，家家户户已是焕然一新，有的红红的大灯笼也挂了起来，孩子们兴奋地跑来跑去，这家瞅瞅，那家看看，那些高高挂起的大红灯笼，门上的春联，还有贴在门框上花花绿绿的挂门签儿，早已把他们吸引住了。

“娃子回来过年了，回家好啊！”街上，遇到本家的大伯，高兴地问道，“是啊，大伯。您过年好啊！”不时，熟悉的，不熟悉的，见了面，大家都热情地打着招呼。有的常年在外，待回到家，见了面，还是一见如故，乡音亲情永远也不会改变啊！

忙完了，也该吃年夜饭了。桌子上已摆满了丰盛的菜，大家高兴地围坐在一起，有说有笑地吃起来。母亲很高兴，一直笑着，看着我们，招呼我们吃，不停地和我们说着家长里短，谁家的姑娘年前出嫁了，谁家又得了一个孙子，她都记得一清二楚。

吃得差不多了，看天还早，母亲说：“去打打火纸吧！”家乡的习俗，过年打纸要赶在太阳落山前，我把火纸铺在院子里的地上，用锤子打在木刻的模子上，一下一下，这样，火纸上就打满了一个个圆圆的铜钱样儿的图案，打完，再散开，三张一起叠成三角的形状，这是大年夜发纸时敬天用的。

吃完饭，天也就慢慢黑了，这时，不远处，开始响起鞭炮声，我知道，每年这时，整个家族的人都要到祠堂里，一起去祭拜先人，请回来过年的。我们叫作“请家堂”。请完了“家堂”，回到家，母亲已在忙着和面，准备包过年夜的饺子，母亲虽然年纪大了，仍是闲不住，什么事都想亲自做，我们总是劝，她还是忍不住，勤劳一辈子，习惯了。

很快，和妻子一起包完饺子，母亲也累了，便让她早点上床休息，她执意不肯，拿出来两个红包，对在一边正玩得起劲的孩子说：“来，这是我给孙子孙女的压岁钱，快拿着！”女儿说：“奶奶，我们大了，不要压岁钱了。”儿子则一下子趴在地上，说：“谢谢奶奶，我先给您磕头了。”说罢，头不住地点着，可身子却不动，看到这，大家都忍不住笑了。

大年夜里，没有春晚，没有网络，我们一家人却都是那么兴高采烈，兴致盎然，虽然忙，可过得充实而又快乐！

快十二点了，开始有放鞭炮的，“该发纸了吗？”母亲在床上，一直都没有睡着，一次次地问道。我知道，大年夜发纸在母亲眼里是大事，特别是在乡下，人们更加重视，一点也马虎不得，都希望新年里有一个美好的开始。母亲一遍遍嘱咐我，敬天烧纸的一些细节，生怕我忘了。该敬天了，妻子开始下水饺，我拿出一些水果点心馒头，倒了三杯酒，摆在院子里的小桌子上，把煮熟的水饺盛了三个，放在碗里，也摆在小桌上，点着香火，开始烧纸敬天，把鞭炮挂在树上，点着，噼噼啪啪，响亮的鞭炮声中，新的一年开始了。

大年初一，早早地起了床，要到各家去拜年了。母亲也早早起来，开始忙着包水饺，大年初一的第一顿饭，要吃水饺，馅要素的，母亲说，这是图个一年当中的素净。刚吃完饭，就有人们来给母亲拜年了，母亲很高兴，拉着他们的手，问这问那，说个不停，特别是一年来，在外很少回来的，难得见上几回，更是亲切。

“您老的福啊，这么健康长寿！”拜年的人们不禁赞叹着，“这也是儿女们的福气啊！”人们羡慕地对我们说。是啊，不管儿女多大，母亲在，家就在，幸福就在！

望着母亲开心的样子，我们倍感欣慰。

陪母亲过年，收获更多的，是一家人团聚在一起的美好亲情，友情，还有亲人们深深的祝福。

回家过年，是一生不变的牵挂，是一辈子不解的乡愁！

回家过年，真好！

作者简介：王新，山东费县人，山东散文学会会员，作品多发表于《齐鲁文学》《西部散文选刊》《仙女湖》《山东散文》《山西晚报》《首届全国紫云山杯获奖散文集》等。

潇潇雨追忆

杨兆宏

雨雾迷蒙，笼罩着寂寞的校园。经过滋润的玉兰，叶子蓬勃而清亮。妙曼轻盈的雾滴，飘过窗子，落在书桌上、头发上，落在微信里那条信息上："队长"，二十二年了，还记得吗，那个"烟枪"？

怎么不记得？一个宿舍里的兄弟，刻骨铭心的面孔，怎能忘却？而记忆，像风一样悠长。

……

野菊花将要开放的时候，他们相聚。一场阴雨，溦溦潇潇。

他们撑着各色雨伞，操着不同的方言，天使一般从全省各地汇聚这座江城师专。一张张灿烂的面孔，乍熟还生。刚进班级，辅导员任命他为班长。面对一个个和他一样朝气蓬勃的生命，他感到了充实和喜悦，更多的是责任。

菊花开了。艳阳天。

当熟记了同学们的名字的时候，他也用自己的努力和真诚赢得了大家的信任。不过同学们之间自有一套亲密的叫法。他呢，小张、小李、教授、文豪、西施的，和同学们一起叫，而同学们都叫他"队长"。当这些都变得习以为常的时候，寒假来临了。同学们送给他一大摞贺年卡，还有女生扎的花，红瓣黄蕊，挂在宿舍帐子上……天正下雨，还夹着雪，他们站在寒风里相互送行。此后，将守候一个月长长的寂寞。

春天里，班级组织春游。在九华山，"西施"想和小和尚照相却又不敢，拉他一起合影；晚会上，同学们争相邀他跳双人舞，之后唱"好人一生平安"；班会上，他和大家一起抨击时弊，然后又互相激励，约法三章。同学们说他是一尊佛，不会发怒。可有一天，他怒了："烟枪"居然在教室里吞云吐雾！他愤怒的样子把"烟枪"吓傻了，诺诺地说："老师，我忍不住呀！"达成的协议是以后"烟枪"只能在厕所里过烟瘾。还有一次，系主任晚自习巡查，发现"文豪"把双腿放在课桌上，仰着身子入迷地看书。他正难堪，“文豪”惊觉，忙说对不起，腿有点疼，这样舒服就这样了。全班哄然。系主任也笑，说：下不为例。

木兰花落，暑假来临，滂沱之雨似无止境。离愁别绪泛滥在心头。

放假前一天，那学期最后一次班会。他预祝同学们暑假快乐，提醒大家暑期社会实践一定要注意安全，并和大家一起唱离别歌，之后是经久不息的掌声。翌日，他们又在雨中告别。绵绵的雨雾迷蒙了一切，滴落在浓浓的离愁别绪里。

那天中午，正用餐，电话骤然响起。“文豪”哽咽着告诉他：“烟枪”走了！走在家乡的洪水中！……筷子掉在了地上，泪水模糊了双眼。他不愿相信，编故事是“文豪”的擅长，也许是这次编过了头。但事实打碎了所有的幻想。

雨丝密密，寂天寞地，垂柳的枯皮层层剥落，白鸽成群地觅食。

“烟枪”走了。用他年轻的生命，延续了一个更年轻的生命。无花果般，没有凋谢的过程。生命的光华在消逝中璀璨。

教室里四十套桌椅整齐如故。可是，当九月来临，再也未能满座。

枝头花开花落。

几年了？记忆怎么如此清晰？他清楚地记得，那学期开学，他第一次站上讲台，首先听到“西施”那呜咽的声音：“‘队长’，94032不完整了啊！”然后，教室里一片哭声。他们哭，他也哭；他清楚地记得，毕业合影时，大家约好了似的，在第一排中间空出一个位置，凳子上摆着一束鲜花。

二十二年了。书信往来间，总有同学问：“队长”，还记得“烟枪”吗？

怎么不记得？

不就是那个经常上课报告要上厕所的“烟枪”吗？

不就是那个一学期写了四封情书却如石沉大海的“烟枪”吗？

不就是那个别人遇到困难第一个冲上去的“烟枪”吗？

不就是那个在北京申奥败给悉尼后把盆底敲个窟窿的“烟枪”吗？

不就是那个公交车上故意把钱装在屁股后面口袋里等待扒手，然后一把抓住扭送派出所的“烟枪”吗？

……

野菊花开了又谢，木兰花谢了又开。雨点剥去了窗子鲜亮的漆色。

依然是雨季。长长的雨季淋湿长长的记忆，思绪亦是长长。

校园啊，你是否还记得那些身影？所有的树木都颔首，所有的风雨都吟哦。

晚雨打湿满地暮色。风摆杨柳哗哗作响。谁在暮霭中吹动树叶？声声凄婉，如歌如泣。

作者简介：杨兆宏，初中语文教师。爱好写作和书法。在《人民日报》《新民晚报》《新安晚报》《小说月报》《青少年文学》等刊物及《皖人春秋》等网络媒体发表文章数十篇。

往事如烟

昨天已经过去又没有过去，
经过一夜风干，
它已成为一个深奥的课堂。

石头剪刀布

凌鼎年

“石头剪子布”是一种古老的游戏，一种简单而实用的游戏，主要是小孩在玩，大人偶尔也会玩。在我儿时，经常玩的。如遇到需要决出胜负，或谁先谁后，“石头剪子布”是最公正最简单的裁决方式，也是所有小伙伴都认可的解决手段。因为没有暗箱操作，也基本没有作弊可能，凭的是运气，当然，也有若干智慧，有点心理学的成份，对孩子来说，就是对与你玩这游戏的小伙伴的了解，根据他的脾性、习惯，猜测到他可能出什么拳，一招制胜。一晃60年过去了，儿时玩“石头剪子布”的情景，依然历历在目，记忆深刻。

印象中，在我初中一二年级的时候，我们长埭弄的一拨小伙伴结伴去新浏河游泳。那时，家家有四五个孩子，我居住的长埭弄号称“子孙弄”“和尚弄”，意思是小孩特多，男孩特多。我是孩儿王，身后跟着十几个孩子是常有的事。因为我家乡太仓是江南水乡，弄堂口就是宋代开凿的致和塘，故而长埭弄的男孩几乎没有不会水的，捕鱼捉蟹，属家常便饭。

那次到了新浏河大桥后，看到有大人从大桥上跳水，或燕子式，或镰刀式，看得我们心痒痒，也想试试自己的胆气，挑战挑战自己。我是孩儿王，自然理应我第一个带头跳下去，做个示范，但我家对门外号“小白龙”的小伙伴提出，他先跳。确实，在我们这一拨年龄差不多的小伙伴中，他是胆子最大的，最活络的。这时，比我小一岁的阿亮提出：猜丁东，也即“石头剪刀布”的游戏。这个提议一出，谁都没有理由反对，一致通过。我就与小白龙猜丁东，我知道他喜欢用拳头说话，我就出布，果然我赢了。

其实，从几十米高的浏河塘桥上跳下去，我还是有点胆怯的，毕竟第一次，燕子式、镰刀式之类花式我没有学过，没有训练过，没有把握，太冒险、危险的事不能做，我就来个最简单的保险的“插蜡烛”式跳水，就是站在桥栏杆上，人直挺挺地下水，脚先入水。我咬咬牙，闭上眼，脚并拢，双手贴在大腿两侧，往前一跳就下水了，还算好，基本保持了垂直下水，水花也不大，感觉人直往水底钻，下去、下去，下到了很深的水底，我连忙在水里拍打双手，往上窜，往上浮，头探出水面，深深吸一口气，游到桥墩边，爬了上去，小伙伴们都叫了起来，为我叫好。

小白龙在“石头剪刀布”一环输了，想在跳水一环扳回来，想赢得更大的掌声，他选择了燕子式。这个对跳水处女秀的他来说难度有点大，下水时，平衡没有掌握好，在空中就侧翻了，结果后背心砸在水面上，我们谓之“吃大饼”。不要以为水是柔的，其实后背心砸水面，就与从高空跌在泥土上没有多少区别。这一摔，几乎把小白龙摔蒙了，我一看不对，连忙从桥墩跳入水中，另有两位大人也发现了情况有异，也一起跳入水中，我们合力把动弹不得的小白龙拖到岸边，只见小白龙的后背红红的一大片，把我吓坏了。还好，吹了风后，小白龙苏醒了过来，他一直说后背疼。吓得不轻的我，回家后，偷偷带他去看了医生，伤科医生说：这是水伤，不太容易好。确实，好几个月后，小白龙才慢慢恢复。

当然，我们小伙伴中玩“石头剪刀布”是常有的事，具体就记不太清了，因跳水出了点意外，就格外难忘，牢牢记住了。

“石头剪刀布”，各地叫法不一样，北京称“猜丁壳”，西安叫“猜咚吃”，上海叫“猜东猜”，苏州一带谓之“猜丁东”。这三个字，猜，不用解释，大家理解。丁，释义为人，也说得通。就是最后一个字，不太好解读。北京方言中的“壳”，说是指脑壳，引申为脑袋，头脑，勉强说得通。吴方言中的“东”，或者“动”“冬”“洞”“董”，都不好解释。也许是这个原因吧，各地都认可的还是“石头剪刀布”。形象、直观，一目了然，人人都懂，老少皆宜。

关于“石头剪刀布”，有说中国人发明的，又有说日本人发明的。

我认为：石头剪刀布这看似简单的游戏，其实蕴含了中国古老的相生相克的哲学理念，与中国传统文化是一脉相承的，起源于中国几乎是铁定的。而日本，应该是个传播者，因为西方人了解的石头剪刀布，可能更多的是从日本那儿知道的，他们就误以为是日本人发明了这游戏。

如果翻翻古书，《全唐诗》有一首《招手令》，就是描写这类游戏的。明万历年间的浙江人谢肇　撰写的博物学著作《五杂俎》，就写到猜拳的传统可以追溯到汉朝的手势令与豁拳。这应该是“石头剪刀布”的前身。《红楼梦》第 63 回写道：“彼此有了三分酒，便猜拳赢唱小曲儿。”《水浒传》第 109 回写道：“猜拳豁指头，大碗价吃酒。”清乾隆年间的文学家、史学家朝人赵翼写过这样的诗句：

“老拳轰拇阵，谜语斗阄戏。”

有意思的是，这种古老的游戏吸引了不少成年人投入其中，从心理学、策略学、博弈学、概率学入手，寻找依据，有研究者声称，已找到玩游戏“石头剪刀布”的必胜秘诀。还有人运用到商战上，还有人操办国际性的石头剪子布比赛，还有人写出了洋洋洒洒的论文。

而对我来说，“石头剪刀布”有着儿时的记忆，儿时的乐趣，仅此一点，就足够了。

作者简介：凌鼎年，中国作家协会会员，世界华文微型小说研究会会长，作家网副总编，亚洲微电影学院客座教授，美国纽约商务出版社特聘副总编，香港《华人月刊》特聘副总编，美国小小说总会小小说函授学院首任院长，苏州市政府特聘校外专家，中国微型小说校园行组委会主席，讲师团团长。曾任美国“汪曾祺世界华文小小说奖”终评委、香港“世界中学生华文微型小说大赛”总顾问、终审评委、蒲松龄文学奖（微型小说）评委会副主任、首届全国高校文学作品征文小说终评委、世界华文微型小说双年奖终评委等。

台风的故乡

朱山坡

有一年夏天，我随大陆作家访问团到台湾去做文学交流活动。有一次我发言时对台湾的朋友说，小时候，我一直以为台风是从台湾吹过来的风，台湾就是台风的故乡。从小我对台湾充满了好奇和想象，幻想有一天到台湾去，亲眼看看台风是如何积蓄起来，腾空而起，呼啸而去。访台的最后两天刚好遇上了台风，有一整天都待在台北的宾馆里，我透过窗台看到了真正的原汁原味“台风”，特别亲切，特别兴奋。跟同行的朋友说起童年时对台风的体验，他们经我一说，好像对台湾的“台风”有了另一种况味。在电视直播节目里看到台风对台湾造成的影响，我冒险走出宾馆，跑到外头，迎风而立，切身体会真正的“台风”，尽管这次台风不是产自台湾，而是来自太平洋深处。

我从小对暴风雨特别感兴趣，尤其是台风，自东南方向来，往西北方向去，不知为何而来，也不知为何而去。小时候，从乡村广播里听到台风预警，心里便充满了期盼，好像在等待一位远方的客人。但与热情款待客人不同的是，我们得把值钱的东西藏起来，不让台风卷走。台风有时候到了半路，突然掉头离去，或改变路线与我们擦肩而过。我会很失落，会责怪人们怠慢了台风，咒骂了台风，从而得罪了台风。台风是大自然的神灵，我们心里想什么，它们都知道。一个连台风都不愿意抵达的地方，是没有希望的。我的家乡正是穷乡僻壤，乏善可陈，我觉得自己是被世界遗弃了的孩子。说好了要来的台风又一次变卦，加剧了我的自卑感，愈加觉得自己与世界太遥远太隔绝，一年到头也见不到几个陌生人，除了村子里的乡亲再也没有谁知道我的存在。我找不到通往世界的方式，也无法告诉世界我很孤独很想离开此地，只好寄希望于台风。台风有时候白天来，有时候半夜到。不管什么时候，我都欢迎，都热情相拥。我知道，它们从台湾来，经过大海，翻山越岭，见多识广，让身处封闭状态中的我仿佛看到了全世界，听到了大海。我与世界的距离一下子缩短为零。我相信，台风是为我而来，带来神秘的信息，至少它们来告诉我，世界没有将我遗忘，而是等待我慢慢成长，总有一天是要带我离开的。我认为我读懂了台风。一年之中，它们会来三两次。我躲在摇摇欲坠的房子里，透过千疮百孔的窗户看台风，与它们对话。听它们劈头盖脸的说教，也告诉它们我心中的秘密；比如，我喜欢邓丽君，喜欢巨大的轮船，喜欢永远看不到尽头的大海。我还告诉它们今年村霸又做了哪些坏事，是该把他带走扔到海里喂鱼了。一个人，与台风窃窃私语。没有人知道我与台风如此亲密，彼此了解，建立了深厚感情。如果硬是要从村里揪出一个“台湾特务”的话，我愿意主动坦白，对我多年来与台风的私通行为供认不讳。

然而，台风带来的并非童话般的天真烂漫，而是可怕的末日景象。天地昏暗，杀气腾腾。风暴所至，摧枯拉朽，一切挺立的东西都心怀恐惧，绝望的哀号响彻云霄。村民们手忙脚乱，惊慌失措，在台风中抢收农作物，加固房子，给果木安装支架，给猪圈牛栏临时加筑防风墙……那时候台风的破坏力是很强的，因为房子不坚固，经不起台风的折腾，5、6 级的台风都已经很厉害了，如果是 7、8 级的台风，屋顶的瓦片会一片不剩，甚至房子被摧垮。随之而来的是洪水。山洪暴发，山体滑坡，河水逃离河床，稻田、原野、桥梁和房屋都被淹没，都变成茫茫一片汪洋大海；桥梁和道路被冲垮，原先熟悉的地方变得陌生，一片狼藉，满目疮痍……这是风雨飘摇的家园。没有美感，没有诗意。灾后重建艰难而伤心，面对倒塌的房舍、夭折的庄稼和果子，人们痛心疾首，唉声叹气，接下来还要挨饿受冻。我家也是台风的受害户，房子几度崩塌，家里种芭蕉树，种果树，眼看果就要成熟了，一阵台风过来全部倒下。我家几次因风灾返贫，债台高筑，我几乎因为交不起学费而辍学。但我没有因此憎恨过台风。只是希望它们不要来得太频繁，因为我需要时间思考，在我还没有想清楚要跟它们说什么之前，请它们不要来。即便是我已经准备就绪，也最好等庄稼收获后再来。还有，最好不要推倒我家的房子，不要将我家屋顶上瓦片全部卷走，不要让我家的牲畜找不到回家的路……

这是小时候的台风和小时候的我。我几乎对每一次台风都记得清清楚楚，时至今日，每次听到台风预警时，我都会自然想起小时候的台风。我至今仍然相信台风是有魔力有灵性的，蕴藏着神秘的信息，只要你用心倾听，总能从中读懂些什么。你告诉台风什么，它们会将你的话带到遥远的世界尽头。

现在我们居住在城市里，铜墙铁壁，一切固若金汤，台风再也伤害不到我们。我还是那么喜欢台风。台风来了，仿佛是一群发疯的饿虎为我而来。我躲在高高的房子里观察着它们，既战战兢兢，又莫名亢奋。有时候，故意打开窗户，让风进来一会儿，让它们也知道我的存在。它们鱼贯而入，张牙舞爪，把我房间内的东西横扫一气，打翻桌子上的茶杯、花瓶和孩子们的玩具，同时也唤醒了沉睡多时的物品，使满屋子都充满了惊慌和混乱，理所当然般的安逸和娴静瞬间荡然无存。当台风要反客为主鸠占鹊巢时，我及时而艰难地关上窗户，切断了它们的来路，它们便变成了普通的空气留在房间里。我闻着它们的味道，分辨它们，跟小时候的气息依然相似，非常熟悉、亲切。我愿意相信，这些台风中蕴藏着过去世界的全部秘密，它们将一直保存下去。因而，我小时候说过的话，也被台风储存着。坐在窗台前，在风暴对窗玻璃的猛烈撞击中悠然自得地读几页书，这种享受，与风和日丽的境况截然不同。当我老去，我还愿意与台风为伍，因为台风中还有许多的秘密等待我去破译，去体会。

有一次，我和一个台湾朋友在北部湾遇到了台风，我兴奋地告诉他，这是来自你故乡的风。他使劲地闻，使劲地点头："是的，我闻出来了，来自嘉义。"我还告诉他，我闻到了阿里山的鸟兽声，有林鸲、朱雀、鷦鷯、松鼠、山羌、山猪……他惊讶地问，你去过台湾？

我摇摇头，但我对台湾太熟悉了。

作者简介：朱山坡，1973年8月出生，广西北流市人。写诗兼写小说。出版有长篇小说《懦夫传》《马强壮精神自传》《风暴预警期》《南国佳人》，小说集《把世界分成两半》《喂饱两匹马》《中国银行》《灵魂课》《十三个父亲》《驴打滚》《蛋镇电影院》《陪夜》等，曾获得首届郁达夫小说奖、《上海文学》奖、《朔方》文学奖、《雨花》文学奖等多个奖项，有多篇小说被改编成影视作品。现供职广西文联，为广西作家协会常务副主席。

从秋天回乡

王忠正

我无意选择在这个初秋的夏末回到家乡，因为乡思太浓，因为势在必行，因为渴望甘霖慰藉的情感土地需要有一场故乡风雨的温暖滋润浇灌。也许在今天这个漂泊时代，回到故乡不一定能够找到我无数次在梦想中的激动，但江淮水中独含的养分因子已像她今天在水中潜藏的毒素，无可躲避地渗进了我的血脉与生命！像南方山中传说的中了蛊毒的人们那样，只有回到故乡才能得到缓解和治疗。

炎热的夏天刚走不远，汗水在闷热的天气里依旧如雨后的春草，在我有着如土地般黝黑的皮肤上细密而快速地生长。浸泡在那种层出不穷的汗水里的怪梦也是川流不息杂乱如草！是的，是杂乱如草。像昨夜拂过院墙的那缕凉风，在我受压重重的梦境最深处，轻点灵门，猝然一划，便有羽翼飘飘的芙蓉仙子轻拂广袖，携我从碧波清凉的苇荷深处，滑向绿荫清凉的朦胧村庄，那是我梦境中从未离开过的村庄吗？那是只要生命存在便一直会跟随季节的脚步，在我思想的四季里始终循环生长与凋谢的故园吗？！

不是我能够选择，而是命运的安排，在这个夏秋交替的临界点上，我把我食之无肉弃之可惜的鸡肋生意跟新的主人做了移交。在这个夏日最后的一夜，从夹杂着淋漓汗水的梦境中走出，向着那条曾经熟悉的街道、向着那个凌晨无人的街头、向着那个在三百六十五个夜晚一点点陪着我走过寂寞的夜色、在那个一直没有与我有关的凌波微步走过的清冷长街，做一个不带走一片云彩的潇洒告别。

走出我多少有点留恋的暂住地，也就意味着我走出了人生的一段暂时的困境，走出了曾经许多冰冻雨雪的记忆，也走出了这个梦魇连连的夏季。至于秋，她已等在我的前方。在秋阳高照的路口，她正炫耀着她红白相间的连衣裙，妖娆的身段正在衣袂飘举的绿袖间频展妩媚的红颜。在起伏的山峦上、在明净的水面上、在我峰回路转的归途沿线上。

回乡是一种美好，在层林尽染的秋天里回乡更是好上加好。从奔驰的车窗里瞭望秋天。看秋水共长天一色，看落霞与孤鹜齐飞。在秋阳普照的原野上堆一垅品秋的烟火，而不要把沉沉的心事放在那处容易起火的禾田，因为一旦陷入其中，你就会在风信子苍耳子无可奈何的风中，在天与地绵密无休的雨季，感受被羁绊的目光无法穿越的痛苦！

汽车在高速路上飞奔，它已经把我昨日犹在的汗水、忧惧、连绵的梦魇统统都甩给了身后的烟尘。让轻快的凉风穿过车窗，在这个愉快的归途上体会归乡的感受。当车子绕出江南的那片苍翠的青山，也就远离了那处听不见蝉鸣的夏天，远离了那处看不见月亮的城市，远离了那个夏天那个城市里难捱的炎热以及炎热中包藏着的那么多的烦躁、忍耐、牵挂和思念！当故乡越来越近，当身后的群山和那片雾霭山岚渐行渐远，我知道身后的群山和雾霭山岚已经成了一道时光和季节的幕障，永远地垂挂在我难以回头的生命路上。因为前面有许许多多的未知，我更多的只有臆测前面的未知，至于身后的从前，就如同我相机里断断续续的录影，在我将来的闲暇中，会用回忆冲洗出一张张怀旧的风景。而此刻我无暇他顾，车窗外扑面吹来秋野的稻香无不在向我明示，我已经进入家乡的秋天。

与别处不同的是，家乡土地平阔阡陌纵横，是国家商品粮生产基地。从前有一句话叫“淹了大河湾，塌了半拉天”。值得骄傲的是我就住在这个大河湾里。平坦辽阔的田野上，一排排高大的杨树把一条条道路一处处的村庄遮掩的绿色森然。籽粒饱满的稻穗已经转黄，金灿灿地垂挂在农民欣慰的目光中。那条从童年起就一直延伸进我梦中的淮河大坝，很快就会跨进我兴奋的视野。那处宽阔的河面、宽广的河滩、河滩上那一排长年为河浪伴舞的防浪林，林中以及坡滩上散放着的牛羊，牛羊不远处几个黝黑而又活泼的孩子正趴在田边土埂上，用捡来的干柴烧烤着偷挖来的红薯。那一阵阵的细烟在夕阳下袅娜着田野的生机……那是我的童年。那时因为贪玩而常常在茂密的芦苇荡里急切呼唤走失黄牛的叫声，至今清晰如昨。

走失的不仅仅是童年的黄牛，还有从那里的渡口登上远行的航船、从此天涯孤旅的年轻身影。那年的那天，阴风怒号风高浪急，我默默伫立在缓缓离岸的船尾，望着河岸上那片柳树林、那片荻柴滩、那片寂静无人的淮河河岸，一点点移过我逐渐朦胧的双睛。从那时起，故乡的画面上总是布满了低垂的阴云和阴云下孤飞的翅膀。

一路上都处在半梦半醒的状态，车到县城已是黄昏。一下车就被久违的乡音亲切而又嘈杂地包围，三轮车出租车司机一拥而上，连拉带拽地叫着：“坐我的车，坐我的车。”等我坐上车，蹬三轮的老汉边走边问：回来看看吧？家乡还是那个老样子，要不是年纪大了，我们都还想出去呢！等我赶到城北的桥头，早就没有了去乡下的班车，只有亘古的夕阳淡漠地照着城外那片亘古如斯的清静湖面。唯有湖边公路上那两排蓊郁挺拔的树林在晚风中向我哗哗地招手大笑：你回来了，你回来了……

我在苍茫的湖边茫然，我在苍茫的黄昏里茫然，我在那片无垠的湖水和无边的田野隔断的路口上茫然。那种茫然是来自急切思归而不得归的无奈与失落。那条大河、那座村庄、那座一直在四季的风雨里寂寞等我的老屋才是我全部乡思的最核心部分，和乡村尚有一段距离的县城仍然只处在乡思的边缘。

暮色中，我朝着田野和村庄的方向眺望，通往村庄与门前的那条小路上长满了厚如地毯的棉茵草巴根草。大豆芝麻和花生苍黄的老叶让我想起青少年时给老牛割草时的情景。老屋几十年如一日，始终住在门前水杉高大的阴影里。旁边池塘的水面上因常年无人打理，早就铺满了一层腥臭的绿藻。四周阒无人声，只有草丛里的蛐蛐和屋顶上的斑鸠昼夜互换着单调的寂寞。换作从前，一天劳作回来的父母，早就用温馨的灯火把整洁有序的屋里屋外照得通明。冒着热气的面糊汤前，粑粑馍蘸酱豆子的惬意胜过大鱼大肉的小康生活。当月亮爬上树梢，当小伙伴们勾魂的呼喊在门外响起、当火把节的欲望点燃起摸秋的冲动，秋夜里，那片银白的月光，从此就永恒地挂在了离乡人的心海上了！

一阵尖厉的刹车声惊醒了我的怀想。城市里已经华灯闪亮。我就站在城市与乡野的结合部、站在白天与夜晚的临界点上、站在夏天与秋天转弯处、站在历史与现实的夹缝中，做思想与梦幻的痛苦蝉蜕！驱不离的梦魇、赶不上的班车、回不去的时光、找不回的旧情！也许只能徘徊在如同异乡的城市灯火里，一边分辨着错乱的时光带给我的错乱的感觉，一边想从身边熟悉的乡音里寻找早年那枚飘落在梧桐深掩的古井里带字的树叶，以及清澈的深潭水面倒映的美丽剪影。那个婀娜的青春剪影时常在我少年朦胧的晨雾中，在丹桂盛开的小路上、被菊盛开、被竹倾斜的如烟如幻的挑水姑娘。

哦，月亮出来了。在这临近中秋的晚上，我终于可以躺在家乡的月光里怀念家乡了。

作者简介：王忠正，安徽省作家协会会员，安徽霍邱人。1988 年鲁迅文学院暨首都师范大学中文专业，1989 年中国作协鲁迅文学院文创班学员。20 世纪 80 年代中期开始写作，先后在《草原》《雪花》《芒种》《安徽青年报》《当代诗歌》《映山红》《西部散文选刊》等刊物发表数百篇诗歌散文作品。出版散文集《乡思，在中秋的风里》。

小村晨冬

李景

一提到冬，人们第一反应便是寒冷，那么西藏的冬天估计更甚，刺骨的寒风，漫天飞舞的冰雪，干燥、缺氧……人们甚至有些惧怕这片土地。可事实上，西藏的冬却有另一种美，在广漠的高原，她有着冷峻、辽阔之美；在万物寂寥冰雪覆盖中，又有着一种荒芜、沧桑之美。

阳光向来是雪域的主人，她对这里的人们格外眷顾。冬天的太阳是最迷人的，因为冬日的寒冷，我们更加珍惜这一份温暖。我很享受她所带来的这一份惬意，弥漫在空气中多了一分纯净，少了一些浮躁，更添了一丝温暖。

我们租住的藏族群众家中，抬眼便能看到他们对生活的态度，他们用心对待着每一道门、每一扇窗。这里的民居很有特点，房屋错落有致、风格迥异，与高原壮丽的自然景观浑然一体。那精雕细琢的佛堂，令人动容，融合了历史传承与现代文明的同时又恪守住古老的传统习俗。灰白的墙裙、黑色的围边，红顶、木梁，再加上飘在空中的经幡，在蓝天白云的辉映下，更显得妙不可言。

走出房间，眼前一片开阔。田野里平铺着金黄的青稞秆，远远望去，更像是一条舒缓的金色绸缎；牛羊悠闲地啃食着地里的杂草，一幅自然和谐的画面；牦牛是高原特有的动物，它们有着厚厚的毛皮，性情敦厚、温顺，那摇头晃脑的神情，还不时传来阵阵低沉的叫声；落下最后一片叶子的枯树在风中摇曳，光秃秃的枝桠划碎了湛蓝的天空，随着休憩在树干上的小鸟一声声哀鸣，整个世界平添了一份冬日的悲凉。

冬是凄婉的，但也并非所有的植物都已凋零，还记得那些经历风雨的狗尾巴草吗？它毛茸茸的样子虽然焦黄，但它们在强风中努力不让自己弯下身躯，似乎在告诉我们，即便是寒冬，也无法击垮它们对生命的渴望！当然，且不止狗尾巴草，还有一些植物甚至卑微到叫不上名字，但它们顽强的生命力却迸发出一股强大的力量。

恍若隔世的小村，流淌着一条雪水融化的小河。河壁挂满了冰凌，冰凌如悬挂的水晶，晶莹透亮，含露欲滴。水是大自然赋予人类的生命源泉，虽只是一条细小的河流，却养育了世代生存在这里的人们。晨雾在河水中慢慢升腾，那潺潺流动的水流，清澈碧透，如同天使坠落在人间的眼泪，在山峦之间缠绵悱恻。

晨带着几分模糊的醉意，从山雾中渐渐渗出，红色的光晕转眼便照亮了光秃秃的顶峰，朝阳的光芒如箭羽一般，射透了大山的睡意。连绵起伏的群峰，略显沧桑，缀着残雪遗留下的点点斑白，笼罩于云雾之中，若隐若现，像是一幅美妙的画卷，浪漫而隽永。

西藏丰姿轻盈的冬日，撒着一层薄薄的晨霜，呈现在眼中的只有若隐若现的线条。山峦在初升的一抹朝阳中，勾勒出坦荡与坚毅；金色的土地裸露出亘古的宁静与安详，涓涓清流压低了在季节更替中的曲调；那静谧的初阳，斜斜地对小村温柔地窃窃私语。

漫步在山村的小道上，踏着一缕晨曦，穿过漫长的河道，任柔和的晖光洒在肩头，风淡淡吹来，心中漫起一首意境深远的小诗，一个温暖惬意的冬日！

作者简介：李景，陕西汉中人，汉中市作协会员，西藏自治区作协会员，西部散文学会陕西分会副主席，汉中赤土岭文协理事，南国文学副社长。著个人散文集《秋若纤尘》，作品散见于《关东文学》《潇河》《汉风》《西部散文选刊（原创版）》《汉中日报》《新滁周报》等媒体杂志。

宁馨的夏夜

褚福海

当悬挂在天边的硕大火球，终于慵懒地潜进山坳时，栖息于石碑巷，辛劳了一天的邻居们纷纷拿起吊桶，跑向那口冒出丝丝白汽的老井，争先恐后打来冰凉的井水，朝着暑气蒸腾，几乎能将塑料拖鞋溶化掉的石板上泼去。

地经水浇，暑热顿减。偶尔拂过的几丝晚风，也来得颇识时务。让人意犹未尽的是，那风，轻盈地溜了两圈，便裹挟着热浪洒脱离去。

傍晚时分，这条我们世代栖居的石碑巷，倏然阴凉了许多，人们的神志也从萎靡困顿中逐渐清醒过来。于是，左邻右舍分头进屋，把各种各样的小方台和大同小异的竹靠背椅搬出来，再将盛着饭装了粥的铝锅陶盆，和一叠叠碗端至台上，无须谁宣布，不用人号令，就在这相差无几的时辰里，整条巷子顷刻成了场面浩大的露天餐厅。光溜的石板上，坐满了密密麻麻的男女老少；他们有的穿着裤衩，有的干脆光身赤膊，个别人脖子里还搭着块散发出汗臭味的毛巾。西隔壁老王家周把岁的孙子，剃了个桃子头，围着块红肚兜，白嫩的手臂与大腿一股一股的，宛若藕节，惹人爱怜。

就在邻居们神情怡然，有滋有味地吃夜饭的档口，人长得像弥勒佛的张阿婆，趿双绣花锦缎拖鞋，端着青边瓷碗，摇摆着肥硕的身躯，不紧不慢地挪着碎步，东张张，西望望，似乎欲对挨家挨户巡视一番。晃过去近半条巷子，看到钟表店潘师傅家的台子摆着一盘油汪汪的红烧肉，便老诚不客气地伸筷挟住块五花肉，放到自己碗里。那个时候，住在石碑巷的平常百姓都喜欢“摇饭碗”，且把“摇饭碗”视作一种亲民行为，随意吃人家的菜更是被认为看得起，故而没有人会介意，尽可随心所欲，自在发挥。百无禁忌的张阿婆边咀嚼着红烧肉，边蹒跚着继续寻访，当眯缝的双眼看见李叔家吃的田鸡烧雪菜，山芋梗炒毛豆米，蒜泥空心菜，排骨冬瓜汤时，不禁舒眉展颜，喃喃自语道：“喔哟，好饭菜，好饭菜，现在的日子真开心得来！”

夏日的夜晚，风，向来是很稀罕金贵的，偶尔吝啬地微微掠过一缕凉风，会让大家惊喜地叫出声来：“哇，好风！”不过，那风似乎还踮着脚尖呐，便携上巷子里的调侃谈笑与酒肉馨香，和那些混杂着石碑巷固有的气息，轻灵一转身，便旋即消失得无影无终，不知飘向了哪处远方。

那段宁馨而美妙的时光，可以称得上是石碑巷人一天中最为清闲宁静的舒坦时光，没有了人来担往，停止了吆喝喧嚣，白昼里每个人吊在嗓子眼上的那颗心，终于，终于可以平和地慢慢放下，舒缓地轻轻喘息，悠然地品咂生活了。

待到大家夜饭吃得差不多了，天色也渐渐暗了下来，四周的景致已恍若洇开的水墨，大部分人会手忙脚乱地或撤去小方台，或是移至边上去点，腾出空位置来，为摆放竹床或搁躺椅做准备。

我家的那张竹床，用了有些年头了，竹篾已开始泛红。竹床赛过我的乐园，竹床犹如我的世界。当爸妈勉强把竹马摆定，将竹床扛过去还未放稳当时，我便猴急着爬了上去，赤裸着上身，仅穿个裤头，四仰八叉躺在竹床上。当后背、大腿接触到篾片的刹那，那股透心彻骨的凉意，令我舒服无比，惬意至极!

迷迷糊糊中，似睡非睡时，母亲端着那只与我年龄相仿的搪瓷面盆，故意把调门拉高了几度道：“大家来吃西瓜喽！”闻听这激奋人心的喜讯，我猝然一个激灵，骨碌碌一坐而起，伸手抓过一块瓤红籽黑的西瓜，大口啃了起来，常常吃得满面都是汁水。难看归难看，可心中那份蜜意，留存至今。

肚皮吃得像西瓜的我，坐在竹床上默然回味着西瓜的清凉与甜润，不经意间放眼凝望了一下巷子深处，乖乖，从西到东，塞满了摇着蒲扇纳凉的人群，蔚为壮观。侧耳倾听，有人在故作神秘地说着镇上张家长李家短的琐事，以及道听途说来的逸闻趣事，也有人在绘声绘色地讲孙悟空、白娘子的故事，给淡然静谧的夜平添了几缕色彩与浪漫。我讨好地跪于竹床上，用灵巧的小拳头，给父亲敲背解乏，并缠着父亲讲故事。父亲思忖片刻，娓娓道来，不消多久，我便鼾声频起，打起了呼噜。有时，正当在梦乡里酣睡，东边的戴师娘端来半碗刚炒熟的南瓜子给我吃，母亲便轻柔地唤醒我，让我起来吃瓜子。嗑着喷香嘣脆的瓜子，心中油然滋生出些许美感。

夜，不知不觉深了；巷子，渐渐宁静了下来。人们无拘无束、七歪八斜地，有的躺在竹床上，有的蜷缩于躺椅里，不必顾及别人的感受，甚或有的户门洞开着也全然不管，纵情享受着那份宁馨与美好……

作者简介：褚福海，江苏宜兴籍，现居昆山。中国散文学会会员，中国报告文学学会会员，中国微型小说学会会员，江苏省作协会员。作品散见于《人民日报》《鸭绿江》《北方文学》《散文百家》《小说月刊》《少年文艺》《时代文学》《散文选刊》《文学少年》《青春》《奔流》《微型小说选刊》《文学港》等。

锈蚀的弯刀

刘丰歌

我不知道弯刀是不是故乡的土著。我少年时代它一直陪伴在我身边，亲兄弟似的。

少时我常拿着弯刀对着太阳看它在土坯墙上的剪影，总觉得它像一个戴着鸭舌帽的人，这人既像电影中的绅士，也像有些小年轻，戴着鸭舌帽耍酷玩时髦。

但弯刀注定是成不了绅士的，只能是好像而已。能配绅士这个称呼的只有宝剑、大刀吧！宝剑在古代上至皇帝老儿，下到战场将军、文人侠士，都爱佩带，既是兵器又是装饰更是一种身份的象征，注定有着高贵的血统。大刀可是将军们上阵杀敌的利器，也不是一般人能使用的。比如关云长的青龙偃月刀，那是何等有名，始终陪伴英雄左右，占尽三国无限风光。而可怜的弯刀，只能佩带在我们这些农家孩子身上，干些与树木打交道的活儿。虽然它与宝剑、大刀有着相同的血统，来自同一个母亲，但因形象问题只能与劈柴的斧头称兄道弟了，充其量只是一个普通小年轻的角色而已。

故乡弯刀因前面有一个弯勾便于勾树枝而显得有些另类，当然从另一层面看，因它的长相怪异也算是鹤立鸡群吧。但它与我们这些农家孩子感情最深。几乎每家一把甚至两到三把。弯刀一天陪着我们上了东山爬西山，砍过南山进北山。弯刀像一个剃头匠将一个山上的杂木剃完，再上另一个山头，年年如此，乐此不疲。刚开始剃枯死的树木，枯木剃完剃生长正旺盛的杂木，杂木剃完剃荆棘，荆棘剃完剃蒿草，蒿草剃完便向一根根粗壮的精气神十足的树木下手了。就像对待敌人，先消灭身边喽罗，然后对孤家寡人的主将致命一击，结束整个战斗。一年年下来，弯刀的足迹遍及村庄山山峁峁，它能把各个山梁、沟壑的地理位置和名称烂熟于心，把哪里长的什么树记得清清楚楚，像一个称职的作战参谋。它习惯于征服这些大自然的精灵，让这些树木杂草一次次臣服在它的利刃下。它听不到树木们痛苦的呻吟，或者它最喜欢看树木在它面前一根根倒下，像它那些高贵的兄弟们在战场看到敌人一个个倒下一样。它无缘上战场冲锋陷阵，但这些山坡就是它的战场，这些树木就是它的敌人。它要的就是这份征服的快感。

弯刀挎不到达官显贵的腰间，但它在我们这些穿着破衣烂衫的孩子们身上东奔西跑也是快乐的，因为它有了自己的用武之地。它安于宿命，尽职尽责，在刀鞘中随我们脚步欢快地唱着动听的歌谣。弯刀为了在完成使命时速战速决，不拖泥带水，时刻把自己在磨刀石上砥砺得锋芒毕露。每当它斩下树木，被主人五花大绑如押解囚犯般扛回家时，它是自豪的，它在插入刀鞘的瞬间会一声吆喝，庆祝自己的凯旋。它知道，农家灶屋升腾的袅袅炊烟、饭菜散发的清香，都有它的一份功劳。弯刀很高兴，但从不居功自傲，这是它的品德。它不因身份低微而自暴自弃，它踏实地工作着，骄傲地生活着。

弯刀也有宿敌，那便是隐藏在树丛中硬度能与它匹敌的一个个顽石。有时一不小心，它会与顽石电光火石般击在一起，就像侦察兵与潜伏敌人的一场遭遇战。这样的结果往往两败俱伤，它劈伤顽石，顽石也会将它击伤。但它会在磨刀石上忍着疼痛修复自己的伤口，直到恢复如初，而顽石的伤却永远没法修复了。当然有时它也会在调皮主人的导演下如拳击台的拳手同室操戈。它会与另一个兄弟互相狠狠地重击。一般主人只允许它们格斗一次，但就是这一次也让双方同时受伤，只不过因身体素质差异有伤重伤轻而已。这时伤轻的一方就会被判赢，主人会很高兴，而输的一方主人会很失望地说，下次换刀再战。主人们尽管平时对弯刀爱护有加，但这时即使弯刀身受重伤也在所不惜，只为了让弯刀为他们单调枯燥的生活增加一点小小的乐趣，亦或让弯刀挑战一下自己能量的极限。但他们不知道弯刀有多痛苦。最终，弯刀还得在磨刀石上修复自己的伤口。

弯刀不怕受苦受累，但害怕主人将它束之高阁，那样他的身上很快就会被腐蚀出斑驳的锈迹，如殷红的血，变得十分丑陋。它希望不停地运动，不停地征服。

弯刀在故乡生息了几千年，已成为农家密不可分的一份子。它没有自己的思想，唯主人马首是瞻，以自己特有的忠心服务于自己的主人。在它的努力下，本应山清水秀的故乡，处处变成荒山秃岭，像一个个丑陋的癞痢头，尽失聪灵之气，甚至常常雨水伴着浑浊的泪水，时而呜咽，时而嚎啕。但弯刀不管，似乎这事与它无关，大山的哭泣打动不了它那颗冰冷的心，它只知按主人命令行事。但主人也有抛弃它的时候。时间进入 20 世纪末，故乡农村的经济条件开始慢慢变好了，逐步将煤炭作为主要热源，加之退耕还林政策的实施，柴火慢慢退出历史舞台。弯刀的作用越来越小，它在主人心目中的地位也越来越低。更多的时候，它被主人雪藏在墙背后的角落里，或者干脆塞在门前的石缝中。

弯刀便一天天老去。在弯刀一天天老去的日子里，它自认为已消灭殆尽的树木们却在阳光雨露的滋润下，一天天艰难地成长起来。日复日，年复年，那些它征服过的山梁沟壑又是一片郁郁葱葱的绿。而它，早已锈迹斑斑。

作者简介：刘丰歌，陕西省紫阳县人。甘肃省作家协会会员。在《文艺报》《光明日报》《解放军报》《中国国防报》《法制日报》《工人日报》《解放军文艺》《中华散文》《海外文摘》《散文选刊》《飞天》《海燕》《橄榄绿》《小小说选刊》《百花园》《散文诗》《散文诗世界》等报刊发表小说、散文、诗歌、杂文、报告文学等文学作品数百篇。曾获《中国青年》散文征文一等奖、“丝路新散文征文”一等奖、“和平崛起·改革开放四十周年全国文学创作大赛”散文诗奖金奖、武警文艺二等奖、全军网络文学大赛优秀奖等军内外文学奖十多次，散文入选 2016 年、2018 年“中国散文排行榜”“2018 年中国西部散文排行榜”，有数十篇作品被报刊转载并被收入多种文学作品集。出版散文集《踏歌而行》、小说集《吹响竹笛》。

抹不去的记忆

董昕枫

我的老家，在辽南的盖县。

盖县，是紧挨着海岸的一座县城。过夏，大小街道，无处不漾溢着湿漉漉的腥气。漾着腥气的盖县，早年，它本名盖州。但，从小到大，我始终都喜欢称它为盖县。

我记忆里的盖县，清晨是一天最热闹的时刻。一早儿，赶海归来的那些渔船，会陆陆续续靠上码头，城里那条老街，一下便从梦中醒来。路两旁，眨眼间就会摆满各式各样新鲜海货，湿漉漉的石板路上，挤满了窸窣而慵懒的脚步。

提早起来遛弯儿的，卖眼儿闲逛的，趁鲜赶来上货的，一干接着一干，地上的海水，脸上的汗水，令所有人都弄得像个溜滑滑的鱼，在推推搡搡的人群里，来回穿梭着。

……

离着街不远，是一处宅院。宅院门口儿，有两扇涂着黑漆的大门，大门腰，楔着对儿铁环。入院没多远，歪着一截儿石碑，乍一看，就会叫人想到早年大户人家那种拴马的桩子。正北的位置，横着那幢高宅，如今一念起它，无论是后院还是灶间卧室，满都是祖父母蹒蹒跚跚的影子。

在我印象中，老宅有个不是很大的后院；院落深处，有口水井；我记得，从井里打出来的井水，三伏天，都会把人镇得手脚发凉。

后院里另一处风景，在我脑海里也映得很深，它就是，井旁边儿上傍着的那棵遒劲的红枣树。

老家是个极富山水的地方。出了门口儿朝东，不用一袋烟的工夫，就能跳进那条明澈的碧流河。碧流河，是夏季里，小伙伴们消暑的一个最好的去处。河岸，杨柳荫荫；河底，鱼虾游弋，光影间，又是孩子们嬉闹的欢歌。入了秋季，嬉闹声就会从河里挪移到山岭上。挪上山岭，不光是为了疯跑，更大的愿望，是惦记着那满坡的苹果。孩子们两手攥着苹果，嘴里啃着苹果，脚底趟着满坡的果香。

光阴如梭，转眼，那些欢愉的光阴，便悄么悄声地去远了，但水井旁的那棵红枣树，依旧是我心底里终究都难以抹去的念想。几十年间，我时不时都会将流淌在血液里的那份思念，挂满梦中摇曳的那棵老红枣树的枝梢。

我早已记不得那棵老红枣树到底有多大，只是听说，最初的那棵小树苗，是小叔叔还不很大的时候栽下的，现时算起来，也许该有大半个世纪了吧。

在我儿时的记忆里，那棵老红枣树依傍着那口水井和老屋，经年累月，都现出繁繁茂茂的样子。春风浓郁些时，它就花香四溢，把大半个身子探至墙外。到了成熟的时节，墙外的行人，触手便可分享它的甘美。它的乐善，它的大度，替老屋赢得了许多许多的好口碑。

老屋是地道的旧时建筑，周身上下，都呈着青色。它这一身古旧，总是会招来瞻礼它的目光。那些目光，倏尔会翻过瓦楞和屋脊，深深窥视着它的那份厚重与沧桑。

老屋很温善，很厚道。它的温善和厚道，全部传给了它所有的子嗣和后人，令他们不论居旅何处，都始终秉承着一份仁，那份爱，那份厚道，就像他们的老屋和那棵老枣树，直挺挺地站立于尘世。

光阴荏苒。老屋的子孙都陆续远离了它。唯一没离它而去的，只有那棵耄耋的红枣树。它，独守着岁月，独守着风雪，独守着在风雨中飘摇着的老屋，用它那双昏花的泪眼仔仔细细去打量着老屋的心事，以它饱满而蜜甜的果实，陪伴着老屋。

……

近乡情怯。十年前的那次返乡，心里满都是戚伤。

一个人呆在院子间，一阵一阵微风掠着面颊。当自己缓缓靠近那棵老红枣树时，顿觉骇然。这本是该收获的季节啊，可它的枝头，却是光光的，哪里还可见半丝红晕？

叔叔告诉我，说这两年枣树结果已大不似从前了。聚散两依依。难不成这枣树见证过一幕幕生离死别之后，郁结下所有的殇，所有的期望？

我的思念，缀满了记忆；缀满了生命；缀满了躯体。

童年那会儿，我正好遇上了一场意外的浩劫。一生下来，就被送回了老家。

在祖父母身边，尽管备受着呵护，但也备受着匮乏的生计。从而，老家苹果和红枣，亦就成了我儿时难得的美食。可是，由于生来胆小，从都不敢去爬树，故只能看着大表姐攀上攀下，恣意摘吃那些苹果红枣，而我，只能去指望着奶奶手中的那支竹竿。

记得，那棵老红枣树，正好对着老屋的窗户，对着老屋的那铺大炕。祖母常盘腿坐在炕头，叭哒叭哒嘬着她那支长长的烟杆儿。裹完了烟，她就盘坐在炕上，一针一线，缝着一套橘红格的衣裤，那是为我要去京城探望外祖母准备的。她一边干着活儿，一边给我把红枣儿。我捧紧了，一边嚼着大枣儿，一边依在她的肩头。

祖母的父亲，曾是个私塾的先生。而祖母，竟然又把她的儿子培养成了教书的。我不知道祖母的纤指，是怎样抚平生计里的所有艰辛的。当我人到中年，想去讨问祖母时，祖母她却早已不在老屋等我了。而我的发丝里，却永远残留着祖母纤指与掌纹间，柔弱的温情。

生活一日日地悄悄溜走。每个经年，都要遇际上端午。粽子里的大枣儿，又总会硌疼我，让我念起家乡，念起老屋，念起祖母身边的那棵红枣树。

哦，红枣树，那棵长在我生命里的老红枣树。它矢志不渝，一如既往，殷殷守护着老屋，守护着故乡，成了我这个喝大清河水长大的儿女一辈子的萦怀，一辈子的眷恋。

偶尔出差在外，品尝过西安硕大的狗头枣、新疆特色红枣，又把家里的橱柜塞满了红枣。闲余时，信手拈上一粒红枣，轻置唇齿之间，不管如何品嚼，都无法找回那份家乡的味道。

……

老屋。红枣树。

我在这里，而你，在故乡。

作者简介：董昕枫，中国散文家协会会员，中华诗词学会会员，黑龙江省诗词协会会员，大庆市作家协会会员，大庆市诗词学会会员，大庆市儿童文学协会会员，萧红文学院第十八届中青年作家创作培训班学员。

辣椒咸菜，寂寞年代一首歌

苗志军

“辣椒咸菜——”，“韭菜花儿咸菜——”，这叫卖声，是一首歌，是那寂寞年代里很诱人的歌。

追逐着这首歌，我抄起一个大碗，奔向院外，寻找那辆咸菜车。咸菜大叔，用笑和我打着招呼，抽出根木棍儿，变魔术似的一插，自行车一歪便立在那里；布满黑纹的手，接过碗放秤盘上刨皮，拉着家常应酬我这单生意。

一辆大铁驴，四个柳编高腰桶，一杆锈迹斑斑的盘子秤，还有一根支自行车的短木棒，这就是辣椒咸菜行当妥妥的标配。

受保定三百年槐茂酱菜辐射，邻县肃宁河间的一些村庄，以腌咸菜沿街叫卖养家，春冬两闲是个占艺儿，走街串巷中，换来满兜儿的毛票票，让老娘儿们数着高兴。

如果说，高粱饼子高粱粥，是穷困生活里死寂低沉的喘息，像一部黑白胶片，既乏味，又无彩，那一声“辣椒咸菜”，就是寂寞难耐中，以波澜和色彩来撩人心动的歌。

小时候新鲜蔬菜少，即使坑沿儿院角种了点儿，也没那么多油盐酱柴陪它奢侈，咸菜，就是乡亲们家常饭里端上端下的必然选择。

傍晚放学要打猪草。房梁吊篮里，摸块高粱饼子，菜板下坛子里，崴块黑毛酱，我挎起破草筐，结伴匆匆于田间小路上。晚风煲一碗清汤，饼子蘸上点残阳，就这晚餐之前的“点心”，把苦乐挥洒给田野，让童趣在贫瘠中抱团生长。

麦穗儿能搓了，母亲腌的咸蒜正好吃，但那是给割麦子的累活儿准备的，我馋了偷摸一头，母亲睁只眼闭只眼，但俩姐姐肯定是不敢奢望的。

青黄不接的那场苦春里，庄稼人冬储的白菜萝卜很不禁吃，沟边儿篱笆里的两沟羊角葱，是留着打籽儿用的。地里的苦苦菜，刚冒红芽芽儿，就被眼尖的孩子、功夫宽裕的老人算计了；无菜上桌的日子，讲究人家，泡上一把大豆，熬进面糊当菜吃；而更多人家，饭桌上放碗撒盐的清水，蘸筷子头儿就是佐餐的菜。

篦子里猪肝颜色的窝头儿，被干风猥亵之后，裂出道道口子，翘起的老皮像翅膀，欲驾翅逃离似的。与他结伴儿上桌的，是浅血色高粱糁子粥，像是勾结好来为难人的。可人们懂得，饥饿比难吃更受罪。干吃生咽这仅有的东西，忍受着合眉攮眼的虐，是无可选择的选择。

如此惨淡的光景，一天三顿饭是这样，一月三十天是这样，很像把人置身于暮野四合的黄昏，虽不见一丝阳光，也并非伸手不见五指，就那么暮沉灰暗着，没啥声响，也不见色彩，让穷困不堪的乡亲日复一日地煎熬着。

恰在这时，一声“辣椒咸菜——，韭菜花儿咸菜——”传来，这歌唱，在胡同两边的墙壁上弹来撞去，最终跳跃进暗淡无光的小院儿，似一束微光，携一缕香气，给死寂中煎熬的日子，激发出一个皈依的欲望。

这声声号子般吆喝的歌，粗犷里满带诱惑，沧桑里浸了咸味儿。我不仅喜欢听，喜欢模仿戏弄街邻，还喜欢咂摸味道，能灵动地分辨出，这嗓子是肃宁的，那一嗓子是河间的。

一大碗鲜绿的腌辣椒端上饭桌，单那晶绿微黄的活色，饱满通透的润泽，一扫这满桌铁锈红的单调，让那叛逆无门的味蕾，举白旗投降给凌厉的辣味儿。这霸气的腌辣椒味道，唤醒了饭桌上久寂无声的碗筷，给萎靡不振的食欲，秒秒焕发活力，注入进跃跃欲试的冲动。

夹一个肥胖的腌椒，这醇香的咸味儿，尖锐的辣味儿，扑鼻而来；发狠一口半截下去，那驾了翅膀的窝头饼子，成了应急要搬的救兵。

鼻尖冒着汗，本来吃撑了，忽然又冒出个绿嫩肉厚的可心儿椒，止不住再拧块饼子，给这顿狼吞虎咽画个很不情愿的省略号。

对这专治饭难吃的辣椒咸菜，我老娘起个尊贵的名字——送康神。

当年柳编圆筒里的咸菜，除了腌辣椒，还有酱红的萝卜块，花刀的；老绿的韭菜花，粥一样；卤红的芥菜条，盐花裹身……如果花刀萝卜丁拌入星点的花生米，那是最受青睐的。至于个别咸菜大叔有虾酱、腌黄瓜、腌豆角、腌地鼓楼儿，都销量不大，普通人家舍不得买。

我买腌辣椒很内行。个儿大而发黄的，发力老辣，无纹且肚亮的，皮硬肉薄，瘪小纹儿碎的，多遭霜打，看去黄肥盈胀的，也许满肚子咸水；只有个头适中，颜色润绿，纹路块儿状，才是不老不嫩、皮薄肉厚、辣口适中的好腌椒。

那时的辣椒咸菜，似乎少了今日超市咸菜的富贵与精致。他选料粗疏，腌制粗放，品相粗糙，因而有着现今超市小菜不同的味道。那特有的酵香，不知是漫长冬季南墙根下满缸的窖藏获取，还是放进柳编筒沿街叫卖饱经风尘所得，那种自然醇香，是当今超市咸菜所不具备的。

一眨眼，时代的高铁，把那段灰色的寂寞闪在了遥远的后方。当祖国跨过一条富饶的河流，鸡鸭肥美鱼羊鲜的餐桌上，仍常见一小盘腌椒、一小碟咸菜，调节着肥美油腻的日子，这时的辣椒咸菜，很像一首经典老歌，在甜美富贵的时代交响中，点缀出一串熟悉而深沉的音符。

“辣椒——咸菜”，“韭菜花儿——咸菜”，那悠扬的叫卖声，作为寂寞年代最动听的歌，定格在那柴街土巷的乡村记忆里。两句歌词，顺序，不可颠倒；旋律，婉转而嘹亮。一定把“椒”和“花儿”的尾腔拖到最长，而“咸菜”，收得要短，要脆，要干净。

这样的歌，才是原版的，他卖的辣椒咸菜，才是正宗味道。

作者简介：苗志军，河北沧州人，“50后”，中国散文学会会员，河北省散文学会会员。钟情乡土文学，喜欢散文写作，先后在《沧州日报》《散文风》《无名文学》《大洼文学》等报纸期刊和《西部散文》《当代作家》《聚力阅读》等省内外报刊网媒及本地公众号发表作品，偶有获奖。

樱花赞

袁凤燕

第一眼见到樱花，是在日本福井。晚上，路过公园，在大巴上远眺，满树的樱花在暖色的路灯下，突兀地白。

有诗曰：昨日花如雪，今日雪如花。山樱如美人，红颜易消歇。

怕极了樱花转瞬即逝，约同学，第二天起早直奔公园。

还好，樱花正烂漫。

细看，远望去白色的樱花是粉嫩的。饱满绽放的花蕊，惹人醉的粉嫩，像一个妆容精致的美人儿。白里透红的美，浮想翩翩的心绪。

初识，哪肯独自欣赏？我与同学交替和樱花各种合影。攀爬到樱花树上，随手携下枝桠把花儿擎住，剪刀手，张开臂膀做个陶醉状。樱花开在了我二十二岁的青春里，美丽定格在了无数张合影里。

青春是火热的，樱花在青春里是奔放的。一张张被樱花映衬得由心底灿烂到脸颊的美照，漂洋过海寄到国内父母、亲朋的遥望与思念里。

第二年，邂逅樱花不再匆忙而懵懂。特意与同学结伴，骑着自行车赶到一个叫樱花大道的山坡。攀到高处，向远处极目，好一片美丽的花海。我想插上翅膀，去花海里徜徉。我想变成羽毛，可以随风飞扬进樱花海洋。我想拉长臂膀，可以拥抱这无际的美丽。

心绪澎湃，欣喜无比，难怪有诗人曰：

树底迷楼画里人，金钗沽酒醉余春。
鞭丝车影匆匆去，十里樱花十里尘。

从高处冲下，一头扎进樱花林，有幸看到了樱花随风飘落。据说，樱花的飘落都在深夜，有幸在白天看到樱花飘落的人，一定可以在当季收获浪漫的爱情。

没有觉得传说灵验，反而是一转身，爱情伤了整个青春。闭目，漫步在樱花林，身心的静谧让我感到花瓣不断地吻过我的头、肩、手，然后滑落。俯下身，抓起落樱撒向天空，雀跃着纷飞的唯美与浪漫。

美丽是一种意境，浪漫是一种心情。

樱花树下，青春美丽而孤独。在别人眼里，樱花照片无比灿烂，无人看到的，却是异国他乡的落寞和孤寂。有一种乡愁，只有游子心里懂。

> 樱花红陌上，杨柳绿池边；
> 燕子声声里，相思又一年。

最后一年与樱花结缘，是一场盛大的樱花祭仪式。热情的　田老人，帮我们十几个同学，联系到了可以在樱花祭里扮演丫鬟的美差。于是，身穿日本丫鬟装束，我们跟在公主的轿子后。走过很多个樱花烂漫的街道，随行的有各种解说，可惜，我听不懂。我享受的是一种参与樱花美丽的仪式感。我珍惜的是一种别样经历的丰富感。

在人群里，同学宋燕的服装束吸引了一位西方摄影爱好者。对着宋燕好一顿惊叹与拍摄。的确，她的服装束有一种古典、端庄的惊艳。我们也觉得美不胜收。美轮美奂的还有我们青春靓丽的心境。

日本人民对樱花的喜爱之情有久远的历史。传说在很久以前，有一位名叫木花开耶姬的美丽而又智慧的姑娘，用了半年时间，自冬季到夏天、自南而北走遍了整个日本，沿途撒下了樱花的种子。自此以后，日本各地便盛开樱花了。

樱花是日本民族的骄傲，它同雄伟的富士山一样，是勤劳、勇敢、智慧的象征。每年的三月十五日，是日本的樱花节。这一天，日本的男女老少都要到公园或野外赏樱。在东京的上野公园，这天有花宴、花会、花舞等种种活动。当日本樱花的一个著名品种——“八重樱”在东京的新宿公园盛开时，日本政府还在这里举办“观樱会”，招待外国使节和社会名人。

我们参加的樱花祭，便是福井县最隆重的赏樱活动。

仪式结束，可以自由活动的时候，我第一次见到了垂樱。粉红色的花团垂起婀娜的身姿，远远望去像粉红色的垂柳，随风摇曳着我们的惊讶与激动。咔嚓咔嚓，相机把我们与垂樱美成一团。

穿越十几年的光阴，我还能听得到初见垂樱那一刻的心跳与欢呼。

樱花与我，是再也回不去的青春。

樱花与我，是青春的美丽与灿烂。

樱花与我，是别样的青春与甜蜜。

时常梦到樱花。梦到东瀛国度里那最纯正唯美的樱花。梦里，我时而徜徉樱花花海，时而张开翅膀拥抱樱花花海，时而把落樱轻撒长空。梦，不过是我的记忆与怀念发酵的一杯酒。

听说，的确有樱花酒，酒甘醇而芳香，我想寻觅，品饮。半醒半醉，追忆与感怀我最好的年华，所有撒入樱花国度的别样经历。

爱樱花。与我，樱花里全是美好、国际友好、美丽、魅力、灿烂的记忆。正如木村老人说，回国后，你们会想念日本。

我们说，不会的。开玩笑地补充，我们讨厌日本。木村老人笑而不语。老人说话，很准，凭的是丰富的人生经验。

木村老人一语成谶，想念随着沉淀的岁月，越来越浓。

追忆，樱花一样美丽的经历，樱花一样美丽的青春。最美好的年华，怒放在樱花花开的芳香里。

笃定，世界上，没有完全相同的两片樱花。笃定，世界上，没有完全与我相同的青春。像爱我自己，我爱樱花。更期待，自己国度里最唯美的樱花怒放在我的生命里。

作者简介：袁凤燕，山东人。2003 年，曾在大学主持创办工艺美术系文学社——“云帆”文学社，在哈尔滨《中专天地》发表诗歌。在《中国皮革》《西部皮革》上发表了专业文章和原创专业设计鞋稿。2004 年开始，在日本东京在华刊物《东方时报》上陆续发表《爸，我想您》《母爱深深》《好人一生康安》等散文。

那年，一树槐花盛开时

陈建军

小时候，故乡的小院里，有两棵洋槐树，一南一北，据说是我爷爷的爷爷栽的。它们粗壮高大，遒劲挺拔，沧桑古朴，灰棕色的树皮，崩裂 一道道一条条不规则纵裂的口子，我的小手摸上去，涩涩的，很是粗糙。

三间堂屋，三间西屋，两间东屋，东屋的南边是一个猪圈，里面养着一头总也长不大的小黑猪。

我喜欢这两棵洋槐树，它给我带来了很多的乐趣。每年的春天，乍暖还寒，它便迎着春风急切切地伸出它嫩嫩的小手向来到小院里的每一位客人打招呼。到三月底四月初，绿满小院的时候，那一串串、一嘟噜一嘟噜的槐花像一串串碧玉手链，垂挂下来；先是嫩绿嫩绿的，一周之后，便争着抢着开放起来，白白嫩嫩的，让人爱不释手。一串串洁白的槐花缀满枝头，小院里弥漫着淡淡的素雅的清香。

这时候，院子里便热闹起来。三大娘、四婶子、二嫂便会拿着针线筐来找奶奶聊天，纳鞋底，或者缝补衣服，邻居三哥也会来找我玩。我们玩捉迷藏，玩夹砖，推箔箍，跳绳等，玩的通身是汗，脸上脏兮兮的。

父母在县城上班，哥哥姐姐在城里上高中和初中，我和奶奶在家。奶奶脾气好，对人实诚，老的少的都愿意和她交往，爸爸从城里带来好吃的，奶奶就让大家分享。因此，大家都爱在我家玩，不仅能说笑还有吃的，那年月，能吃上一颗水果糖就像过年一样，我们家俨然成了村里的一个娱乐中心。

两棵槐树树冠很大，遮住了整个院子，以至于奶奶晒被子不得不出门在我家的园子里晒。三寸金莲的奶奶一步三晃，两付银耳坠特别好看，因为耳坠的下方坐着一尊佛像，佛像端庄大方，惟妙惟肖，我惊叹于佛像如此之小，而又做的如此之精美，让人叹为观止。奶奶说那是她出嫁时她娘给她的陪嫁，她特别珍惜，从不离身。奶奶搂着我睡觉的时候，我总喜欢摸摸那两尊佛像，奶奶会假装发怒，把手高高的扬起来，但奶奶总也下不了手，我也不敢造次，只是多看几眼而已。

每到槐花盛开时，奶奶都会拿来一个支撑蚊帐的竹竿，在一头 上铁钩，把槐花连枝拽下来，一枝一枝地捋，先是过凉水汀，然后用开水焯，最后用纱布包裹滤水，包槐花包子或炒槐花鸡蛋，特别好吃，直到现在我仍旧怀念奶奶蒸的槐花包子，那味道美极了。奶奶也会把做好的槐花团子送人，20 世纪 70 年代初的中国物质极其贫乏，那时的槐花也是餐桌上的珍馐。

有天 上，奶奶突然叫醒我，紧紧地抱住我，在我耳边小声说："听，外边有声音。"迷迷糊糊中我听到了有人 槐枝的声音，我打了个激灵，脑子顿时清醒了，但仍睡眼惺忪。我想大声呼喊，奶奶急忙捂住了我的嘴，隔着窗户，隐隐约约看到了一个人站在土坯墙上，拿着一根长长的的竹竿，使劲地拽树枝子，老槐树的树头发 了痛苦的呻吟声。

借着月光，我和奶奶渐渐看清了一个轮廓，个子不高，身影看着很熟悉。这时猪圈里的猪也 哼起来，屋里很黑，慌乱中奶奶把桌子上的搪瓷缸弄到地上，在这寂静的黑夜中发 了清脆的声响，墙上的人显然听到了这响亮的声音，因为紧张，一下子从墙上跌落下来，发 了"唉哟，唉哟"的叫喊声。

"是三哥！"

我大声说道，三哥天天和我在一起，他的声音我太熟悉了。奶奶急忙起身，拿起手电筒，拖拉着鞋，急急地走过去，我紧跟其后。

"三儿，咋啦？"

"大奶奶，我腿流血了，磕破不拉盖了（不拉盖是方言，即膝盖）。"

原来，三哥听到声响，一紧张就栽了下来，不拉盖正好磕在猪石槽上，奶奶忙把三哥搂在怀里，一句责备的话都没说。搀着他一步一咯噔地进了堂屋，奶奶点上煤油灯，从厨房打了一盆清水，给三哥清洗伤口，又从柜子里翻出一个"化石猴"，这个宝贝是我去世的爷爷挖河道时寻的，奶奶放在柜子的最深处，我经常看奶奶对着"化石猴"发呆，掉眼泪，它是爷爷留给奶奶的念想。片刻的迟疑后奶奶用剪刀轻轻地刮些粉末，撒在三哥的伤口上，用一块新布缠上，又拿 一盒饼干，递给三哥。

"饿了吧，三儿，吃吧。"

三哥噙着泪花点点头。显然他饿得不轻，狼吞虎咽地吃起来。

"别噎着，喝口水。"说着奶奶倒了一搪瓷缸子水递给三哥。

我知道那盒饼干，平时放在梁上的篮子里，不舍得吃，那是走亲戚时做礼物用的，连我这个她最疼爱的孙子也不让吃。

三哥命苦，生下来便死了娘，二大爷领着三个“罗汉”过着苦日子，平时小缝小补二大爷自己来，做衣服，缝被子则由奶奶、桂花婶、香姣婶来做。

后来，我迷迷糊糊地睡着了。天亮后奶奶告诉我她送三哥回了家，并给他们家带去了两个槐花团子。

几年后，槐花正开的时候，奶奶走了。三哥哭得很凶，外人都弄不清我和三哥谁才是奶奶的亲孙子。

如今，槐树早已不在，一幢小楼矗立在老院中，奶奶的音容笑貌，家后的那片芦苇池塘，低矮的青砖老屋，那两棵粗大的洋槐，以及那淡淡的槐花香常常萦绕在我的梦中，挥之不去。

作者简介：陈建军，长治医学院临床医学系毕业，学士学位。内黄县第二人民医院精神科主任，副主任医师，国家二级心理咨询师，内黄县十大杰 青年，安阳市劳动模范，内黄县青联委员，县管专家，内黄县心理咨询师协会副会长，河南省科普协会精神专业委员会理事，河南省残疾人联合会精神专业委员会委员。

无悔的人生选择

毕义鹏

时光飞逝，岁月如梭，转眼间我已经在新疆工作生活快七年了。回想起2013年的毕业季，我接到了前往西部志愿服务的确认通知，当时既兴奋又忐忑，心中五味杂陈。想想在美丽西域挥洒才情，不禁热血沸腾，可想到远离父母、背井离乡，我又深感踌躇。在那时，一曲“到西部去，到基层去，到祖国最需要的地方去”唱响了我的心声。去年四月中旬，作为一名留疆志愿者，我很荣幸参加了全国西部计划招募宣讲工作。半个月的时间，我和其他小伙伴儿走过了全国五个省份，近三十所高校，和广大高校师生们分享了我的青春故事。人生呢，有很多种抉择，而我却做出了这样的人生选择。

带着一份志愿的情怀和对新疆的向往，我们全国各地的大学生们齐聚新疆，开始了珍贵的集中培训。培训结束后，我选择去了离师部860公里的团场医院工作。原因是在培训的时候，听老师说那里五年之前是一片戈壁滩，兵团人用自己勤劳的双手把它打造成了新中国最新生的团场。我想去团场看看。没想到，我在那里感受到了新疆人最朴实最简单的温暖。院长叔叔和护士长姐姐经常带我去他们家吃饭，最喜欢吃他们做的大包子，尤其是夜班的时候能吃到同事们送来的包子、花卷，感受到了家一样的温暖!

每个人的生命中都会出现为你点燃青春梦想的人。而我的生命里也有这样一位——刘伟，他曾经跟我一样都是来自山东的西部计划志愿者，2005年参加兵团公务员考试，成了一名人民警察。他把人生中最美好的一段青春年华奉献给了这片热血大地，但无情的病魔夺走了他年轻的生命。我还清晰记得他说过这样一段话：“有病了就好好治疗，相信自己一定会好起来。等我治好了病，我还要用更高的热情将余生奉献给我热爱的这片土地和事业。”他用生命书写了一段值得铭记的青春，留下了一份执着与热情，也为我树立了一个新的信念——入警，去完成这位志友未了的情缘与梦想。

2014年9月，我怀着对刘伟挚友的崇敬，通过公务员考试，从一名留疆志愿者成了一名人民警察。从警五年多来，我逐渐学会了在默默无闻中脚踏实地，在普通平凡中从容面对，让我前进的脚步更加稳健坚韧。2017年10月9日，还在工作中的我，收到了好哥们的微信，说是给我介绍对象，就这样我找到了自己的爱情，迎娶了美丽的新疆姑娘，我们的宝宝现在也已经八个月了。

从梦里都是新疆到来到新疆做一名志愿者，再到成为一名留疆工作的人民警察，我认为自己作出了最正确、最无悔的选择，克服了一个又一个困难，实现了人生一次又一次的蜕变。回想我在新疆这七年，虽然远在边漠，没有大都市的繁华盛美，但这里多姿多彩的民族文化让我体验到了各民族共同团结进步的快乐，这是一笔宝贵的文化财富，更加吸引我要扎根在这里。我会继续坚信自己的选择，用忠诚和汗水演绎自己的人生，践行着对挚友无悔的诺言，续写着一家三口的快乐幸福，用实际行动谱写新时代的边疆情！

作者简介：毕义鹏，男，“90后”，《中国草根》·聚力阅读编委。工作之余，是一名文学爱好者，喜欢写点文字，传播社会正能量。工作七年来，在多家报纸、杂志及微信公众号上发表近2万字的各类文章。

人到中年看月亮

肖龙

从办公室出来，天已经暗了，街道两边的高楼将天空切割成一个长长的黑色巷道。店铺里，白色的、橘黄的、红的、紫的、蓝的灯具，次第亮起，灯光从屋子里鱼贯而出，满大街流淌的都是，虽然不亮，倒也把天空反照得一团漆黑。

每天晚上下班之后，都要途经西城墙，那里人少，车少，更适合一个人独行。独行的感觉对我来说，远比一个人坐在办公室更容易集中精力，日常很多的创作灵感，都源于我一个人的独行。那段独处的时间于我本人来说，与这个聒噪的世界已经形成了两个营垒。整个世界像是漂浮在大海中的一堆浮萍，密密匝匝、挨挨挤挤的，找不到一处可以独处的地方；而我那一刻已经抽身逃离了这一切，感觉自己正在某个孤岛上静坐，四周都是海水撞击礁石的声响，在这种单调的声响里，我独自面对着寂寥与孤独，在其中不断条分缕析地思考着那些我在海岸上无暇思考的东西。

擦身而过刘公祠前两棵老树，它们立在暮色里，沉默无言，彼此之间那一段不过数米的距离，成了它们永远无法逾越的珠穆朗玛。再拐过那个拧着弯的路口，路东是一片水塘。虽遇到了几十年难遇的干旱，但水塘里一年四季未曾见过干涸的时候，倒是水绿得很，让人怀疑这塘里被谁蓄满了绿色的油漆。我知道那是水体富氧化的结果，世间万物生长，极致之处，又何尝不是另一个极端的开始？那满塘的绿漆是白天才能看得见的，如今天这样的黑夜，是什么颜色也看不到的。但因着月光，今天偏偏让我看到了另一种景致，可能这就是辩证之故。秋风徐徐吹过，粼粼的水面漾起一轮带着皱纹的月亮，月光是流动着的，也藉此让我得以在黑夜里看到涟漪所到之处，一片片、一点点起伏不定的月亮的光，如同熔炉里溅出的铁花，耀眼的光芒飞到了我的眼里。循着水里月亮折射的方向，正上方的天空，婆娑的树影之间，一轮明月支离破碎地在天空中高高地悬挂着。看不见一颗星星，所以它一定是寂寞的，如同那棵寂寞了亿万年的桂花树。

我忽然就停住了脚步，呆呆地看了一会儿那轮月亮，努力想把它复制在我的心里，却怎么也打不通从体外到体内那短短的隧道。脑海里不由自主地想起另一轮圆月，它一直深藏在我的记忆中的某个地方，只是这一刻让我翻了出来。我仔细想一下，不错，它就是幼时家乡的那轮月亮。不禁暗问，现在看到的这轮城市的月亮，是我在乡下的村庄里看到的那轮月亮吗？若是，为何就没了那般的皎洁明亮？是谁偷走了它的光吗？那又是谁呢？让他偷走的那些光，又洒在了哪儿呢？城市里还是乡下？广场里还是田野？中年的世界还是童年的记忆里？

马路两侧的路灯已经纷纷睁开了眼睛，霓虹的光芒将我的周遭照个透亮。每一处霓虹就是一枚月亮，这是科技的进步，是城市的幸运，但却成了乡村的噩梦。相比灯火通明的不夜城，我更喜欢乡村的黑夜，喜欢那一个月中有半个月以上月光的日子。乡村的月色是渐变的，由浅渐浓，再由浓入淡，浅时如蝉翼，浓时似银甲，徜徉其中，那种纯纯的色调，让人心生禅意。

我忍不住多次向右斜上方的天空中张望，希望能找出城里和乡村的月亮之间的某种联系。但密密麻麻的景观树，如一把黑铁般的利斧，切断了眼睛和月亮之间唯一的联系方式，间或又漏出来一点点影子般的光亮来，诱惑着我，一次又一次地找寻着它。我的脑海中依然挥之不去的是乡下的月亮，是六月的流光里与父亲在麦地里看场时的月亮，是与小伙伴在村子里玩捉迷藏时的月亮，是每次游走在小学与家之间那段田间小道的月亮，是外婆搂着我在那棵柿树下讲吴刚醉酒的月亮，是无数次失意时从城市里返回乡下的小院，隔着木窗独自啜饮月光时的那轮月亮！而眼下看到的月亮，究竟是城市的这一轮？还是乡下的那一轮？亦或是它们本就是一个星体？我又不能确切地说出来结果来的。

城市里数不清的月亮，在城市的楼宇间逼仄的空隙中，在大街小巷角角落落悬挂着，伸手可及。城市习惯了极昼的生活，每晚都要在五颜六色的人造月光中彻夜不眠。城市是乡村走到某个路口必然发生的集聚，但是城市早就背叛了乡村的朗月清风。自从背叛的那一天，城市的黑夜一路逃亡，逃奔乡村。城市与乡村越来越疏远。我也背叛了乡村，一种宽阔的距离越来越清晰地横亘在我和乡村之间，很多时候我已经无法像幼时一样，在乡村的夜晚开怀畅饮纯净的月光，了无杂念地听一只虫鸣，幕天席地地躺在院子里，数着天空中那一轮圆月周围颗颗亮闪的星星。

但是，自古以来，乡下只有一轮月亮，那轮月亮挂在天空，有时挂在屋角，或者树梢，有时又挂在母亲或者外婆的嘴角中流出来的故事中，让我无论走到哪里，总是觉得在我的心里亮着，从不曾落下。虽然我距离乡村越来越远，但是乡村的那一轮明月，却几十年不变地挂在我的心里，没有过上弦月、也没有下弦月的圆缺之变。它永远都是那么的圆，那么的明亮，那么的让我牵肠挂肚，甚至梦里，都会抬头望它，低头思它。

望着东方这轮好似洗印在老照片上的月亮，我搜肠刮肚想要吟出来一句古人歌咏月亮的诗句，却一句也吟不出来。古人不见今时月，不知道今人已经可以制造出很多月亮来。而他们所看到的月亮，在诗文里费尽笔墨纸砚歌咏的月亮，一定是乡下的月亮，断不是今晚这个城市上空，那轮渍了油烟有些发黄的月亮。城市里的天空再也没有了黑暗，也没有了乡下那般皓洁的月光、浩大的星河，它们已经被大街小巷千万计的霓虹吞噬。

在城市里看天空，星子陨落，只留下一轮孤独的月亮；在天空看城市，则有着千万轮月亮，在楼宇，在街上。而在乡下的土地上看天空，浩瀚的星河中亿万颗星子簇拥着一轮月亮；而在天空看地上，也只有一个月亮，那是一幅投影，落在水的中央，不停地摇晃着腰肢，清歌荡漾。

无论是城市的月亮，还是乡村的月亮，也无论是天上的月亮，还是水中的月亮，每个人的心头，都会挂着一轮永不落幕的月亮。看那河坝上伫立着的、仰望天空的大人孩子，不禁想，少年看月多幻想，青年看月多愁肠，而今已是中年，当举目抬头看月，又该是怎样的一种思量?

作者简介：肖龙，祖籍安徽利辛，现居阜阳，安徽省散文随笔学会会员，阜阳市作协会员，中国现代作家学会会员。

老屋·老树·老人

支立明

秋分刚过，气温居然骤降。前几日众人还是清一色的薄衣单裤，今天却是身着秋衣秋裤了。在这“秋雁又南飞”的季节里，难得抽出空闲时间携妻儿回故乡的原野走一遭。

我们将车子停在村口新修的水泥路道旁，徒步向田野行进。秋高气爽，白云飘飘，我们走走停停，恣意眺望，边看边聊，好不惬意。这个时节，地里的玉米已被乡亲们收割完毕，颗粒归仓。大型机械收割后留下的玉米茬一排排，一行行，静默地诉说着金秋丰收的故事。零星的玉米秸秆孤孤单单地站立在曾为它提供养分的黄土地上。秋风掠过，玉米叶子相互摩擦，发出呼啦呼啦的声响，惊起了正啄食散落在地面的玉米粒的鸟雀。远处，数台大型拖拉机拖着灭茬机械在田间疾驰，后面拉起了滚滚烟尘。所经过之处，原本坚挺的玉米茬，卧倒的秸秆被旋切得支离破碎，白花花的，平整地撒在地面上，变成了下一季作物的理想肥料。就这样在旋即之间，玉米植株完成了由一种辉煌走向另一种使命的更迭。

这一幕乡村独有的场景，壮美而又凄婉，在我的脑海里镌刻着深深的印记。于孩子而言却是略显陌生了，他呆呆地凝望着眼前的一切。循着乡间的小道，我们继续悠闲地踱着步。

辽阔的原野里有一大片土地地势明显高于他处，那便是我们以前村庄的旧址了。数百年来，祖辈们在这里生息繁衍、辛勤耕作。记忆中房前屋后树木繁茂，竹园苍翠。乡亲们凭借一双双结满老茧的手努力地改变着衣食住行。房屋，作为一样最为重要的家当也悄然地发生着变化，曾经的土墙草顶的房屋慢慢地淡出人们的视野，砖瓦房如雨后春笋。乡亲们终于告别了刮风压房顶，下雨覆雨布的茅屋时代。

在这片寂寥的老宅上还有四间老屋孤寂地伫立着，青砖蓝瓦，墙体斑驳，房顶略微下沉。沧桑的岁月使之变得老态龙钟。这老屋便是我曾经生活了三十多年的地方，它快乐着我的童年，丰腴了我的经历与记忆。走近老屋，木门上的朱红油漆在风吹日晒的洗礼中悄然褪色，开始斑驳脱落，一把锈迹斑斑的铁将军依然履行着自己的职责。低矮的房檐下一张硕大的蛛网上粘满了大小不一的昆虫，我们几位不速之客的突然闯入打搅了网主的美梦，它匆匆钻进了墙缝中。在房门东侧的墙上一行文字清晰可辨：此屋建于一九八零年秋。大哥曾告诉过我，这几个字是房屋落成时，父亲用旧镰刀刻上去的，以示纪念的目的不言而喻。老屋现在看起来很不起眼，可是当时在农村异常罕见抢眼，给人鹤立鸡群的视觉冲击感。

老屋的建成凝结着父母亲大半生的心血。父亲是一位乡村医生，在我们这一带小有名气，找他看病的人络绎不绝。他每天朝出夕归在村卫生室坐诊。遇到行动不便的患者便徒步上门诊疗，不论春夏秋冬，风霜雨雪，故口碑极佳。可是工资却低得可怜，不足十元。母亲是地地道道的农村妇女，因父亲行医无暇顾及其他事务，家中事务、地里农活全压在了母亲单薄的身上。她勤劳不辍，春种秋收，样样精通。父母为了这个七口之家不分昼夜地张罗着，日复一日，年复一年，也有了一些积蓄。饱受贫困之苦的父母想法不谋而合，下定决心建一个新家——砖瓦房。新房落成，鞭炮噼里啪啦地响彻整个村庄，乡亲们像看风景似的前来围观，羡慕不已。后来，这种砖瓦结构的房屋在农村慢慢多了起来，而且越建越高，越来越时尚。

步入 21 世纪，经济的发展，时代的变迁，食不裹腹、衣不遮体的日子一去不复返了。富裕起来的乡亲住所像电脑程序一般正在“更新”。一栋栋别墅式的民居在新的规划区内拔地而起，全庄整体搬迁至交通更加便利的柏油公路边。好多人家还在城市购买了商品房，我侥幸在其中之列，因而回老家的次数少之又少。

我们绕着墙根走到老屋的后面，一棵歪脖子老桃树迎着朔朔秋风站立着。老桃树的树冠努力地向房顶上空倾斜，好像要与老屋这位亲密的老友诉说无尽的友情。树上的叶子几乎被吹落殆尽，几条新枝上残余的叶片在瑟瑟秋风中上下翻腾，犹如子女不愿离去年迈的母亲。

至于老桃树是谁栽种的，树龄多大，我的父亲也说不清楚，只知道他很小的时候桃树已有碗口粗细了。我童年的那个时代，农村还很贫瘠，多数家庭光景窘迫，苹果、梨子、葡萄等水果一年也吃不到几回，香蕉、荔枝、芒果等南方水果更是闻所未闻。老桃树便成了我们这帮孩子的希望。每年夏季，老桃树的枝头挂满了硕大的桃子，馋得我们姐弟五个经常在树下打转，下巴上尽是哈喇子。邻家的孩子们也时常跑到树下仰望。我们掰着指头数日子，一天、两天、三天……终于盼到桃子成熟的时刻，母亲搬来木梯小心翼翼地靠在树干上，父亲攀着梯子爬到树丫上，挑选熟透了桃子摘下轻轻放在备好的竹篮里。一篮篮水嫩的桃子被放了下来，我已经迫不及待了，伸手从篮子拿了一个，在衣服上蹭了蹭桃子上的白色绒毛，大口大口地吃了起来，那甜甜的汁液沁人心脾。在此时，平素里节俭的母亲毫不吝啬，东家送一些，西家匀几个，让大家都尝尝鲜。在那样的年月里，乡亲们总喜欢将快乐与他人分享。每年枝头上总会留几个最大的桃子不摘，让我甚为疑惑。母亲解释说，人要学会感恩，那是专门给鸟儿留的，如果不是它们辛苦地给桃树捉虫治病，哪能结这么多这么大的果子呢。我若有所思，似懂非懂地点点头。

“孩子，回来了！”熟悉的声音响在耳畔。恰巧，年过八旬的三伯拄着拐杖也来这里散步。三伯家的老屋原来与我家的仅一巷之隔，搬迁时被堂兄拆了。清晰地记得，当时三伯神色凝重，满面不舍。他告诉我，本庄的老人们没事的时候都喜欢来这里转悠，看看我家的老屋老树。从他的话语与眼神中我读出了啥是落叶归根的情谊，何为月是故乡明，景是家乡美。

时光恍若白驹过隙，昔日像我这样不解人事的孩童也已步入中年。如今，老屋老树都已完成了它们的历史使命，在岁月的沧桑中走向暮年。此刻，我蓦然想起了正在悄无声息老去的父辈们。他们早已是白发苍苍、满面皱纹的耄耋老人。有的甚至已长眠于他们一生钟爱的这片土地，在用另一种方式守护着他的后人们。他们这一代人出生在最艰难的年代，凭着勤劳坚韧土里刨食，与饥寒交迫斗争到底，解决了温饱问题，并砥砺前行在建设小康的路上。或许在父母、三伯他们那一代人的心里，老屋老树早已成了一道永不磨灭的风景，深深地融进了他们的血脉里。或许若干年后，我也如他们一样时刻惦念那座老屋，那株老树，那代老人。

作者简介：支立明，安徽省亳州市作协会员，蒙城县网络作协副主席。小学教师，发表散文、教育随笔、人物通讯等作品两百余篇。

青桩

唐宗洋

记得儿时，冬天的西湖塘，比较萧瑟无味。湖塘中间的湿地上，芦苇、菖蒲、杂草一片枯黄。呼呼北风在湖塘里吹起白色的浪花，连同飞落的芦花、蒲花和凋落的枯叶在湖塘里翻卷。

天晴风静时，常常看到一两只大鸟立在湿地水边，这才又吊起了我们对湖塘的兴趣。其实，这大鸟是湖塘的常客，别的季节我们被湖塘里其他生趣所吸引，没空理会它们罢了。父亲告诉我，那鸟叫“qīngzhuāng”，那时只知道这么叫，并不知道怎么写。后来读汪曾祺的文章，才知道是“青桩”。

“青桩”在词典里是查不到的，望其文也根本生不出“鸟”义（它的学名叫“苍鹭”或“灰鹭”，是鹭科鹭属的一种涉禽）。但我是无须查词典的，一看便知所指，而且惊叹于这称呼的精当。

青桩是西湖塘里最大的鸟了，它常在水边静静地站立。有时，我去上学它站在那里，放学了它仍立在原地。冬天，湖塘里结了冰，早晨起来竟看到它站立水边，一动不动。我疑心它被冻成一尊雕塑了，于是伙同伴，跑上前去一探究竟。离它近 50 米时，它蜷着的脖子居然伸直了。活着！有没有被冰冻住了呢？我们继续往前。10 米左右，它才展翅飞起。又不飞远，在离我们百十米的地方落下、站定。似乎它的冬天也一样无趣，在跟我们逗乐呢。

这大鸟，嘴长脖子长。灰色是主色调，头颈、腿毛灰白色。站在水边时，脖子蜷成“S”形，嘴尖朝下。有时可能也是怕冷吧，将一只脚缩进羽毛里，只一脚站立。腿细且长，外皮呈青色，立在水边，活脱脱一截青色的树桩！

青桩是冬天湖塘里最大的生趣，我们常常在岸边远远的看它，大声对它呼唤，手拿长杆向它挥舞……或许是距离太远，它根本不为所动。因为看它我迟过到，也曾因它误过铲猪草。父亲说，那呆鸟有啥看头，成天游手好闲，不思进取……

这话倒是起了作用，我再也不敢明目张胆看它了，但是心里却总割舍不下。一脚独立，它真的怕冷吗？不会的，怕冷就待在芦苇丛中的窝里了。它成天静静地站在水边，到底在干什么呢？

是的，我不能学它，我要努力进取。我后来去镇上读高中，到外地读大学。工作后从农村又到城里。就像芦苇丛中的小麻雀上下翻飞，像大雁不断飞向远方。

其间，西湖塘也发生了天翻地覆的变化，被开挖成了棋盘一样的精养鱼池。一条公路从湖塘中穿过，家乡驶入了经济发展的快车道。

偶尔回乡，看到家乡的变化，欣喜之余，却总有一种莫名的失落。湿地无影了，垛圪无踪了，青桩们去了哪里？

其实，青桩一直没有飞走，它桩立在我心灵的水田。游手好闲、不思进取、呆立消沉的意象早在我心中颠覆了。

它长时静立水边，当然为了生计。它捕鱼的方式，与从高空俯冲而下的鱼鹰截然不同。它的腿立成树桩，身体站成雕塑，为的是迷惑对手，让对手在安闲自得中成为它的猎物，而几乎没有绝命的惊悚和搏击的血腥。据说，它还能叼些小虫子放在水中，引来鱼儿抢食。它绝对是鸟中的智者，它和人到底是谁跟谁学会了“钓鱼”？

它长时静立水边，只是为了捕食？我更愿意相信，它是在修炼性情。释迦牟尼在林中修行，因为打坐时间太久，以至于鸟儿把窝都搭在了头上。它在水边修行，我想肯定也有鱼虾在它的脚边产卵。我更愿意相信，它也能修炼出“不以物喜，不以己悲”“猝然临之而不惊，无故加之而不怨”的情怀。释迦牟尼成佛了，青桩在我心中，自是湖塘的精灵。人走近了它，它宁愿相信人的友善，何其的淡定！它飞起时，那么大的身子，翅膀慢慢扇动，不疾不徐，两腿伸直，长颈成“Z”字，姿态优雅，何其的绅士！

一定是我把它想得太多，其实它生来如此，这一切都是它的生活方式。它就喜欢这样安闲自在的生活，跟人怎么想无关。

直到有一天，在我生活的城市大街上，出现了“水城慢生活”的标语，才更坚定了我的想法。青桩就是在它的“水城”过着它早就过着的“慢生活”……

而今，西湖塘退圩还湖了，老家正在建成江苏首批特色田园乡村，以西湖塘为起点的万亩草荡正在开发之中。多年不见的青桩们一定会再回到这儿。在西湖塘，在万亩草荡，我们定然又会看到那悠闲自在的身影：

秀腿如桩立水边，
形影相顾自安闲。
伸颈一唳高飞去，
陶然逍遥水云间。

作者简介：唐宗洋，男，江苏兴化人，中学语文高级教师，现供职于江苏省泰州中学附属初中。曾在《现代教育报》、《江苏经济报》、《初中生世界》、文学双月刊《花丛》、《泰州日报》、《泰州晚报》等发表文章多篇。

那年中秋

彭德和

今夜月圆，却忽然思绪飘飞。是面对怎样的情景，打捞起怎样的美好抑或伤痛的记忆，才能涌起一番这样的心绪？是温暖的记忆如潮，还是低回的感伤如刺，此刻，只想这样静静地遐思。于是，眼前又浮现出一九七一年中秋月夜的景象。

那时，我是回乡知青，在公社广播站当通讯员，还兼任文艺宣传队编剧和导演。我的一位女同学也是下放知青，是公社不脱产的团委书记。那时公社以抓革命、促生产为主，搞文艺宣传也是抓革命的组成部分。为此，她经常到我所在的宣传队指导排练节目，有时也跟队下乡指导演出。于我俩而言，这本是工作职责所在，宣传队员们也习以为常，可宣传队长似乎有些敏感，总感觉他看我俩的表情有点怪异，但并未说什么，只有我们自己心里清楚。

那个年代中秋节是没有假的。

当时公社宣传委员通知中秋节晚上在我所在的生产队稻场演出革命样板戏《沙家浜》。那年头在农村随处都能见到稻场，而我们那个稻场特别大，离公社也近，所以但凡演出都会选择那里。

那晚的月亮特别圆特别亮，照得大地一片银白，如水泻一般。微微的东南风轻拂着面颊，内心惬意无比。

演出结束后，面对当空的皓月，她走到宣传队长面前说："队长，今晚月亮这样好，我们去划船怎样？"队长说："好啊！不过我不会划，德和家有船，他会划，我来喊他。"我回家拿了竹篙和划桨。穿过一片宁静的玉米地，我们来到了淠河岸，站在沙坝上，眺望着偏西的明月，她两眼泛着光，兴奋地说："河边的月亮比街上的圆多了！"跟我们一起的还有两个宣传队员，听了这话，打趣道："团委书记没看过河边的月亮啊？"她莞尔地笑了笑。

看演出的群众和演员们也没有立即回家，而是去"摸秋"了。我们那里的习俗，中秋节晚上到野外不管拿什么都不算偷，你去摘人家的瓜果、挖地里的花生、掰鲜嫩的玉米等都行，只要不筐装肩挑都行。你到人家去摸秋，人家还很高兴哩。

我们上到小船上，我怕人多不安全，便说：“我们就到河中心的大滩上看看，或许西河的西瓜地能摘到西瓜呢。”不一会，就到了河中心。队长带两个人摸到西瓜地，摸了半天，每人摸了两个大西瓜，也不知生熟就抱上了船。船划不多时辗转来到东岸，她拿着划桨坐在船尾，队长喊两个队员说：“我们先走了，让林书记自己划一会船吧！”

见人都走了，我内心不由地暗自窃喜。撑着竹篙，我不知哪里来的勇气，对她说：“我带你到上游的望江寺好吗？”说完，忐忑地心砰砰直跳，我不敢和她的眼睛对视，许是怕被拒绝吧。

凝望着天空的月亮，她回应道，今晚的月亮真好看！我们就在沙坝上走走吧。我自然是求之不得。

此时，四周像是被水洗过，上下通润，连流动的湃河也是明晃晃的。静极了，除了草虫的鸣叫声，只有河边潺潺水流声响了。

我们并肩而行。我嗅到了一缕从未有过的淡淡馨香。借着月光，我侧过头悄悄地打量她：白皙俊美的瓜子脸上正泛着红晕。怕她发现，我又把头转向月亮。“我们在这里坐会吧。”她拽了下我的胳膊，随即我俩坐了下来。随着一阵清风，坝下飘来阵阵醉人的桂花的清香。她借着话题问：“这里还能闻到桂花香？”“下面原来有一户人家搬上山了，桂花树太大，还在原地未动，这香就是那棵树送来的。”我回答道。

听了我的话，她把身上背着的黄背包转到胸前，从里面掏出两个月饼说：“中秋节一定要吃月饼的。这是前两天我爸来看我时带来的，我俩一人一块。”我接过月饼，轻轻咬了一口，香甜直渗心底。

四周除了河水流动的声音，静寂无声。此刻，我真想把月亮拴住，让时间凝固。我们就这样静静坐着，不知过了多长时间，她站了起来说：“我马上要到县里参加新干部培训学习班，培训结束回来的可能性几乎没有了。你这几年招工走不掉，明年要想办法，老呆在乡下可不好办。我家里人不准我留在农村。”尽管我心里早有准备，但真听她说出来，还是很伤感。“早知道你要走，未想到这么快。我的家庭可能只能这样了。我会永远记住你，也会永远记住今晚的月亮。”她想说什么，但终未说出，只是紧紧地攥着我的双手。

月亮已经西坠。我陪她慢慢地走在返回的路上。

多年以后，公社早已搬走，但我每走到这里，都会想起那年中秋，想到那枚拴在心中的月亮。

作者简介：彭德和，男，中学退休教师；六安皋陶诗词学会法人代表、常务副会长、秘书长；中华诗词学会会员；安徽省诗词协会理事。

山村里的说书人

熊在笑

在我的记忆中，最深刻的乡村印象是听我二叔说书。

说书人叹天下旧事如潮，听书人悲欢不过一壶茶。

记得在改革开放初期，分田到户后，每到农闲时，我的瘸腿二叔换上深蓝色的粗布大褂，用野生茶油把他那三七开的头发梳得油光闪亮，留着具有说书人特征的八字胡，然后拿着小圆镜子照了又照，自我感觉良好了就背着鼓架子，提着羊皮鼓，兜里揣着一幅竹快板，到我家堂屋里说书。

父亲是一个热心肠的人，喜欢热闹，说大家都来俺家听书说明俺家热情好客，有人气。让母亲炒一盘花生米，一盘青菜炕豆腐，再装两碟子泡菜，暖一壶大米酒，一吃一喝，酒足饭饱了，二叔就精神抖擞地书情大发，站在架子鼓旁，干咳几声亮亮嗓子，用手指拢拢有点乱的头发，眯着小眼睛，拿起鼓槌咚咚地擂起来。鼓声一响，竹板一敲，湾子里的男女老少都慌里慌张地搬着板凳，端着满满一洋瓷缸茶水，有的甚至端着饭碗跑来听书。

那时的小山村非常落后，没有广播电视，只有几个月才放一场的黑白电影。所以，听书成了山里人唯一的文化娱乐活动，也是人们的主要精神食粮。村民们通过听书，接受了伦理道德、忠孝仁义，怎么做人、善恶分明等中华文化和道德教育。

二叔说书不要钱，就是要钱村民们也没钱给，只好用粮食抵酬，凡是来听书的，每户给一碗米，二叔可把一部书用几个晚上讲完；如果还想听另一部，再换一户人家，到谁家去说书，谁家就得管吃饭。我就是因为从小听书听多了，得到了文化熏陶，才喜欢上文学的。

二叔学问不高，却有文艺方面的天赋，能把《说岳全传》《三侠五义》《西游记》《水浒传》《三国演义》《封神演义》《镜花缘》《隋唐演义》《杨家将》等这些古典小说里的故事声情并茂、绘声绘色地说出来，让乡亲们都听得入了迷，情不自禁地拍着板凳，连呼“过瘾”，那气氛相当活跃。二叔说到半夜，嗓子都说哑了，听书的人们还意犹未尽，直叫再来一段，不让散场。

在我们大别山区，民间说书人说书的风格与山东、陕西有所不同，是用地方小调连说带唱，用肢体语言表达。开场时，先说个书帽，所谓的书帽就是现在的段子，临场发挥，现编现说，必须幽默风趣，料多，也叫闹笑话，以此活跃气氛，互动热闹，为开场做好铺垫。

书帽说完，二叔话锋一转，一句：“书归正传，各位听俺言，话说薛仁贵……”开始进入今晚的章节。二叔说到王宝钏苦苦等待十八年的艰辛，换来之后十八天的福气，实在是令人惋惜不已，催人泪下，二叔自己都泪水涟涟，隔壁的王婶替古人担忧，伤心了好几天。

二叔说书，既丰富了山村人的文化生活，又给乡亲们带来快乐。村民们田间地头，以书里故事解困；茶余饭后，谈古论今，开阔心境。没文化的，听书听得多了就有文化了，连放牛娃都知道李元霸是怎么死的；小孩子们学孙悟空，拿个木棍在头顶挥舞，幻想一筋斗翻个十万八千里。听书，也让我度过了少年时代的美好时光。

然而，我二叔的人生如书，是喜的开场，悲的结局。他到四十岁还未婚，孤独一人。他一个人住在早朝阳晚背阴的山坡上。因身体原因，不能耕田，靠给村里人做木匠活为生。白天吃百家饭，晚上走村串乡，说书获得口粮，单身并快乐着。

三十年前，二叔失踪了，直到现在也无任何音信，生死不知。

二叔消失了，村里再也听不到那连说带唱的说书声。

现在，村里只有年龄大的还记得他，年轻人都不知道有他这个人，好像他没存在过。每当我回到村里，不经意间看到二叔那长满野草的屋脊，心里五味杂陈，不是滋味。昔日村里架子鼓的声音，总在我脑海里久久地回荡。

作者简介：熊在笑，1968 年 9 月出生，河南省商城县人。河南省作家协会会员、奔流文学院作家研修班学员、河南省报告文学学会会员，掌阅签约作家。著有长篇小说《出奇的梦想》《新生人的世界》《黄昏之恋也浪漫》。短篇小说、诗歌散文、随笔杂文散见于报纸杂志和网络文学平台。个人文集有《兰花姑娘》《折腾与安静》。